中华古典文学选本丛书

陶渊明诗选

袁行霈
评注

中华书局

图书在版编目(CIP)数据

陶渊明诗选/袁行霈评注. —北京:中华书局,2023.2
(中华古典文学选本丛书)
ISBN 978-7-101-15827-4

Ⅰ.陶… Ⅱ.袁… Ⅲ.古典诗歌-诗集-中国-东晋时代
Ⅳ.I222.737.2

中国版本图书馆 CIP 数据核字(2022)第 131298 号

书　　名	陶渊明诗选	
评　　注	袁行霈	
丛 书 名	中华古典文学选本丛书	
责任编辑	聂丽娟	
责任印制	陈丽娜	
出版发行	中华书局	
	(北京市丰台区太平桥西里 38 号　100073)	
	http://www.zhbc.com.cn	
	E-mail:zhbc@zhbc.com.cn	
印　　刷	大厂回族自治县彩虹印刷有限公司	
版　　次	2023 年 2 月第 1 版	
	2023 年 2 月第 1 次印刷	
规　　格	开本/880×1230 毫米　1/32	
	印张 10⅝　插页 2　字数 200 千字	
印　　数	1-5000 册	
国际书号	ISBN 978-7-101-15827-4	
定　　价	38.00 元	

陶渊明与魏晋风流（代前言）

一

　　研究这个题目，首先遇到的问题是什么叫"魏晋风流"？而要回答这个问题，必须先弄清什么叫"风流"。

　　仔细考察起来，"风流"这个词的涵义有一个演变的过程。这个词在《汉书》里就出现了，《叙传》第七十下："上天下泽，春雷奋作。先王观象，爰制礼乐。厥后崩坏，郑卫荒淫。风流民化，湎湎纷纷。"师古注："言上风既流，下人则化也。"[1] 这样看来，"风流"原是一个主谓结构的词组，指风气流动或教化传播。在《汉书·刑法志》里又有这样一段话："及孝文即位……风流笃厚，禁罔疏阔。"[2] 这里的"风流"则是一个名词，指由上而下形成的一种风尚，但还不是专指某一种风尚，只是泛指而已。后来，"风流"有了专指的意义，专指某种才能俊秀、寄意高远的士人的气质的外现。如《三国志·蜀书·刘琰传》："先主在

1　中华书局点校本，第 4241 页。

2　同上，第 1097 页。

豫州,辟为从事,以其宗姓,有风流,善谈论,厚亲待之……"[1] 又如《文选》卷四十七袁彦伯(宏)《三国名臣序赞》:"堂堂孔明,基宇宏邈。器同生民,独秉先觉。标榜风流,远明管乐。"[2] 在《世说新语》里"风流"的用例共六处,如《赏誉》:"范豫章谓王荆州:'卿风流隽望,真后来之秀。'"[3]《伤逝》:"咸和中,丞相王公教曰:'卫洗马当改葬。此君风流名士,海内所瞻,可修薄祭,以敦旧好。'"[4]《晋书·乐广传》:"广与王衍,俱宅心事外,名重于时,故天下言风流者,谓王、乐为称首焉。"[5] 这些"风流"的涵义都是专指的。

我们已经注意到:"风流"是一种内在气质的外现,又是具有传播力的,这样就可以进一步对"魏晋风流"加以说明。所谓"魏晋风流",是在魏晋这个特定的时期形成的人物审美的范畴,它伴随着魏晋玄学而兴起,与玄学所倡导的玄远精神相表里,是精神上臻于玄远之境的士人的气质的外现。简言之,就是魏晋时期士人追求的一种具有魅力和影响力的人格美[6]。也可以说是"玄"的心灵世界的外现。魏晋以后,儒学独尊的地位动摇了,天人感应的神学目的论也崩溃了,士人们在

1　中华书局点校本,第1001页。
2　据宋淳熙本。此文又曰:孔明"遐想管乐,远明风流"。
3　余嘉锡《世说新语笺疏》,第494页,中华书局1983年出版。
4　同上,第629页。
5　中华书局点校本,第1244页。
6　冯友兰在1944年写的《论风流》一文中说:"风流是一种所谓人格美。"(《三松堂学术论文集》第609页,北京大学出版社1984年出版)他在1947所写的《中国哲学简史》中又说:"它是最难捉摸的名词之一,要说明它就必须说(转下页)

探讨宇宙本体的同时也注重探讨"人"这个主体，探讨人生的意义和价值。活着为什么？怎样活着才最好？在反复的品题中树立起新的风尚，影响了几代人的生活。这种新的风尚，就是风流。

魏晋风流是对汉儒为人准则的一种否定。在崇尚风流的魏晋士人看来，汉儒提倡的名教是人生的执和障。而魏晋风流的开始，就是破执除障，打开人生的新的窗户，还自我以本来的面目。

魏晋风流和魏晋玄学有密切的关系，已如上述，但魏晋风流并不等于魏晋玄学。玄学指的是一种哲学思想、时代思潮，风流指的是在这种思想和思潮影响下士人精神世界的外现，更多地表现为言谈、举止、趣味、习尚，是体现在日常生活中的人生准则。有的玄学家思想很深刻，但外现于日常生活中的"风流"并不一定突出，如欧阳建和荀粲。有的士人并没有很多玄学的论述，但外现于日常生活中的"风流"很突出，如谢安。本文不是专论思想史，遂亦不完全局限于思想方面，只是联系魏晋玄学来论魏晋风流。魏晋风流与魏晋风度有什么关系

（接上页）出大量的含义，却又极难确切地翻译出来。就字面讲，组成它的两个字的意思是‘wind（风）和 stream（流）’，这对我们似乎没有多大帮助。虽然如此，这两个字也许还是提示出了一些自由自在的意味，这正是‘风流’品格的一些特征。"他还说英文的 romanticism（浪漫主义）或 romantic（罗曼谛克）这两个词与"风流"大致相当（《中国哲学简史》第 269 页，北京大学出版社 1985 年出版）。吴世昌先生在 1934 年写的《魏晋风流与私家园林》一文中也曾说过："‘浪漫’是近代人的说法，用古时的话来说，是‘旷达’、‘风流’。"（《罗音室学术论著》第一卷"文史杂著"第 322 页，中国文艺联合出版公司 1984 年出版）以我的愚见，风流是一种人格美的说法最为恰切。中国古代的历史背景与文化发展过程与西欧毕竟不同，恐难与浪漫主义比附。

呢?从语义上探讨,风度指言谈、举止、仪表的总合。魏晋风流可以包括魏晋风度,它的涵义更广,强调了这种风度的魅力和影响力,所以我宁可用魏晋风流这个概念。关于魏晋风度,鲁迅在 1927 年有《魏晋风度及文章与药及酒之关系》一文[1],论魏晋文学与思想者多有征引,读者可以参考。

二

魏晋风流虽然是伴随着魏晋玄学的兴起而兴起的,但其发展与魏晋玄学的发展并不同步,而有其自己的发展过程和规律。袁宏在《名士传》(已佚)里把魏晋时期的名士分为正始名士,竹林名士,中朝名士[2]。这也可以视为魏晋风流的分期,但还不够完备。竹林与正始,时代相衔接,人物有交叉,可以合而为一。他所谓"中朝"指西晋中期,魏晋风流并非到此为止,此后还有发展,特别是在东晋。参考袁宏的说法,我姑且把魏晋风流的发展,分为以下四个阶段:竹林风流,中朝风流,东渡风流,晋末风流。

第一阶段,竹林风流。这个阶段以何晏、王弼为先导,以嵇康、阮

1　见《而已集》。
2　《世说新语·文学》:"袁彦伯作《名士传》成。"注曰:"宏以夏侯太初、何平叔、王辅嗣为正始名士,阮嗣宗、嵇叔夜、山巨源、向子期、刘伯伦、阮仲容、王濬仲为竹林名士,裴叔则、乐彦辅、王夷甫、庾子嵩、王安期、阮千里、卫叔宝、谢幼舆为中朝名士。"余嘉锡《世说新语笺疏》,第 272 页。

籍为代表。

何、王不属于竹林七贤。他们是魏晋玄学的先导,运用"辨名析理"的方法来探讨宇宙与人生,就有无、本末、体用、母子、一多、常变、动静、言意等诸多哲学范畴提出自己的看法[1]。而这一切的落脚点即在人生问题上,照王弼的说法就是"何以尽德? 以无为用"[2]。一个人只要能忘记自我与外物的区别,进入混沌的状态,达到无我的境界,这就是"尽德"了。何、王以自然为本,认为名教本于自然,但何、王卷入政治的漩涡很深,忧患颇多,在实际行动上并没有归于自然,没有享受到自然的乐趣。

以嵇康、阮籍为代表的竹林七贤的言行成为第一阶段魏晋风流的标志。他们的特点是"放",也就是从儒家的"名教"中解放出来,过一种新的符合自己本性的生活。用嵇康的话说就是"越名教而任自然"[3]。而阮籍则创造了一个符合风流理想的"大人先生"的典范,他"超世而绝群,遗俗而独往,登乎太始之前,览乎忽莫之初,虑周流于无外,志浩荡而自舒,飘飘于四运,翻翱翔乎八隅"[4]。这等于给嵇康的话作了形象的注解。但由于当时名教的禁锢力还很强大,所以魏晋风流的第一阶段不得不表现为有意的反抗,其表现形式则成为"佯狂"。狂,是对名

1　"辨名析理"这四个字是稍后于何、王的郭象提出来的,见《庄子·天下篇》注。但这种方法何、王已经用了。参看冯友兰《中国哲学史新编》。
2　《老子》三十八章注,楼宇烈《王弼集校释》,第93页,中华书局1980年出版。
3　《释私论》,戴明扬《嵇康集校注》,第234页,人民文学出版社1962年出版。
4　《大人先生传》,陈伯君《阮籍集校注》,第185页,中华书局1987年出版。

教的蔑视；佯，是说狂得有点过分，因而显得不自然。嵇康的《与山巨源绝交书》，讲自己不能出仕的理由竟有"必不堪者七，甚不可者二"，一共九条。他说："又每非汤、武而薄周、孔，在人间不止，此事会显，世教所不容，此甚不可一也；刚肠嫉恶，轻肆直言，遇事便发，此甚不可二也。"[1]真够狂的了！嵇康好锻，尝与向秀共锻于大树之下，贵公子钟会故往造焉。"康不为之礼，而锻不辍。良久会去，康谓曰：'何所闻而来？何所见而去？'会曰：'闻所闻而来，见所见而去。'会以此憾之。"嵇康的这种态度终于给他带来杀身之祸[2]。阮籍的表现比较圆通，他一方面说："礼岂为我辈设也！"并有许多逾礼的举动，如：其嫂还家，籍见与别。遭母丧，仍进食酒肉。邻家妇有美色，当垆沽酒，籍常从妇饮酒，醉便眠其侧。另一方面则又口不臧否人物，遇到棘手的事情就用连醉多日的方法拖延过去[3]。再看阮籍的《咏怀》诗，其孤独、激愤之情每每溢于言表，可见他原是一个极认真、极执着的人。最能说明阮籍复杂心态的是他不准许儿子学他的放达，"阮浑长成，风气韵度似父，亦欲作达，步兵曰：'仲容已预之，卿不得复尔。'"[4]所以鲁迅说："至于他们的本心，恐怕倒是相信礼教，当作宝贝，比曹操司马懿

1　戴明扬《嵇康集校注》，第 122 页。

2　《晋书》卷四九《嵇康传》，中华书局点校本，第 1373 页。

3　《晋书·阮籍传》："文帝初欲为武帝求婚于籍，籍醉六十日，不得言而止。"中华书局点校本，第 1360 页。

4　《世说新语·任诞》，余嘉锡笺疏本，第 735 页。

们要迂执得多。"[1] 这就是说他们的狂带有"伴"的成分。嵇康、阮籍之外，竹林七贤里的另一著名人物刘伶，其狂放到了在屋中脱衣裸形，以天地为栋宇，以屋室为裈衣的地步[2]。他"肆意放荡，以宇宙为狭。常乘鹿车，携一壶酒，使人荷锸随之，云：'死便掘地以埋。'土木形骸，遨游一世"[3]。真可谓放诞之极了。但读其《酒德颂》，总觉得在放诞之后隐藏着对世事的忧愤。所谓"不觉寒暑之切肌，利欲之感情。俯观万物之扰扰，如江汉之载浮萍"[4]，这几句话透露出他在不饮酒的时候还会有寒暑之苦、利欲之情。他的嗜酒，大概是用酒来麻醉自己的过于敏感的神经吧！他们想要实现自我，还自己以本来的面目，但是难以完全做到。于是只能以伴狂显示与世俗的不同，把自己和世俗区分开来。

　　第二阶段，中朝风流。这个阶段玄学的代表是郭象，而风流名士当首推袁宏提到的裴楷、王衍[5]。

　　郭象的玄学主旨在于调和名教与自然，这和西晋中期士族的风气有关。西晋中期，一些士族以任自然相标榜，过着淫逸放荡的生活，于是有人出来加以批评，乐广说："名教内自有乐地，何必乃尔！"[6] 裴颜又

────────────

1　《魏晋风度及文章与药及酒之关系》。
2　《世说新语·任诞》，余嘉锡笺疏本，第731页。
3　《世说新语·文学》注引《名士传》，余嘉锡笺疏本，第250页。
4　同上引《酒德颂》，余嘉锡笺疏本，第250页。
5　参看本文第4页注2。
6　《晋书》卷四三《乐广传》："是时王澄、胡毋辅之等，皆亦任放为达，或至裸体者。广闻而笑曰：'名教内自有乐地，何必乃尔！'"中华书局点校本，第1245页。

倡导"崇有论",推崇名教,排斥自然。郭象就是在这种情况下提出一整套理论,把名教和自然调和了起来。他认为名教的产生是自然的,名教即自然。庄子认为穿牛鼻、落(络)马首违反了牛马的本性,郭象则认为只有这样才符合牛马的本性[1]。他说"圣人虽在庙堂之上,然其心无异于山林之中";又说"圣人常游外以弘内,无心以顺有"[2]。这些话都是为了调和名教与自然。关于人生观,郭象认为:既然万物自生(独化),就应任其自然发展而无为。对万物的态度是无为,对自己的态度当然就是"任我"。能允许万物自生、人人"任我",就是承认了万物等同,这就是"齐物"。能"齐物",则泯灭了物我的差别,也就可以达到绝对的自由了,这种绝对自由的境界叫"玄冥"之境。

《列子》一书把西晋中期名士们的人生态度做了极生动的描绘,特别是其中的《杨朱篇》。它提倡肉体的满足与感官的快乐,对于耳、目、鼻、口、体、意的各种欲望,应该"肆之而已,勿壅勿阏"[3]。这虽然也是委顺自然,但偏重在肉体的欲望上,而不在精神境界上。石崇要客燕集,令美人行酒;石崇厕有十余婢侍列;以及石崇与王恺争豪斗富的那些行为,便是这种思想的表现。这不过是风流之末流,严格地说不能算真正的风流。

1　《庄子·秋水》郭象注曰:"人之生也,可不服牛乘马乎?服牛乘马可不穿落之乎?牛马不辞穿落者,天命之固当也。苟当乎天命,则虽寄之人事,而本在乎天也。"《四部丛刊》影印明世德堂刊本《南华真经》。
2　分别见《庄子》之《逍遥游》、《大宗师》郭象注,《四部丛刊》本。
3　杨伯峻《列子集释》,第222页,中华书局1979年出版。

　　裴楷和王衍不同于石崇之流。裴楷以"清通"著称，"风神高迈，容仪俊爽，博涉群书，特精理义，时人谓之'玉人'"[1]。王衍"妙善玄言，唯谈《老》《庄》为事。每捉玉柄麈尾，与手同色。……累居显职，后进之士，莫不景慕放效。……矜高浮诞，遂成风俗焉"[2]。裴、王都是朝中的高官，一边身居高位一边玄谈浮诞，可以说是把名教与自然统一起来了。

　　第三阶段，东渡风流。谢安、王羲之堪为代表。

　　这时的政治环境已不同于嵇、阮那时，面对北方强大的敌人，东迁的政权需要睿智之士来维持局面，社会的舆论也呼唤着他们出来。风流主要已不再表现为鄙弃世俗佯狂任诞，而表现为政治上应付自如的才智、政治生活中进退出处的豁达，以及身在魏阙心恋江湖的超然态度。也可以说是以随时准备退隐的态度去参政，以随时可以出仕的态度去退隐。他们并不有意避俗，却能达到超俗的境地。

　　谢安早年高卧东山，放情丘壑，每游赏，必以妓女从。朝廷屡辟不就，诸人每相与言："安石不肯出，将如苍生何！"[3]桓温去世后，谢安为尚书仆射，领吏部，加后将军。"尝与王羲之登冶城，悠然遐想，有高世之志。羲之谓曰：'夏禹勤王，手足胼胝；文王旰食，日不暇给。今四郊多垒，宜思自效，而虚谈废务，浮文妨要，恐非当今所宜。'安曰：'秦

1　《晋书》卷三五《裴楷传》，中华书局点校本，第1047、1048页。
2　《晋书》卷四三《王衍传》，中华书局点校本，第1236页。
3　《晋书》卷七九《谢安传》，中华书局点校本，第2073页。

任商鞅,二世而亡,岂清言致患邪?’”[1] 一方面当着宰相,进入政治的最高层,另一方面又不废清谈,有高世之志。处江湖之远,使人觉得他有非凡的政治才能;居庙堂之高,又使人觉得他并不恋栈于名位。这正是谢安远远高出于一般士人之处,也就是他的风流之处。王羲之的去就之迹,颇有近似谢安的地方。“羲之既少有美誉,朝廷公卿皆爱其才器,频召为侍中、吏部尚书,皆不就。复授护军将军,又推迁不拜。”扬州刺史殷浩写信劝他应命,信里说:“悠悠者以足下出处足观政之隆替,如吾等亦谓为然。……岂可以一世之存亡,必从足下从容之适?幸徐求众心。卿不时起,复可以求美政不?”这段话很像时人劝说谢安出山的话。羲之既拜右军将军、会稽内史,颇有政绩。后来终于称病去官,“与东土人士尽山水之游,弋钓为娱”[2]。谢安和王羲之都以雅量闻名:谢安泛海,风起浪涌,仍貌闲意悦;谢安与人围棋,闻谢玄破贼,意色举止不异于常;王羲之坦腹东床[3]。这都是著名的故事。他们的雅量从哪里来?除了天生的心理素质以外,进退出处两方面的准备都做得很充分,一切也都看得开,这是很重要的一个原因。有雅量才能超俗,也才能豁达,他们的风流正表现在进退出处的豁达上。

　　第四阶段,晋末风流。代表人物可推顾恺之和陶渊明。

　　他们虽然都曾从政,但不是政治家,他们的风流另有特点,这就是

1　《晋书》卷七九《谢安传》,中华书局点校本,第 2074 页。
2　《晋书》卷八十《王羲之传》,中华书局点校本,第 2094、2101 页。
3　《世说新语·雅量》,余嘉锡笺疏本,第 369、374、362 页。

忘情，忘记了俗与不俗的界限，也遗忘了世情。顾恺之有"三绝"（才绝、画绝、痴绝）之称，桓温说他"体中痴黠各半，合而论之，正得平耳"[1]。"痴"与"黠"的融合，正是他的风流之处。痴而又黠，则不迂；黠而又痴，则不奸。他写了《筝赋》，向人说：他的赋与嵇康的《琴赋》相比，"不赏者作后出相遗，深识者亦以高奇见贵"[2]。"恺之尤好丹青，妙绝于时。曾以一橱画寄桓玄，皆其绝者，深所珍惜，悉糊题其前。桓乃发橱后取之，好加理。后恺之见封题如初，而画并不存，直云：'妙画通灵，变化而去，如人之登仙矣。'"[3]"义熙初，为散骑常侍，与谢瞻连省，夜于月下长咏，瞻每遥赞之，恺之弥自力忘倦。瞻将眠，令人代己，恺之不觉有异，遂申旦而止。"[4]顾恺之的忘情于此可见一斑。"顾长康画裴叔则，颊上益三毛。人问其故，顾曰：'裴楷隽朗有识具，正此是其识具。'看画者寻之，定觉益三毛如有神明，殊胜未安时。"[5]顾恺之的颖悟于此可见一斑。陶渊明的风流既有同于顾恺之的地方，也有不同于顾恺之的地方。顾的"痴"在陶那里表现为"拙"。顾的"痴"仍多少带有一些"佯"的成分，也许是"痴"得过了，不免让人觉得有点世故，像《红楼梦》里的刘姥姥。他果真相信存在桓玄那里的一橱画是通灵仙去吗？未必。可能是怕得罪桓玄，也许当初把画存

---

1 《晋书》卷九二《顾恺之传》，中华书局点校本，第 2406 页。
2 《世说新语·文学》，余嘉锡笺疏本，第 275 页。
3 《世说新语·巧艺》注引《续晋阳秋》，余嘉锡笺疏本，第 719 页。
4 《晋书》卷九二《顾恺之传》，中华书局点校本，第 2405 页。
5 《世说新语·巧艺》，余嘉锡笺疏本，第 720 页。

在桓玄那里就准备他取走。顾恺之的那番"妙画通灵"的话不过是
一种凑趣和幽默而已。所以他是"痴"中有"黠",桓温已经看出来
了。陶渊明的"拙"则带有许多"刚"的成分,他说自己"性刚才拙",
确实如此。顾恺之"痴"得人人喜欢他,陶渊明"拙"得处处得罪人,
这两人的不同境遇反映了他们的风流之不同。如果仿照桓温给顾恺
之的评语,我们不妨说陶渊明是:拙刚各半,益忤于物[1]。且看陶渊明
一生大致的经历:"起为州祭酒,不堪吏职,少日,自解归。"[2]用他自己
的话说这次归隐的原因是"志意多所耻"[3]。后仕桓玄、刘裕、刘敬宣,
最后任彭泽县令八十余日,因不肯折腰向乡里小人,慨然辞职守拙归
田。檀道济劝他出仕刘宋王朝并馈以粱肉,他麾而去之[4]。以致贫病交
加,潦倒身亡。陶渊明才是真的拙,或者说是拙得真,比顾恺之又高出
一筹。

　　以上简单地考察了魏晋风流的演变,从魏晋风流的演变这个角度
看来,陶渊明虽然处于魏晋风流的最后阶段,但他决不逊于那些赫赫
大名的风流名士,甚至可以说他达到了风流的最自然的地步,因而是
最风流的风流。

1　《与子俨等疏》:"性刚才拙,与物多忤。"逯钦立校注《陶渊明集》,第187页,中
华书局1979年出版。拙文所引陶渊明诗文均据此书,不再一一注出。
2　《宋书》卷九三《陶潜传》,中华书局点校本,第2286页。
3　《饮酒》其十九:"是时向立年,志意多所耻。"
4　萧统《陶渊明传》,见曾集本《陶渊明集》。

三

从某种意义上说，《世说新语》是一部魏晋风流的故事集。其中记录了各种各样的风流，归并起来主要是三类，即颖悟、旷达、率真。《言语》《文学》《识鉴》《赏誉》《品藻》《捷悟》《夙慧》《术解》《巧艺》《排调》《假谲》中的许多故事都属于颖悟之类。《雅量》《豪爽》《任诞》《简傲》中的许多故事都属于旷达之类。而全书三十六门中的很多故事，包括编在下卷里带有贬义的故事如《忿狷》《惑溺》之类，都可以说是率真的表现。《世说新语》的分类并没有十分严格的界限，例如《德行》的第一条，陈仲举为豫章太守，先访徐孺子，固然可以列入《德行》门，也并非不可列入《政事》门或《言语》门。又如《言语》门第二条徐孺子答人问，固然可以列入《言语》门，也并非不可列入《捷悟》门。我们如果不局限于原来的分类，加以更高的概括，大致就是颖悟、旷达和率真三类。在本文的第二部分，我对魏晋风流作了纵向的考察，意在说明陶渊明所达到的风流的高度。现在再作横向的考察，仍欲说明陶渊明达到的高度，因为在陶渊明身上，颖悟、旷达、率真三者兼而有之，而且十分协调地融合在一起。

前面讲过陶渊明的"拙"，其实他的"拙"处也正是他的"巧"处，也即颖悟之处。如果不是对世事有极高的颖悟，怎能以"守拙"自命，而且坚守到底？在晋宋之际那种政治环境中，最聪明的办法就是他所采取的守拙归隐了。陶的旷达,前人多有论及,无须赘言。我想强调的是,他的旷达既是其颖悟的表现,又是其真性情的流露。颖悟是其内在的美,旷达是其外在的美,率真则是其为人的准则。而这三者又统一在"自然"上,崇尚自然是他的最高的人生哲学[1]。

再换一个角度,人们所追求的任何人格美都不过是要祛除一些什么增进一些什么。魏晋风流也是如此,不过它主要的功夫是在"祛"上,这和儒家的进德修业有所不同,儒家是要通过一系列的修养来增进人的道德。那么,魏晋风流要祛的是什么呢? 就是"惑"与"蔽"。追求名利属于惑,追求长生属于蔽。名利之心可以迷惑人的心智,长生之欲可以遮蔽人的眼睛,都使人失去生的欢乐。"惑"与"蔽"都是"执",祛惑、祛蔽也就是"破执"。能"破执"则能风流。用这样的观点来看陶渊明的《形影神》诗,它蕴涵的意义固然很丰富,但其主旨用两个字便可概括,那就是"破执"——由"神"来破"形"和"影"的"执"。"形"执于对长生的企求,长生不可得,于是很苦恼:"天地长不没,山川无改时。草木得常理,霜露荣悴之。谓人最灵智,独复不如兹。适见在世中,奄去靡归期。""形"自己无法解决这个问题,只好靠饮酒忘忧:"愿君取吾言,得酒莫苟辞。"这当然无济于事。"影"的苦恼不仅是生命短促,还有名声不能久传:"身没名亦尽,念之五情

1　关于陶渊明诗文中"自然"的涵义,详拙文《陶渊明的自然之义》,台湾《国文天地》杂志第五卷第八期。

热。"影"解决这个问题的办法是立善以求遗爱之久传："立善有遗爱,胡可不自竭！"但在"神"看来,饮酒也罢,立善也罢,都不是解除苦恼的真正的办法：人总是要死的,无法抗拒。醉酒或能忘忧,反而会促龄；立善虽好,但在那个连善恶也不分的社会上又有谁为你扬善呢？"神"的主张是：

> 甚念伤吾生,正宜委运去。纵浪大化中,不喜亦不惧。

"委运"就是听任自然化迁,不以早终为苦,也不以长寿为乐；不以名尽为苦,也不以留有遗爱为乐,只要一切听其自然,就达到风流的极致了。当然,陶渊明并不是不想有所作为,只是在那个黑暗的封建社会,既要保持自身的高洁又要有所作为,实在太难了。陶渊明以崇尚自然为风流,似乎是有点消极,但从不肯同流合污这一点看来,是很难得的。虽不能有所为,也要有所不为。能有所不为,谈何容易！就颖悟、旷达、率真三者的融合而言,陶渊明的《拟挽歌辞》三首可谓风流之至：

> 有生必有死,早终非命促。昨暮同为人,今旦在鬼录。魂气散何之,枯形寄空木。娇儿索父啼,良友抚我哭。得失不复知,是非安能觉。千秋万岁后,谁知荣与辱。但恨在世时,饮酒不得足。

> 在昔无酒饮,今但湛空觞。春醪生浮蚁,何时更能尝？肴案盈我前,亲旧哭我傍。欲语口无音,欲视眼无光。昔在高堂寝,

今宿荒草乡。荒草无人眠,极视正茫茫。一朝出门去,归来良未央。

　　荒草何茫茫,白杨亦萧萧。严霜九月中,送我出远郊。四面无人居,高坟正嶕峣。马为仰天鸣,风为自萧条。幽室一已闭,千年不复朝。千年不复朝,贤达无奈何。向来相送人,各自还其家。亲戚或余悲,他人亦已歌。死去何所道,托体同山阿。

这三首诗全是设想之辞,诗人超越了自我,冷眼看着死后的自己以及周围发生的一切,而自身这一主体反而客观化了。这样的构思巧妙之极。其一,写刚死之际,乍离人世的恍惚之感。骄儿、良友都深感痛苦,但死去的"我"却已没有人世的悲欢,也没有人世的是非荣辱之感,世间的一切都没有意义了:"但恨在世时,饮酒不得足。"这样的态度可谓旷达之极。其二,写祭奠之后出殡;其三,写送殡和埋葬,特别是埋葬之后独宿荒郊的感觉。他对自己死后的一切看得很清楚:"亲戚或余悲,他人亦已歌。"谁能为自己长久地悲哀呢?这样的话别人也许不肯说出来,但他看透了也说透了,又可谓率真之极。

不知道《世说新语》为什么没有收录陶渊明的言行,也许因为他的时代太靠近了,但死在他之后的谢灵运却录入了;也许还是因为他地位不显,身居田园,鲜为人知的缘故吧。其实他不为五斗米折腰的故事,抚无弦琴的故事,取头上葛巾漉酒的故事,檀道济馈以粱肉麾而去之的故事,以及撰《自祭文》、《拟挽歌辞》等等,都是《世说新语》的绝妙资料,可惜刘义庆没有注意。

四

其实,说陶渊明只是祛除了一些世俗的东西,而无所追求,并不全面。他也在追求着,或者说是在有意无意地增进着自身的修养。冯友兰在其《论风流》一文中谈到构成真风流的四个条件,即"玄心"、"洞见"、"妙赏"、"深情"。这四点都可以看作陶渊明修养的目标。下面就以陶渊明的言行诗文为例,逐一加以论述。

若论玄心,陶渊明决不亚于《世说新语》中的那些名士们。他真能把个人的祸福成败和生死都置之度外,也真能超越自我而达到无我的境地。《饮酒》其十四:

不觉知有我,安知物为贵!

这虽然是酒后之言,表现了他酒后的感觉,但也可以说是他平时一贯的人生态度。陶渊明平时思考的并不是形而下的日常生活的问题,而是关于宇宙、人生的根本问题。所谓玄心,不就是玄远之心吗?心放得远,想得开,也就免去了那些世俗的苦恼,而得以超脱、风流。具体地说,他思考的是生与死的问题,形与神的问题,出与处的问题。他的《五月旦作和戴主簿》《连雨独饮》《拟挽歌辞》《形影神》《归园田居》等都是围绕着这些大的问题来写的,都表现了他的玄心。

陶渊明具有洞见,所以多有名言隽语,而且旨深言约。《饮酒》其五说:

结庐在人境,而无车马喧。问君何能尔,心远地自偏。采菊东篱下,悠然见南山。山气日夕佳,飞鸟相与还。此还有真意,欲辩已忘言。

从这首诗可以看出他的洞见与约言。"心远地自偏"这五个字有格言一般的理趣:重要的不是外部的环境,而是内心的状态,后者是可以改变前者的。陶渊明从偶然看到的、由山气归鸟构成的那片风景中,悟出人生的真谛。他觉得自己和那片风景已经融为一体,化为"飞鸟"归于山中,返回自然的状态。惟有这种自然的状态才是"真"。他想把其中的"真意"说出来,又觉得说不出也不必说了。此外,他的诗里名言隽语俯拾即是,如:"人生似幻化,终当归空无"(《归园田居》其四),"衣食当须纪,力耕不吾欺"(《移居》其二),"虽未量岁功,即事多所欣"(《癸卯岁始春怀古田舍》其二),"人生归有道,衣食固其端"(《庚戌岁九月中于西田获早稻》),"落地为兄弟,何必骨肉亲"(《杂诗》其一)。即以"虽未量岁功,即事多所欣"而论,这两句诗告诉我们:乐趣在于行为的过程之中,而不在于功利的获得。这也就是所谓只管耕耘不问收获吧。例如读书,这种行为本身就有许多乐趣,而不必期待书中的"黄金屋"和"颜如玉"。如果总是想着读书可以带给自己什么,抱着功利的目的,或者不能从读书本身得到乐趣,那读书还有什么意思呢?又有什么风流可言呢!"即事多所欣"这五个字,可以作我们的座右铭。

所谓妙赏就是对于美的感悟。陶渊明善于从日常生活中发现美的事物和美的感情,那种冲和平淡之美借着他的冲和平淡的语言表现出来,特别耐人寻味。"采菊东篱下,悠然见南山"这样的名句,其中的美感固不待言。即如"漉我新熟酒,只鸡招近局。日入室中暗,荆薪代明烛"(《归园田居》其五),不过是乡间极普通的生活场景,可是经陶渊明一写却有了浓郁的美感。漉好新酿的酒,只有一只鸡作肴,邀来近邻共同度过一个夜晚。屋里没有华灯也没有明烛,只有燃烧着的一把荆薪,照亮了并不丰盛的宴席,也照亮了朋友们的心。陶渊明又善于从山水田园中发现美,如"平畴交远风,良苗亦怀新"(《癸卯岁始春怀古田舍》其二),"山涤余霭,宇暧微霄。有风自南,翼彼新苗"(《时运》),都有陶渊明自己独特的发现。又如对于雪的感觉,他也别有一番亲切和趣味:"倾耳无希声,在目皓已结。"(《癸卯岁十二月中作与从弟敬远》)雪之下降,无声无息,就是倾耳细听也听不到一点声音。她默默地降落到大地上,似乎不愿意人们知道。但是偶然一看,就会惊喜地发现她已为大地裹上了一身银装,那么亮,那么白。这样的诗句,在后人中恐怕只有杜甫的"随风潜入夜,润物细无声"可以与之比美。对山水之美的体验本是与魏晋风流同步深化的,私家园林也是在这时兴起的[1]。陶渊明不像那些阔绰的士族,他不可能建造广大的园林,但他是真正能体会山水之美的。这是其妙赏的一个重要方面。妙赏,还表现在对艺术的鉴赏能力上。王、谢

---

[1]　参看吴世昌《魏晋风流与私家园林》。

二家出了那么多的风流名士，也出了那么多的艺术家，就是一个证明。陶渊明对艺术也有妙赏。《宋书·陶潜传》曰："潜不解音声，而畜素琴一张，无弦，每有酒适，辄抚弄以寄其意。"[1] 这件事很能反映陶渊明的妙赏。《老子》说"大音希声"，于无声之中才能听见不可穷尽的声音。有声反而把声固定于一种声音，限制了人的想像，唯无声方有无限之可能，遂亦得无限之自由。陶渊明可以"忘言"，在无言中领略无尽的真意；当然也可以抚无弦琴，在无声中聆听无尽的声音。

关于深情，冯友兰说："真正风流的人，有情而无我。他的情与万物的情有一种共鸣。"陶渊明的情与万物的情就有一种共鸣，他说："孟夏草木长，绕屋树扶疏。众鸟欣有托，吾亦爱吾庐。"（《读山海经》其一）"平畴交远风，良苗亦怀新。"（《癸卯岁始春怀古田舍》其二）"翩翩新来燕，双双入我庐。先巢故尚在，相将还旧居。自从分别来，门庭日荒芜。我心固匪石，君情定何如。"（《拟古》其三）他和那些自然之物建立了这样亲密的关系，如没有深情怎能达到！陶渊明对朋友也有一股深情，试看《答庞参军并序》：

> 三复来贶，欲罢不能。自尔邻曲，冬春再交。欵然良对，忽成旧游。俗谚云：数面成亲旧。况情过此者乎？人事好乖，便当语离。杨公所叹，岂惟常悲。吾抱疾多年，不复为文。本既不丰，复

1　中华书局点校本，第 2288 页。

老病继之。辄依周礼往复之义，且为别后相思之资。

　　相知何必旧，倾盖定前言。有客赏我趣，每每顾林园。谈谐无俗调，所说圣人篇。或有数斗酒，闲饮自欢然。我实幽居士，无复东西缘。物新人唯旧，弱毫夕所宣。情通万里外，形迹滞江山。君其爱体素，来会在何年？

从这篇短短的序文和这首不长的五言诗中，可以看到陶渊明对他的朋友怀着多么深挚的感情！庞参军和陶渊明志趣相投，这成为他们友情的基础，其中没有一点功利的成分，纯是一片真情。这样的友情实在太难得了！陶渊明的《悲从弟仲德》也表现了他的深情。他对自己的死很旷达，但对堂弟的死却怀着长久而深沉的悲哀。仲德并非刚刚去世，诗曰"宿草旅前庭"，可见他去世至少已经一年了。《礼记·檀弓上》曰："朋友之墓，有宿草而不哭焉。"[1] 但陶渊明还是忍不住悲哀，流出了泪水。诗的后半虽然用了"乘化"这样带有宽慰意思的词，但末尾还是再一次说自己"恻恻悲襟盈"。那真是一往情深！陶渊明并非没有哀，他的哀是对人生和万物的更深切的哀，是超越自我的哀，因而也可以说是无哀，进而可以说有一种超乎哀乐的乐。萧统《陶渊明集序》说："情不在于众事，寄众事以忘情者也。"就是这个意思。

　　总之，按照冯友兰关于风流的论述衡量陶渊明，他的确是真风流、大风流。冯先生说他的《饮酒》其五"结庐在人境"，"表示最高的玄

1　郑注："宿草，谓陈根也。"孔疏："草经一年则根陈也。"

心,亦表现最大的风流",又说"在东晋名士中渊明的境界最高",冯先生可谓陶渊明的知音。

五

冯友兰所说的"玄心"、"洞见"、"妙赏"、"深情",这四点可以总括为一条就是"虚灵"。"虚灵"的目标是归于自然,即保持人的自然本性。"玄心"等四方面的追求还可以归结为一种追求,即追求艺术化的人生,所以"风流"也可以说是一种艺术化的人生,或者说是用自己的言行、诗文、艺术使自己的人生艺术化。这种艺术必须是自然的,是人的本性的自然流露。本文开头说过,魏晋风流是魏晋士人所追求的一种人格美。说来说去,这种人格美的实质即在人生的艺术化。魏晋是一个艺术自觉的时代,一切都讲艺术,人生也不例外。这并不是说人人都去做艺术家,而是说讲究活着的艺术。怎样才算艺术? 当然会有不同的看法,但是在追求人生之完美这一点上是一致的。《世说新语·德行》载:"阮光禄在剡,曾有好车,借者无不皆给。有人葬母,意欲借而不敢言。阮后闻之,叹曰:'吾有车而使人不敢借,何以车为?'遂焚之。"据刘孝标注引《阮光禄别传》:"淹通有理识,累迁侍中。以疾筑室会稽剡山。征金紫光禄大夫,不就。年六十一卒。"[1]《世说新

---

1 余嘉锡笺疏本,第 33 页。

语·栖逸》曰："阮光禄在东山，萧然无事，常内足于怀。有人以问王右军，右军曰：'此君近不惊宠辱，虽古之沉冥，何以过此？'"[1]可见他虽是仕途中人，但并不贪恋名位，而求"内足"，即内心的自我满足。焚车之举，是一种风流的行为，也是对人生完美的追求。又如《世说新语·雅量》载："裴叔则被收，神气无变，举止自若。求纸笔作书。书成，救者多，乃得免。后位仪同三司。"[2]裴楷临危不惧，是一种风流行为，也是在谱写其人生乐曲的完美的末章。《世说新语·任诞》："王子猷居山阴，夜大雪，眠觉，开室，命酌酒。四望皎然，因起彷徨，咏左思《招隐诗》。忽忆戴安道，时戴在剡，即便夜乘小船就之。经宿方至，造门不前而返。人问其故。王曰：'吾本乘兴而行，兴尽而返，何必见戴？'"[3]自己的行为全凭一时的兴致，这种风流是以自由为人生的完美境界。阮光禄、裴叔则、王子猷三人的表现虽然不同，但在追求人生完美这一点上是共同的。

以世俗的眼光看来，陶渊明的一生可以说够"枯槁"的了，但换另一种眼光看，他的一生却是很艺术的。且看《宋书·陶潜传》的记载：

> 复为镇军、建威参军。谓亲朋曰："聊欲弦歌，以为三径之资，可乎？"执事者闻之，以为彭泽令。公田悉令吏种秫稻，妻子固请种秔。乃使二顷五十亩种秫，五十亩种秔。郡遣督邮至，县吏白

1　余嘉锡笺疏本，第 654 页。

2　同上，第 351 页。

3　同上，第 760 页。

应束带见之。潜叹曰:"我不能为五斗米折腰向乡里小人!"即日
解印绶去职[1]。

　　求官时,则明言是为了以后隐居的资用;得到田地,又用来种秫酿
酒;督邮至,不肯折腰,即日去职。陶渊明简直是在用自己的言行塑造
一个艺术的形象。再看《宋书》的另一段记载:

　　　　江州刺史王弘欲识之,不能致也。潜尝往庐山,弘令潜故人
　　庞通之赍酒具,于半道栗里邀之。潜有脚疾,使一门生二儿舁篮
　　舆;既至,欣然便共饮酌。俄顷弘至,亦无忤也。……尝九月九日
　　无酒,出宅边菊丛中坐久,值弘送酒至,即便就酌,醉而后归。潜
　　不解音声,而畜素琴一张,无弦,每有酒适,辄抚弄以寄其意。贵
　　贱造之者,有酒辄设。潜若先醉,便语客:"我醉欲眠,卿可去!"
　　其真率如此。郡将候潜,值其酒熟,取头上葛巾漉酒,毕,还复
　　著之[2]。

这段话集中地介绍了陶渊明的饮酒,他和酒的关系很有艺术的趣味。
他不愿意见当权者,当权者就用酒来打通接近他的道路。他的无弦琴
也在酒后抚弄以寄其意。当他醉酒之后,向客人说的那句话,更是充
分显示了他的真情。酒,已成为其人生艺术化的媒介了。
　　我们还可以举他的诗文为证。人所周知的《归园田居》不必说

1　中华书局点校本,第 2287 页。
2　同上,第 2288 页。

了，就说那四言诗《时运》吧，此诗共四章，一写出游，二写所见，三写所思，四写归庐。序里说"欣慨交心"，一二章偏重于欣，三四章偏重于慨。且看诗的一、四两章：

> 迈迈时运，穆穆良朝。袭我春服，薄言东郊。山涤余霭，宇暖微霄。有风自南，翼彼新苗。

> 斯晨斯夕，言息其庐。花药分列，林竹翳如。清琴横床，浊酒半壶。黄唐莫逮，慨独在余。

诗里说：四时不断地运行着，又是一个和穆的春天的早晨。我穿上春服，来到东郊。山上的岚气渐渐涤除了，那山也像被洗过一般。而天宇则罩上了一层薄薄的云气。一阵风从南方吹来，使新苗都张开了翅膀。如果说这是一幅绝妙的春朝图，那么这幅图里就不仅有山有风有新苗，还有一位换上春服的诗人。他本人已成为大自然的点缀，更确切地说，他已和大自然融为一体了。第四章写田庐生活，其中的诗人形象也体现了一种完美的人生理想。庐外是整齐的花药、茂盛的林竹，庐内唯有清琴（就是那张无弦琴吧）和浊酒。这首诗表现了陶渊明艺术化的人生。

再看《五柳先生传》：

> 先生不知何许人也，亦不详其姓字。宅边有五柳树，因以为号焉。闲静少言，不慕荣利。好读书，不求甚解；每有会意，便欣然忘食。性嗜酒，家贫不能常得。亲旧知其如此，或置酒而招之。

造饮辄尽,期在必醉,既醉而退,曾不吝情去留。环堵萧然,不蔽风日。短褐穿结,箪瓢屡空,晏如也。常著文章自娱,颇示己志。忘怀得失,以此自终。

赞曰:黔娄之妻有言:"不戚戚于贫贱,不汲汲于富贵。"极其言兹若人之俦乎?酣觞赋诗,以乐其志,无怀氏之民欤?葛天氏之民欤?

这篇短文勾勒了他的人生情趣,从中可以看出他如何把自己的人生当成一件艺术品在进行创造。就以其读书著文来说吧,好读书,不求甚解,这态度就不同于汉儒,汉儒为章句之学,每得圣人之字句而遗其精神。陶渊明读书重在"会意",著文重在"自娱",别无功利目的。这样的读书著文的生活,就是艺术化了的生活。再看其饮酒时的态度,自己家贫不能常得,每逢亲旧招饮,就期在必醉,醉了就走,要去要留任凭自己的兴致。这样的饮酒,这样的应酬,没有世俗的习气,也是艺术化了的。

陶渊明的艺术化的人生,并不一定要远离人世,《饮酒》其五所谓"心远地自偏"这句话最能代表他的人生哲学。所谓脱俗,并不在于身之所处,而在心之所安。只要自己的心远离尘世,虽然身处人境,也不会沾染人世的庸俗。陶渊明毕竟不是那种岩居穴处的隐士,他并没有完全脱离人间,他有朋友、邻居、乡亲,他也曾几次出仕,但他的人格还是清高的。

陶渊明的风流还可以概括为"简约玄淡、不滞于物"八个字。唯简约方无累,唯玄淡方超远,唯不滞于物心灵方能得到最大的自由。相比之下,当代人所追求的生活太借重于物了,艺术好像是外来的刺激,而不是内心的存在。这就跟风流有距离。陶渊明之风流在于他的内心,他的艺术化的生活是内在素质的无意的外现,这才是真正的风流。

"简约玄淡,不滞于物。"这八个字不仅可以概括陶渊明的风流,即其人生的艺术,也可以概括陶渊明诗歌的艺术。其人生艺术与诗歌艺术是统一的。所谓"简约",是指其语言精粹的程度,他使诗的语言获得了极高的启示性,以少少许胜多多许。所谓"玄淡",是指其诗歌的那种玄静冲淡的气象,不给人什么强烈的刺激,却给人留下难忘的印象。所谓"不滞于物",是指不停留于物象的描写,而是透过人人可见之物写出别人难以悟出之理,表达高于世人之情。总之,无论就人而言还是就诗而言,陶渊明都不愧是真风流、大风流,说他达到了风流的极致也不会过分的。

袁行霈

（1990 年向台湾成功大学主办之魏晋南北朝文学
与思想学术研讨会提交的论文）

目
录

停　云 并序

停云，思亲友也[1]。罇湛新醪[2]，园列初荣[3]。愿言不从[4]，叹息弥襟[5]。

霭霭停云[6]，濛濛时雨[7]。八表同昏[8]，平路伊阻[9]。静寄东轩[10]，春醪独抚[11]。良朋悠邈[12]，搔首延伫[13]。

停云霭霭，时雨濛濛。八表同昏，平陆成江。有酒有酒，闲饮东窗。愿言怀人，舟车靡从[14]。

东园之树[15]，枝条载荣[16]。竞用新好，以怡余情[17]。人亦有言[18]，日月于征[19]。安得促席[20]，说彼平生[21]？

翩翩飞鸟[22]，息我庭柯[23]。敛翮闲止[24]，好声相和。岂无他人，念子寔多[25]。愿言不获，抱恨如何[26]！

———

"停云"，停滞不散之云。此诗仿《诗》体例，取首句二字为题。

———

渊明虽然性情高远，但对友人自有一片热肠。以舒缓平和之四言写来,又有一种深情厚意见诸言内,溢于言表。王夫之以"深远广大"四字评之(《古诗评选》卷二),实为有见。

"停云"二字,一经渊明写出,遂成为一种意象,隐喻思念亲友,仅今存辛弃疾词中就出现九次之多。

一、二章,雨中路阻,不得与友人往来。三章就"东轩""东窗"引出"东园"之树,由枝条始荣联想岁月流逝,而思与亲友共话平生。四章,复由树及鸟,飞鸟尚能"好声相和",而我却寂寞孤独,益发"抱恨"矣。

1　亲友:亲密之朋友,犹首章之"良朋"。

2　罇湛(chén)新醪(láo):意谓酒罇之中斟满新酿之醪也。罇湛,意谓酒罇为酒所盈没。醪,是带糟之酒,未漉者。

3　园列初荣:与上句句式相同,意谓园中遍布鲜花也。列,陈列,又有众多之义。初荣,初开之花。

4　愿言不从:意谓思念友人而不得见。愿,思念。《诗·卫风·伯兮》:"愿言思伯。"言,语助词。不从,不顺遂。

5　弥襟:满怀。

6　霭霭:云集貌。

7　濛濛时雨:濛濛,雨密貌。时雨,丁福保《陶渊明诗笺注》(以下简称丁《笺注》):"应时之雨。"陶诗中多用"时雨",如《拟古》其二:"仲春遘时雨。"《和戴主簿》:"神渊写时雨。"

8　八表同昏：八表，八方以外极远之处。渊明常用此二字，如《归鸟》："远之八表。"《连雨独饮》："八表须臾还。"昏，指阴雨昏暗。

9　平路伊阻：意谓连平路亦阻难不通矣。曹植《应诏诗》："仆夫警策，平路是由。"《诗·邶风·雄雉》："自诒伊阻。"毛传："伊，维。阻，难。"

10　静寄东轩：静居于东轩之下。寄，寄身。东轩，东窗。渊明《饮酒》其七："啸傲东轩下。"

11　春醪独抚：意谓独自饮酒。春醪，春酒。《诗·豳风·七月》："为此春酒，以介眉寿。"毛传："春酒，冻醪也。"孔颖达疏："此酒冻时酿之，故称冻醪。"《文选》张衡《东京赋》："因休力以息勤，致欢忻于春酒。"李善注："春酒，谓春时作，至冬始熟也。"抚，持，此犹言把酒。渊明《九日闲居》："持醪靡由。"

12　悠邈：遥远。阮籍四言《咏怀诗》十三首之九："山川悠邈，长路乖殊。"

13　搔首延伫：搔首，心情烦急之状。《诗·邶风·静女》："爱而不见，搔首踟蹰。"延伫，久立等待。

14　舟车靡从：欲往而无舟车相随也。

15　东园：渊明《饮酒》其八："青松在东园。"

16　载荣：犹始荣也。

17　"竞用"二句：意谓东园之树竞相以其始荣之枝叶快慰我

的情也。汤汉注:"谓相招以事新朝。"霈案:此说断章取义,不可取。

18　人亦有言:《诗·大雅·荡》:"人亦有言,颠沛之揭。"魏晋人常以"人亦有言"四字入诗,如王粲《赠士孙文始》:"人亦有言,靡日不思。"陆机《赠冯文罴迁斥丘令》:"人亦有言,交道实难。"渊明诗中凡三见,除《停云》外,另见《时运》《命子》。

19　日月于征:《诗·唐风·蟋蟀》:"日月其迈。"征,犹"迈",行也。

20　促席:促近坐席也。左思《蜀都赋》:"合樽促席,引满相罚。"

21　平生:犹少时。

22　翩翩:疾飞貌,亦有轻快自得之意。《文选》张华《鹪鹩赋》:"翩翩然有以自乐也。"李善注:"翩翩,自得之貌。"渊明《拟古》其三:"翩翩新来燕,双双入我庐。"

23　庭柯:庭园之树枝。渊明《归去来兮辞》:"眄庭柯以怡颜。"

24　敛翮闲止:敛翮(hé),敛翅。止,语助词。

25　"岂无"二句:《诗·唐风·杕杜》:"岂无他人,不如我同父。"《诗·唐风·羔裘》:"岂无他人,维子之故。"《诗·秦风·晨风》:"如何如何,忘我实多。"寔:通实。

26　"愿言"二句：《文选》嵇康《赠秀才入军》其三："愿言不获，怆矣其悲。"李善注引张衡诗曰："愿言不获，终然永思。"恨，憾也。

时　运 并序

时运,游暮春也。春服既成[1],景物斯和[2]。偶景独游[3],欣慨交心[4]。

迈迈时运[5],穆穆良朝[6]。袭我春服[7],薄言东郊[8]。山涤余霭,宇暧微霄[9]。有风自南,翼彼新苗[10]。

洋洋平泽,乃漱乃濯[11]。邈邈遐景,载欣载瞩[12]。称心而言,人亦易足[13]。挥兹一觞[14],陶然自乐。

延目中流,悠悠清沂[15]。童冠齐业[16],闲咏以归。我爱其静,寤寐交挥[17]。但恨殊世[18],邈不可追[19]。

斯晨斯夕,言息其庐。花药分列,林竹翳如[20]。清琴横床,浊酒半壶。黄唐莫逮[21],慨独在余。

―――

"时运",指春夏秋冬四季之运行。

《庄子·知北游》:"阴阳四时运行,各得其序。"《大戴礼》:"故仰则观天文,俯则察地理,前视则睹鸾和之声,侧听则观四时之运。""时运"二字本此。

　　此诗仿《诗》体例,取首句中二字为题。

　　一章出游,二章所见,三章所思,四章归庐。一、二章欣,三、四章慨。独游时心与景融,陶然自乐;乐中又有不得与古人相交之慨叹。暮春之景,隐居之乐,怀古之情,浑然交融,渊明之性情与人格毕现。

1　春服既成:春服已经穿定,气候确已转暖也。《论语·先进》:"暮春者,春服既成。冠者五六人,童子六七人,浴乎沂,风乎舞雩,咏而归。"成,定。《国语·吴语》:"吴晋争长未成。"注:"成,定也。"

2　景物斯和:斯,句中连词。和,和穆。

3　偶景独游:景,同"影"。偶景,以自己之身影为伴,表示孤独。张华《相风赋》:"超无返而特存,差偶景而为邻。"

4　欣慨交心:欣喜与慨叹两种感情交会于心。

5　迈迈:行而复行,此言四时不断运行。夏侯湛《庄周赞》:"迈迈庄周,腾世独游。"

6　穆穆:和美貌。嵇康《赠秀才入军》:"穆穆惠风,扇彼轻尘。"

7　袭:衣加于外。《文选》潘岳《籍田赋》:"袭春服之蓑蓑兮。"

8　薄言东郊：薄，迫，近。《左传》文公十二年："薄诸河。"言，语助词。郗昙《兰亭诗》："薄言游近郊。"

9　"山涤"二句：意谓青山从朝雾中显现，天空罩上一层薄云。霭，云翳。宇，《淮南子·齐俗训》："四方上下谓之宇。"暧，遮蔽。霄，云气。

10　翼彼新苗：意谓南风吹拂新苗，宛若使之张开翅膀。翼，名词用为动词。

11　"洋洋"二句：洋洋，水盛大貌。《诗·卫风·硕人》："河水洋洋。"平泽，涨满水之湖泊。漱、濯，洗涤。《孟子·离娄》："有孺子歌曰：'沧浪之水清兮，可以濯我缨；沧浪之水浊兮，可以濯我足。'"

12　"邈邈"二句：意谓眺望远景心感欣喜也。邈邈，远貌。遐景，远景。载，语助词。

13　"称（chèn）心"二句：意谓就本心而论，人之需求亦易满足。称，相适应，符合。《国语·晋语六》"称晋之德"，韦昭注："称，副也。"称心，犹与心相副。此犹《庄子·逍遥游》所谓："鹪鹩巢于深林，不过一枝；偃鼠饮河，不过满腹。"

14　挥兹一觞：意谓举觞饮酒。《还旧居》："一觞聊可挥"，义同。

15　"延目"二句：意谓当此延目中流之际，平泽忽如鲁地之沂水。言外之意，向往曾皙所言之生活。延目，放眼远望。中流,此指平泽之中央。悠悠,形容水流之悠长。沂,河名,源出山东东南部。

16　童冠齐业:童冠,童子与冠者,未成年者与年满二十者。齐业,课业完成。齐,通"济"。《荀子·王霸》:"以国齐义,一日而白,汤、武是也。"杨倞注:"齐,当为济,以一国皆取济于义。"《尔雅·释言》:"济,成也。"

17　"我爱"二句:意谓我爱曾皙之静,不论日夜皆向往不已,奋而求之也。"静"乃儒家所谓仁者之性格。《论语·雍也》:"子曰:'知者乐水,仁者乐山。知者动,仁者静。知者乐,仁者寿。'"汤汉注:"静之为言,谓其无外慕也,亦庶乎知浴沂者之心矣。"寤,醒时。寐,睡时。《诗·周南·关雎》:"寤寐求之。"交,《小尔雅·广言》:"俱也。"挥,《说文》:"奋也。"

18　殊世:不同时代。

19　追:追随。

20　翳(yì)如:犹翳然,隐蔽貌。

21　黄唐莫逮:黄,黄帝。唐,尧。莫逮,未及。渊明《赠羊长史》:"愚生三季后,慨然念黄虞。"

荣 木 并序

荣木,念将老也。日月推迁[1],已复九夏[2]。总角闻道[3],白首无成[4]。

采采荣木[5],结根于兹[6]。晨耀其华,夕已丧之。人生若寄[7],顦顇有时[8]。静言孔念,中心怅而[9]。

采采荣木,于兹托根[10]。繁华朝起,慨暮不存。贞脆由人[11],祸福无门[12]。匪道曷依,匪善奚敦[13]?

嗟余小子,禀兹固陋[14]。徂年既流,业不增旧[15]。志彼不舍,安此日富[16]。我之怀矣,怛焉内疚[17]。

先师遗训[18],余岂之坠[19]?四十无闻,斯不足畏[20]。脂我行车,策我名骥[21]。千里虽遥,孰敢不至[22]?

"荣木",古《笺》:"木堇也。《月令》:'仲夏之月,木堇荣。'与'日月推迁,已复九夏'应。《说文》:'蕣,木堇,朝生暮落者。'与'晨耀其华,夕已丧之'应。荣木之为木堇,无疑也。陶公不曰木堇,而曰荣木者,盖取《月令》'木堇荣'之义。"

霈案：此诗之"荣木"，或如古直所说指木堇，但"荣木"一词并非专指木堇。荣木者，繁荣之树木也，如渊明《饮酒》其四："劲风无荣木，此荫独不衰。"

此诗仿《诗》体例，取首句中二字为题。

—— 此诗念念不忘进业与功名，是渊明出仕前所作。观"先师遗训"云云，可见儒家思想影响明显。

—— 1　推迁：推移变迁。谢灵运《过始宁墅》："束发怀耿介，逐物遂推迁。违志似如昨，二纪及兹年。"

2　九夏：夏季之九十天。《太平御览》卷二二引梁元帝《纂要》："夏曰朱明，亦曰长嬴、朱夏、炎夏、三夏、九夏。"

3　总角闻道：总角，《礼记·内则》："男女未冠笄者，鸡初鸣，咸盥、漱、栉、縰，拂髦，总角。"注："总角，收发结之。"闻道，《论语·里仁》："朝闻道，夕死可矣。"

4　白首无成：与上句"总角"对举，皆以头发表示年龄。渊明《饮酒》其十六："行行向不惑，淹留遂无成。"

5　采采：《诗·秦风·蒹葭》："蒹葭采采。"毛传："采采，犹萋萋也。"

6　结根：固根。《古诗十九首》："冉冉孤生竹，结根泰山阿。"

7　人生若寄：《古诗十九首》："人生忽如寄。"又："人生天地间,忽如远行客。"李善注引《尸子》:"老莱子曰:'人生于天地之间,寄也。'"霈案:寄,客也。见《一切经音义》引《广雅》。

8　頼頓(qiáo cuì)有时:意谓到一定时间就会憔悴、衰老以至死亡。时,时限。《礼记·玉藻》:"亲老,出不易方,复不过时。"

9　"静言"二句:安然深思,由衷地怅然。言,语助词。孔,甚。而,语助词。古《笺》:"《邶风(·柏舟)》:'静言思之',毛传:'静,安也。'"

10　托根:寄根。

11　贞脆由人:意谓贞脆取决于人自己。古《笺》:"班婕妤《捣素赋》:'虽松梧之贞脆,岂荣凋其异心。'"霈案:殷仲文《南州桓公九井作诗》:"何以标贞脆,薄言寄松菌。"贞,坚贞。脆,脆弱。此"贞脆"指人年寿之长短,亦暗指人之节操。陶诗屡用"贞"字,如《和郭主簿》咏青松曰:"怀此贞秀姿,卓为霜下杰。"《戊申岁六月中遇火》自咏曰:"贞刚自有质,玉石乃非坚。"

12　祸福无门:《左传》襄公二十三年:"闵子马见之,曰:'子无然!祸福无门,惟人所召。'"《淮南子·人间训》:"夫祸之来也,人自生之;福之来也,人自成之。"

13　"匪道"二句:匪,非。曷依,何所归依。奚敦,何以敦勉。古《笺》:"《礼记·祭统》:'心不苟虑,必依于道。'《曲礼上》:

'敦善行而不怠。'"霈案:此所谓"道"与"善",皆儒家伦理范畴。

14　"嗟余"二句:意谓自己禀赋不佳。小子,自己之谦称,兼指自己年幼之时。固陋,固执鄙陋,见识短浅而不通达。司马相如《上林赋》:"鄙人固陋,不知忌讳。"

15　"徂(cú)年"二句:意谓时光流逝,而学业未曾有所增益。徂年,逝年。《后汉书·马援传赞》:"徂年已流,壮情方勇。"

16　"志彼"二句:意谓志虽在学,而竟安此酒醉。(宋)汤汉《陶靖节先生诗注》(以下简称汤注):"《荀子(·劝学篇)》:'(驽马十驾,)功在不舍。'《诗(·小雅·小宛)》:'一醉日富。'盖自咎其废学而乐饮尔。"

17　怛(dá):忧伤悲苦。

18　先师遗训:先师,指孔子。遗训,死者生前之教导。

19　余岂之坠:之坠,犹"坠之",宾语前置。之,代指先师遗训。坠,失落,此谓遗忘。

20　"四十"二句:《论语·子罕》:"四十、五十而无闻焉,斯亦不足畏也已。"

21　"脂我"二句:古《笺》:"《小雅(·何人斯)》:'尔之亟行,遑脂尔车。'"脂,油,此谓将油涂在车轴上。策,鞭策。

22　孰:何。

赠长沙公族孙 并序

余于长沙公为族祖,同出大司马。昭穆既远[1],以为路人[2]。经过浔阳[3],临别赠此。

同源分流,人易世疏[4]。慨然寤叹,念兹厥初[5]。礼服遂悠,岁月眇徂[6]。感彼行路,眷然踌躇[7]。

於穆令族,允构斯堂[8]。谐气冬暄,映怀圭璋[9]。爰采春花,载警秋霜[10]。我曰钦哉,寔宗之光[11]。

伊余云遘,在长忘同[12]。言笑未久,逝焉西东。遥遥三湘,滔滔九江[13]。山川阻远,行李时通[14]。

何以写心[15]?贻兹话言[16]:进篑虽微,终焉为山[17]。敬哉离人[18],临路凄然。款襟或辽,音问其先[19]。

"长沙公",晋大司马陶侃封长沙郡公。陶姓封长沙公而又任大司马者,在东晋仅陶侃一人。

陶侃之爵位先传其子陶夏,后传其孙陶弘、曾孙绰之、玄孙延寿,此指延寿之子。渊明为陶侃曾孙,故于延寿之子为族祖。

延寿，晋义熙五年曾在刘裕军幕任谘议参军，见《宋书·高祖本纪》，入宋后卒，论年龄其子当可与渊明见面。延寿入宋已降封吴昌侯，此以长沙公称其子者，从晋爵也。

延寿之父绰之与渊明为同曾祖之昆弟，故渊明可称延寿之子为族孙。

此长沙公论爵位是嫡长，论辈分则是渊明族孙，原未曾见面，现以为路人。偶一相逢，遽又离别。诗之口吻不卑不亢，处处与彼此身份相合。

一章，初见之感叹；二章，对长沙公之称赞；三章，惜别；四章，临别劝勉。

观此诗，渊明宗族观念颇深。重门阀乃当时士大夫之习俗，渊明亦未能免也。

1　昭穆既远：意谓虽是同宗，然世系已远。昭穆，古代宗法制度，宗庙之次序，始祖居中，以下父子互为昭穆，左侧为昭，右侧为穆。祭祀时亦按此次序排列。

2　路人：陌生人。

3　浔阳：今江西九江，渊明家乡。

4　"同源"二句：意谓此长沙公与余祖先相同而分支不同，一代一代逐渐变更而疏远矣。(明) 何孟春注《陶靖节集》(以下简称何注):"班孟坚《幽通赋》:'术同源而分流',曹大家曰:'如水同源而分流也。'"《文镜秘府论》引孔文举《与族弟书》:"同源派流,人易世疏。"

5 "慨然"二句:意谓慨叹于彼此之关系,而顾念其初之同源也。古《笺》:"《诗·曹风(·下泉)》:'忾我寤叹,念彼周京。'郑笺:'忾,叹息之意。寤,觉也。'"厥初,其初。《诗·大雅·生民》:"厥初生民,实维姜嫄。"此指陶侃之始封也。

6 "礼服"二句:意谓亲属关系既已疏远,岁月之流逝又已久远。礼服,古代之丧礼,丧服以所用材料之不同而分为斩衰、齐衰、大功、小功、缌麻等五种,亲疏不同,丧服亦不同,谓之"服制"。古《笺》引《汉书·夏侯胜传》"善说礼服",师古注:"礼之丧服也。"眇徂,远逝,远去。

7 "感彼"二句:意谓顾恋徘徊,仓促间未便相认也。行路,路人。《后汉书·范滂传》:"行路闻之,莫不流涕。"

8 "於(wū)穆"二句:赞美其能继承祖先之事业。古《笺》:"《周颂(·清庙)》:'於穆清庙。'毛传:'於,叹辞也。穆,美。'《书·大诰》:'若考作室,既底法,厥子乃弗肯堂,矧肯构?'孔传:'父已致法,子乃不肯为堂基,况肯构立屋乎?'"令族,望族名门。允,信,诚然。

9 "谐气"二句:赞美长沙公谐和温厚,品德高贵。《礼记·礼器》"圭璋特"，孔疏："圭璋，玉中之贵也；……诸侯朝王以圭，朝后执璋。"用以比喻人品之高贵。《后汉书·刘儒传》："郭林宗尝谓儒口讷心辩，有圭璋之质。"

10　"爰采"二句：赞美长沙公有春花之光彩、秋霜之警肃。《艺文类聚》卷五七引后汉崔琦《七蠲》："姿喻春华，操越秋霜。"华，通"花"。

11　寔宗之光：寔，通"实"，确实。宗，宗族。

12　"伊余"二句：意谓余与长沙公相遇，虽辈分为长，而竟忘为同宗也。

13　"遥遥"二句：湘水发源，与漓水合流后称漓湘，中游与潇水合流后称潇湘，下游与蒸水合流后称蒸湘，总称"三湘"。此指长沙公封地，亦其将去之地。九江，渊明居地。

14　行李时通：意谓希望时有书信往还。行李，使者。

15　写心：输心。《诗·小雅·蓼萧》："既见君子，我心写兮。"

16　贻兹话言：赠此善言，即以下二句。《诗·大雅·抑》："其维哲人，告之话言。"毛传："话言，古之善言也。"

17　"进篑"二句：《论语·子罕》："譬如为山，未成一篑。止，吾止也。譬如平地，虽覆一篑。进，吾往也。"《书·旅獒》："为山九仞，功亏一篑。"篑，同"篑"，土笼。

18　敬哉离人：此亦勉励长沙公之言。敬，谨慎。《论语·学而》："敬事而信。"

19 "款襟"二句:意谓再次会面畅叙衷曲或遥遥无期,唯以通音信为要也。款,款曲,衷情。襟,襟怀。其,表示加强语气。

酬丁柴桑

有客有客，爰来爰止[1]。秉直司聪，于惠百里[2]。浊胜如归[3]，矜善若始[4]。匪惟谐也，屡有良由[5]。载言载眺，以写我忧[6]。放欢一遇，既醉还休[7]。实欣心期，方从我游[8]。

——
丁柴桑，柴桑县令，名字未详。柴桑，渊明故里。

——
"浊胜如归，矜善若始"，此二句颇如沈德潜所云"可作箴规"（《古诗源》卷八）。若依古《笺》，释"归"为归家；不取"矜善"而取"聆善"，意趣则嫌不足。

——
1 "有客"二句：意谓丁柴桑自外地来居于此。古《笺》引《诗·周颂（·有客）》："有客有客。"郑笺："重言之者，异之也。"又引《诗·小雅（·斯干）》："爰居爰处。"郑笺："爰，于也。"霈案：爰止，《诗·小雅·采芑》："鴥彼飞隼，其飞戾天，亦集爰止。"
2 "秉直"二句：意谓秉持正义，处事聪明，为惠全县。司聪，古《笺》引《左传》昭公九年："女为君耳，将司聪也。"于，为。《文选》司马相如《长门赋》："因于解悲愁之辞。"李善注引郑玄《仪礼注》:"于,为也。"百里,古《笺》引《文选》陆士衡《赠冯文罴迁斥丘令》:"我求明德,肆于百里。"李善注:"《汉书》曰:'县,大率百里。其人稠则盛,稀则旷也。'"

3　湌胜如归:意谓吸取别人之胜理,则如归依之耳。湌,同"餐"。渊明《读史述》"共湌至言"(《七十二弟子》),又"望义如归"(《程杵》)。归,归依、归附。《诗·曹风·蜉蝣》:"心之忧矣,于我归处。"郑笺:"归,依归。"

4　矜善若始:意谓珍惜自己之善德,久而不怠,一如开始。矜,敬重,崇矜。《汉书·贾谊传》:"婴以廉耻,故人矜节行。"师古曰:"婴,加也。矜,尚也。"

5　"匪惟"二句:意谓彼此不仅感情投合,而且屡有良缘得以相处也。匪惟,非惟,不仅。由,《仪礼·士相见礼》:"某也愿见无由达。"注:"言久无因缘以自达也。"

6　以写我忧:古《笺》引《诗·邶风(·泉水)》:"驾言出游,以写我忧。"毛传:"写,除也。"

7　"放欢"二句:意谓一见情洽,痛饮尽欢,既醉便休。放欢,尽欢。还(xuán),便,随即。渊明《与殷晋安别》:"一遇尽殷勤。"渊明《五柳先生传》:"既醉而退,曾不吝情去留。"

8　"寔欣"二句:意谓彼此方始交游,即以心相许,实乃快事也。心期,心中相许。方,始,见《广雅·释诂一》。

答庞参军 并序

庞为卫军参军，从江陵使上都[1]，过浔阳见赠。

衡门之下[2]，有琴有书。载弹载咏，爰得我娱[3]。岂无他好？乐是幽居[4]。朝为灌园[5]，夕偃蓬庐[6]。

人之所宝，尚或未珍[7]。不有同爱，云胡以亲[8]？我求良友，实靓怀人[9]。欢心孔洽，栋宇唯邻[10]。

伊余怀人，欣德孜孜[11]。我有旨酒，与汝乐之[12]。乃陈好言[13]，乃著新诗。一日不见，如何不思[14]！

嘉游未歇[15]，誓将离分[16]。送尔于路，衔觞无欣[17]。依依旧楚，邈邈西云[18]。之子之远，良话曷闻[19]？

昔我云别，仓庚载鸣[20]。今也遇之，霰雪飘零[21]。大藩有命[22]，作使上京。岂忘宴安[23]？王事靡宁[24]。

惨惨寒日，肃肃其风[25]。翩彼方舟，容与江中[26]。勖哉征人[27]，在始思终[28]。敬兹良辰[29]，以保尔躬[30]。

—— 　庞参军，佚名，曾为卫军参军。

　　凡诸王及将军开府者皆置参军。晋代诸州刺史多以将军开府，故亦置参军。

　　序曰"从江陵使上都"，可知庞所事卫军将军乃江陵刺史。江陵刺史兼领卫军将军者，乃王弘也。

—— 　一章，己之怀抱。二、三章，以往之交情。四章，春天之离别。五、六章，今冬之重逢与再别。

　　所谓"在始思终"、"以保尔躬"，似在勖勉中含有警诫之意。"王事靡宁"岂若己之"乐是幽居"耶？

—— 1　从江陵使上都：江陵，荆州治所。在今湖北省，长江北岸。上都，京都。班固《西都赋》："寔用西迁，作我上都。"晋宋时建都于建康，今南京市。自江陵出使上都，途经浔阳。

2　衡门：衡木为门，指简陋之居处。《诗·陈风·衡门》："衡门之下，可以栖迟。"

3　爰得我娱：古《笺》引《诗·魏风·硕鼠》："爰得我所。"郑笺："爰，曰也。"

4　乐是幽居：古《笺》引《礼记》郑注："幽居，谓独处时也。"霈案：原文见《儒行》："幽居而不淫。"

5　灌园：刘向《古列女传·楚於陵妻》载：楚王闻於陵子终

贤,欲以为相。妻曰:"夫子织屦以为食,……左琴右书,乐亦在其中矣。"遂相与逃而为人灌园。渊明《扇上画赞》有於陵仲子,曰:"蔑彼结驷,甘此灌园。"又《戊申岁六月中遇火》:"既已不遇兹,且遂灌我园。"

6　夕偃蓬庐:偃,卧。蓬庐,草屋。

7　"人之"二句:意谓己所珍重者,不同于世人。古《笺》引《礼记·儒行》:"儒有不宝金玉,而忠信以为宝。"

8　"不有"二句:意谓倘无同好,何以亲近耶?郑丰《答陆士龙诗·兰林》:"咨予遘时,千载同爱。"

9　实觏(gòu)怀人:意谓果然遇到所怀念之人。实,果然。《国语·晋语五》:"及栾弗忌之难,诸大夫害伯宗,将谋而杀之,毕阳实送州犁于荆。"刘淇《助字辨略》:"此'实'字,犹云果也。"觏,遇见。

10　"欢心"二句:意谓欢心甚相合也,彼此居处相邻。古《笺》引《诗·小雅·正月》:"洽比其邻。"毛传:"洽,合。"宇,屋檐。唯,语助词。

11　"伊余"二句:意谓余所怀之人,好德乐道,孜孜不倦。伊,发语词。《尔雅·释诂》:"维也。"

12　"我有"二句:古《笺》引《诗·小雅(·鹿鸣)》:"我有旨酒,以燕乐嘉宾之心。"旨酒,美酒。

13　陈:述说。

14　"一日"二句：古《笺》引《诗·王风(·采葛)》："一日不见，如三月兮。"又，《君子于役》："君子于役，如之何勿思。"

15　斁(yì)：厌倦。

16　誓将：同"逝将"。古《笺》："《魏风(·硕鼠)》：'逝将去汝。'《公羊传》疏引作'誓将去汝'。"逝，往也。

17　衔觞：指饮酒。

18　"依依"二句：意谓遥望庞参军将去之地，无限怀恋。依依，《楚辞·九思·伤时》："志恋恋兮依依。"旧楚，楚国旧都于郢，即江陵。楚顷襄王二十一年，秦拔郢，王东徙陈，故称郢为旧楚。邈邈，远也。

19　"之子"二句：意谓庞参军远逝，何时再共言谈耶？古《笺》引《诗·小雅(·白华)》："之子之远，俾我独兮。"之子，此人。良话，与上"好言"呼应。曷，何时。

20　"昔我"二句：指同年春送别庞参军之事。云别，言别。仓庚，黄鹂。载鸣，始鸣。古《笺》引《诗·豳风·七月》："春日载阳，有鸣仓庚。"

21　"今也"二句：指此次冬天之相遇。霰，雪糁。《诗·小雅·采薇》："昔我往矣，杨柳依依。今我来思，雨雪霏霏。"以上四句由此化出。

22　大藩：指宜都王刘义隆。藩，藩王。

23　宴安：闲逸安乐。

24　王事靡宁：古《笺》引《诗·小雅（·四牡)》："王事靡盬，不遑启处。"靡，无。宁，安宁。

25　"惨惨"二句：古《笺》引《文选》王仲宣《赠蔡子笃》诗："烈烈冬日，肃肃凄风。"肃肃，《庄子·田子方》："至阴肃肃。"成玄英疏："肃肃，阴气寒也。"

26　"翩彼"二句：翩，摇曳飘忽貌。方舟，两船相并。容与，徐动貌。《楚辞·九章·涉江》："船容与而不进兮，淹回水而凝滞。"

27　勖（xù）哉征人：勖，勉。征人，行人。

28　在始思终：古《笺》引《左传》昭公五年："敬始而思终，终无不复。"

29　敬：慎。

30　躬：身。

劝　农

悠悠上古[1]，厥初生民[2]。傲然自足[3]，抱朴含真[4]。智巧既萌，资待靡因[5]。谁其赡之[6]？实赖哲人。

哲人伊何[7]？时惟后稷[8]。赡之伊何？实曰播植。舜既躬耕，禹亦稼穑[9]。远若周典，八政始食[10]。

熙熙令德[11]，猗猗原陆[12]。卉木繁荣，和风清穆。纷纷士女，趋时竞逐[13]。桑妇宵兴，农夫野宿[14]。

气节易过[15]，和泽难久[16]。冀缺携俪[17]，沮溺结耦[18]。相彼贤达[19]，犹勤垄亩。矧伊众庶[20]，曳裾拱手[21]。

民生在勤，勤则不匮[22]。宴安自逸[23]，岁暮奚冀[24]？儋石不储[25]，饥寒交至[26]。顾余俦列[27]，能不怀愧？

孔耽道德，樊须是鄙[28]。董乐琴书，田园弗履[29]。若能超然，投迹高轨。敢不敛衽，敬赞德美[30]。

　　"劝农"者,劝勉农耕也。《史记·孝文本纪》:"其于劝农
之道未备,其除田之租税。"

　　一章、二章、三章、四章,言农业之兴及农耕之乐。五章,
劝农,从正面说来。六章,劝农,从反面说来。

1　悠悠:久远。

2　厥初生民:《诗·大雅·生民》:"厥初生民,实维姜嫄。"厥
初,其初。

3　傲然自足:意谓自足而无他求,遂能傲然也。《世说新
语·文学》刘孝标注引《名士传》曰:阮修"傲然无营,家无担
石之储,晏如也"。

4　抱朴含真:意谓保持朴素真淳,即保持未曾沾染名教与
智巧之人性。渊明认为上古生民保有人之朴素与真淳,最为
可贵。

5　"智巧"二句:意谓上古生民抱朴含真之时,可以傲然自
足,智巧既已萌生,欲广用奢,反而无从供给矣。智巧,《老子》
十八章:"大道废,有仁义。智慧出,有大伪。"《老子》十九章:
"绝圣弃智,民利百倍。""绝巧弃利,盗贼无有。"巧,技巧,技
能,见《说文》、《广韵》。资,供给。《战国策·秦策四》:"王资
臣万金而游。"高诱注:"资,给。"待,供给,备用。《周礼·天

官·大府》:"关市之赋,以待王之膳服。"郑玄注:"待,犹
给也。"

6　谁其赡之:意谓谁将使之富足。赡,充足。《墨子·节葬
下》:"亦有力不足,财不赡,智不智,然后已矣。"

7　伊何:惟何。《楚辞·天问》:"其罪伊何?"王逸注:"其罪惟
何乎?"

8　时惟后稷:《诗·大雅·生民》:"载生载育,时维后稷。"毛
传:"播百谷以利民。"时惟,是为。后稷,周人之始祖,相传
姜嫄踏上帝足迹怀孕而生。善农作,曾任尧、舜之农官,教民
耕种。

9　"舜既"二句:《史记·五帝本纪》:"舜耕历山。"《论语·宪
问》:"禹、稷躬稼而有天下。"躬耕,亲身耕种。稼,播种。穑
(sè),收获。

10　"远若"二句:意谓远古之经书如周典者,以食为八政之
始也。周典,指《尚书》,其《周书·洪范》载"八政":一曰食,
二曰货,三曰祀,四曰司空,五曰司徒,六曰司寇,七曰宾,八曰
师。始食,以食为始。渊明《庚戌岁九月中于西田获早稻》:
"人生归有道,衣食固其端。"

11　熙熙令德:熙熙,和乐貌。令德,美德。此言古之哲人。

12　猗猗原陆:猗猗(yī),美盛貌。原陆,高而平之土地。

13　"纷纷"二句:意谓在哲人之感召下,众士女纷纷趁时竞相

耕作。纷纷，众多貌，络绎貌。士女，《诗·小雅·甫田》:"以谷我士女。"王叔岷《陶渊明诗笺证稿》(以下简称王叔岷《笺证稿》)引《吕氏春秋·爱类》:"神农之教曰:'士有当年而不耕者,则天下或受其饥矣;女有当年而不绩者,则天下或受其寒矣。'"趋时,此指赶农时。

14 "桑妇"二句:意谓在哲人之感召下,农夫桑妇亦勤于劳作。宵兴,天尚未亮即已起身。野宿,夜晚住宿于田野之间。

15 气节:犹节气,一年二十四节气皆与农业有关。

16 和泽:温和润泽之气候。渊明《和郭主簿》其二:"和泽周三春。"

17 冀缺携俪:《左传》僖公三十三年:"初,臼季使过冀,见冀缺耨,其妻馌之。敬,相待如宾,与之归。"俪,夫妇。

18 沮溺结耦:《论语·微子》:"长沮、桀溺耦而耕。"结耦,合耦。耦,并耕。

19 相彼贤达:相,看。贤达,有才德、声望之人,此指冀缺、长沮、桀溺等。

20 矧(shěn)伊众庶:矧,况且。伊,代词,此。庶,众民。

21 曳(yè)裾拱手:形容无所事事。曳裾,拖着大襟。

22 "民生"二句:用《左传》宣公十二年成句。匮,缺乏。

23 宴:安逸。

24 岁暮奚冀:意谓年终何所希望耶? 无所收获也。

25　檐（dàn）石不储：意谓连很少粮食都无储存。檐，量词。《吕氏春秋·异宝》："荆国之法，得五员者，爵执圭，禄万檐。"高诱注："万檐，万石也。"檐石，一担粮食，言粮少。

26　交至：俱至。《小尔雅·广言》："交，俱也。"

27　顾余俦列：顾，看。俦列，犹同伴之辈。

28　"孔耽"二句：意谓孔子乐于道德而鄙视农耕。耽，乐。《论语·子路》："樊迟请学稼，子曰：'吾不如老农。'请学为圃，曰：'吾不如老圃。'樊迟出。子曰：'小人哉，樊须也！'"樊须，字子迟。

29　"董乐"二句：意谓董仲舒乐于琴书而足不至田园。《史记·董仲舒传》："以治《春秋》，孝景时为博士。下帷讲诵，弟子传以久次相受业；或莫见其面，盖三年董仲舒不观于舍园，其精如此。"

30　"若能"四句：意谓如能超然于衣食需求之上，投足于孔子、董仲舒之高尚道路，虽不务稼穑，敢不尊敬赞美乎？否则，不可不从事农耕也。渊明《癸卯岁始春怀古田舍》："先师有遗训，忧道不忧贫。瞻望邈难逮，转欲志长勤。"与此意近。敛衽，整理衣袖，表示恭敬。《战国策·楚策一》："一国之众，见君莫不敛衽而拜，抚委而服。"

命 子

悠悠我祖，爰自陶唐[1]。邈为虞宾，世历
重光[2]。御龙勤夏，豕韦翼商[3]。穆穆司徒，厥
族以昌[4]。

纷纭战国，漠漠衰周[5]。凤隐于林，幽人
在丘[6]。逸虬绕云，奔鲸骇流[7]。天集有汉，眷
余愍侯[8]。

於赫愍侯，运当攀龙[9]。抚剑风迈，显兹
武功[10]。书誓河山，启土开封[11]。亹亹丞相，
允迪前踪[12]。

浑浑长源，郁郁洪柯。群川载导，众条
载罗[13]。时有语默，运因隆寙[14]。在我中晋，
业融长沙[15]。

桓桓长沙，伊勋伊德[16]。天子畴我，专征
南国[17]。功遂辞归，临宠不忒[18]。孰谓斯心，
而近可得[19]。

肃矣我祖，慎终如始。直方三台，惠和
千里[20]。於穆仁考，淡焉虚止[21]。寄迹风云，
寘兹愠喜[22]。

嗟余寡陋，瞻望弗及[23]。顾惭华鬓，负影

只立[24]。三千之罪，无后为急[25]。我诚念哉，
呱闻尔泣[26]。

卜云嘉日，占亦良时[27]。名汝曰俨，字汝
求思[28]。温恭朝夕，念兹在兹[29]。尚想孔伋，
庶其企而[30]。

厉夜生子，遽而求火[31]。凡百有心，奚特
于我[32]？既见其生，实欲其可[33]。人亦有言，
斯情无假。

日居月诸，渐免于孩[34]。福不虚至，祸亦
易来[35]。夙兴夜寐，愿尔斯才[36]。尔之不才，
亦已焉哉[37]。

　　　　"命"，教诲。《孟子·滕文公上》："夷子怃然为间曰：'命
之矣。'"朱熹《集注》："命，犹教也。言孟子已教我矣。""命
子"，犹教子，其大要在追述祖德以教训之。《册府元龟》作
"训子"，意同。

　　　　全诗共十章。一章，言陶姓氏族之所自来。二章、三章，
追述汉代时陶舍、陶青之德业。四章，谓陶青之后未有显者，
迨至中晋始有长沙公。五章，述曾祖长沙公之功德。六章，述
祖父及父亲之德操。七章，感叹自身之寡陋，抒写盼望得子之

心情。八章,为子命名以及名字之意义。九章,望子成才。十章,诫子以福祸之由。

　　魏晋士大夫重门阀,多有言及祖德并自励者,如:王粲《为潘文则作思亲诗》、潘岳《家风诗》、陆机《与弟清河云诗》之类。渊明《命子》追述先祖功德,颇以家族为荣,亦属此类。然渊明于其曾祖陶侃特拈出"功遂辞归,临宠不忒";于其祖特拈出"直方"、"惠和";于其父特拈出"淡焉虚止";于其子特以"俨"命之,又以福祸由己诫之,虽望其成才而亦不强求。淡泊功名,乐天知命,又非一般炫耀家族者可比也。

　　清蒋薰曰:"初读之,叙次雅穆,嫌其结语不称前幅,以少浑厚也。虽然,俨既渐免于孩,不好纸笔,已见无成矣,陶公有激而言,盖不得已哉。"(蒋薰评《陶渊明诗集》卷一)

1　"悠悠"二句:意谓远祖始自尧。悠悠,久远貌。爰,助词,起补充音节之作用。陶唐,尧始居于陶丘,后为唐侯,故曰陶唐氏。

2　"邈为"二句:意谓尧之子丹朱为虞宾,旷世历代其德重明也。邈,远。虞宾,尧子丹朱,舜待以宾礼,故称虞宾。《尚书·益稷》:"虞宾在位。"重光,《尚书·顾命》:"昔君文王、武王,宣重光。"

3　"御龙"二句:意谓先祖御龙氏尽力于夏,而豕韦氏又辅佐商。《左传》襄公二十四年：范宣子曰："昔匄之祖，自虞以上为陶唐氏，在夏为御龙氏，在商为豕韦氏。"翼，辅助。《书·益稷》："予欲左右有民，汝翼。"孔颖达疏："汝当翼赞我也。"

4　"穆穆"二句：意谓陶叔又使陶祖得以昌盛。穆穆，《诗·大雅·文王》："穆穆文王。"毛传："穆穆，美也。"司徒，古代官名，西周始置，掌管土地与人民。陶叔曾为周之司徒。《左传》定公四年："聃季授土，陶叔授民，命以《康诰》，而封于殷虚。"杜注："陶叔，司徒。"杨伯峻《春秋左传注》曰：陶叔疑即曹叔振铎，其封近定陶，故又谓之陶叔。

5　"纷纭"二句：意谓战国纷争杂乱，而王室遂衰微寂寞矣。纷纭，《文选》潘岳《关中诗》："纷纭齐万，亦孔之丑。"李善注："纷纭，乱貌。"漠漠，寂静无声。《荀子·解蔽》："听漠漠而以为哅哅。"杨倞注："漠漠，无声也。"衰周，东周王室。各诸侯国纷争，而王室衰微寂寞。

6　"凤隐"二句：意谓在战国乱世中贤者隐居不仕，陶氏亦不显。幽人，隐士。古《笺》引《法言·问明篇》："或问：'君子在治?'曰：'若凤。''在乱?'曰：'若凤。'或人不谕，曰：'未之思矣。'曰：'治则进（见），乱则隐。'"王叔岷《笺证稿》引陆机《招隐诗》："幽人在浚谷。"

7　"逸虬"二句：意谓纵逸之虬龙蟠绕于云间，奔逸之鲸鱼惊起于水中。形容秦末群雄竞起。虬，无角龙。

8　"天集"二句：意谓皇天使汉成功，并眷顾愍侯陶舍。集，成就。《书·武成》："惟九年，大统未集，予小子其承厥志。"孔颖达疏："大业未就也。"有，语助词，常用于朝代名称前。愍侯，指陶舍。《史记·高祖功臣侯者年表》作"闵侯"，曰：陶舍"以右司马汉王五年初从，以中尉击燕，定代，侯。比共侯，二千户"。其国在开封。

9　"於（wū）赫"二句：意谓愍侯得到追随帝王建功立业之机缘。於，叹美声。赫，光明貌。攀龙，《法言·渊骞》："攀龙鳞，附凤翼，巽以扬之，勃勃乎其不可及也。"此以龙凤比喻圣哲，谓弟子因圣哲以成德。后多以龙凤指帝王，谓臣下从之以建功立业。

10　"抚剑"二句：称颂愍侯之武功。抚剑，持剑。风迈，如风之超越也。晋鼓吹曲《玄云》："清音随风迈。"

11　"书誓"二句：意谓高祖书写誓言分封诸侯，陶舍得以分土于开封。《史记·高祖功臣侯者年表》："封爵之誓曰：'使河如带，泰山若厉。国以永宁，爰及苗裔。'"意谓除非黄河如衣带，泰山如磨石，国不得亡也。国既永宁，爵位当世代相传。

12　"亹（wěi）亹"二句：意谓陶青果能蹈袭父踪，而为丞相。亹亹，勤勉貌。丞相，指陶青，《汉书·百官公卿表》：孝文后二年八月庚午，"开封侯陶青为御史大夫，七年迁"。孝景二年八月丁未，"御史大夫陶青为丞相"。允，信。迪，蹈。古《笺》引

《书·皋陶谟》：“允迪厥德。”孔传：“迪，蹈也。”

13　“浑浑”四句：意谓陶氏源远流长，根深叶茂，后代枝派分散。浑浑，水流盛大貌。《荀子·富国》：“财货浑浑如泉源。”郁郁，繁盛貌。《后汉书·冯衍传》：“光扈扈而炀耀兮，纷郁郁而畅美。”洪柯，大树枝。条，枝条。

14　“时有”二句：意谓时运有盛有衰，有高有低。古《笺》引《易·系辞》：“君子之道，或出或处，或语或默。”又引《礼记·檀弓》：“道隆则从而隆，道污则从而污。”洿（wā），低下。左思《吴都赋》：“原隰殊品，洿隆异等。”

15　“在我”二句：意谓在我中晋之时，长沙公陶侃功业昭著。中晋，犹言晋之中世，指晋室东迁以降也。《南齐书·巴陵王昭秀传》：“中晋南迁，事移威弛。”清陶澍注《靖节先生集》（以下简称陶注）引何焯曰：“汉季称东汉为中汉，此中晋所本。”古《笺》引《后汉书·应劭传》：“又论当时行事，著《中汉辑序》。”融，明。长沙，陶侃以平定苏峻之功，封长沙郡公。

16　“桓桓”二句：意谓长沙公威武，不仅有功勋，而且有德行。桓桓，威武貌。陶侃谥曰“桓”。伊，语气词。

17　“天子”二句：意谓天子酬我，授命都督南国。畴，通“酬”，见朱骏声《说文通训定声》。专征，古侯伯有大功者，得专自征伐，不待奉天子之命。南国，陶侃都督荆、江等八州诸军事，荆、江二州刺史，地当南国。

18　"功遂"二句：意谓陶侃功成辞归，临宠而无忒。《晋书·陶侃传》载：咸和九年六月陶侃疾笃，曾上表逊位。忒（tè），疑惑。《诗·曹风·鸤鸠》："淑人君子，其仪不忒。"毛传："忒，疑也。"孔颖达疏："执义如一，无疑贰之心。"

19　"孰谓"二句：意谓陶侃此心难得也。

20　"肃矣"四句：称颂祖父之谨慎，其直方之德闻于朝中，而惠和之风广被千里。肃，庄重。《老子》六十四章："慎终如始，则无败事。"直方，古《笺》引《易·坤》："六二：直方大，不习，无不利。""《文言》曰：直其正也，方其义也。君子敬以直内，义以方外。"三台，汉代对尚书、御史、谒者之总称。尚书为中台、御史为宪台、谒者为外台，合称"三台"。千里，指太守管辖之区域。古《笺》引《汉书·严延年传》："幸得备郡守，专治千里。"《晋书·何曾传》：郡守专任千里，"上当奉宣朝恩，以致惠和"。

21　"於穆"二句：称颂先父性情淡泊。於穆，《诗·周颂·清庙》："於穆清庙。"毛传："於，叹辞。穆，美也。"考，《礼·曲礼下》："生曰父，曰母，……死曰考，曰妣。"止，语末助词。

22　"寄迹"二句：意谓先父托身于风云之上，不因仕宦与否而有所愠喜。寄迹，托身。风云，潘岳《杨荆州诔》："奋跃渊涂，跨腾风云。"寔，废止、弃置。《广韵》："寔，止也、废也。"渊明《祭从弟敬远文》："常愿携手，寔彼众议。"愠喜，丁《笺注》引

《论语(·公冶长)》:"令尹子文,三仕为令尹,无喜色;三已之,无愠色。"

23 "嗟余"二句:意谓自己孤陋寡闻,望祖先之项背而不可及。《诗·邶风·燕燕》:"瞻望弗及。"

24 "顾惭"二句:意谓看到自己两鬓已经花白,而仍无子嗣,只有影子为伴,心感惭愧。

25 "三千"二句:意谓在各种罪过中以无后为最大。古《笺》引《孝经》:"五刑之属三千,而罪莫大于不孝。"《孟子(·离娄)》:"不孝有三,无后为大。"王叔岷《笺证稿》:"陶公为叶韵,易大为急。《吕氏春秋·情欲篇》:'邪利之急。'高诱注:'急犹先。'先与大义亦相因。"

26 "我诚"二句:意谓我正念及无后之事,而汝诞生矣。呱(gū),小儿之哭声。《诗·大雅·生民》:"后稷呱矣。"

27 "卜云"二句:意谓为汝占卜生辰,日期时辰均吉利。

28 "名汝"二句:《礼记·曲礼上》:"毋不敬,俨若思。"郑注:"俨,矜庄貌。人之坐思,貌必俨然。"古《笺》:"《檀弓》:'幼名冠字。'今陶公字子不待于冠,盖变通从宜耳。"

29 "温恭"二句:此乃就所命之名(俨),申发其义,以勉励儿子。希望他由自己之名,牢记为人须时时温和恭敬。《诗·商颂·那》:"自古在昔,先民有作。温恭朝夕,执事有恪。"恪,敬也。言恭敬之道,不可忘也。《书·大禹谟》:"帝念哉,念兹在兹。"

30　"尚想"二句：此乃就所命之字（求思），申发其义，有追慕孔伋之意也。尚，上。孔伋（jí），字子思，孔子孙，作《中庸》。庶，希冀。企，企及。而，用于句末之语助词，相当于"耳"。

31　"厉（lài）夜"二句：意谓希望儿子勿如自己之无成也。《庄子·天地》："厉之人，夜半生其子，遽取火而视之，汲汲然唯恐其似己也。"厉，通"癞"。遽（jù），匆忙。

32　"凡百"二句：意谓是人皆有此心，何独自己如此。《诗·小雅·雨无正》："凡百君子，各敬尔身。"王叔岷《笺证稿》引《论语·宪问》："有心哉，击磬乎！"

33　可：宜，赞许之辞。古《笺》："《世说·赏誉篇》：'王大将军称其儿云："其神候似欲可。"'又曰：'王仲祖、刘真长造殷中军谈，谈竟，俱载去。刘谓王曰："渊源真可。"'据此，则题目人以'可'字，乃晋人之常也。《晋书·桓温传》：'行经王敦墓，望之曰："可人，可人！"'"

34　"日居（jī）"二句：意谓日月流逝，陶俨已渐长大。居，语气词，相当于"乎"。诸，助词，相当于"乎"，表示感叹。《诗·邶风·日月》："日居月诸，照临下土。"毛传："日乎月乎，照临之也。"

35　"福不"二句：古《笺》引《淮南子·缪称训》："行合而名副之，祸福不虚至矣。"王叔岷《笺证稿》："'亦'犹'则'也。

《淮南子·人间训》:'祸之来也,人自生之;福之来也,人自成
之。'《史记》补《龟策列传》:'祸不妄至,福不徒来。'"

36 "夙兴"二句:勉励陶俨早起晚睡,勤奋努力,以成才也。
斯,是,为。《诗·小雅·采薇》:"彼尔维何? 维常之华。彼路
斯何? 君子之车。"

37 "尔之"二句:意谓尔若不才,亦无可奈何也。何注引陆
放翁曰:"郑康成《诫子书》云:'若忽忘不识,亦已焉哉!'此用
其语。"

归　鸟

　　翼翼归鸟[1]，晨去于林。远之八表[2]，近憩云岑[3]。和风弗洽，翻翮求心[4]。顾俦相鸣，景庇清阴[5]。

　　翼翼归鸟，载翔载飞。虽不怀游，见林情依[6]。遇云颉颃，相鸣而归[7]。遐路诚悠，性爱无遗[8]。

　　翼翼归鸟，驯林徘徊[9]。岂思天路，欣反旧栖[10]。虽无昔侣，众声每谐。日夕气清[11]，悠然其怀[12]。

　　翼翼归鸟，戢羽寒条[13]。游不旷林[14]，宿则森标[15]。晨风清兴，好音时交[16]。矰缴奚功，已卷安劳[17]。

———

　　陶诗中屡次出现归鸟意象，如《饮酒》："因值孤生松，敛翮遥来归。""山气日夕佳，飞鸟相与还。""日入群动息，归鸟趋林鸣。"《咏贫士》："迟迟出林翮，未夕复来归。"《读山海经》："众鸟欣有托，吾亦爱吾庐。"《归去来兮辞》："云无心以出岫，鸟倦飞而知还。"此皆渊明自身归隐之象征。

——　　　一章,远飞思归。二章,归路所感。三章,喜归旧林。四章,归后所感。

　　　全用比体,多有寓意。如:"矰缴奚功"比喻政局险恶;"戢羽寒条"比喻安贫守贱;"宿则森标"比喻立身清高。处处写鸟,处处自喻。

　　　钟惺曰:"其语言之妙,往往累言说不出处,数字回翔略尽。有一种清和婉约之气在笔墨外,使人心平累消。"(钟惺、谭元春评选《古诗归》卷九)

——　　1　翼翼:和貌。《离骚》:"凤皇翼其承旂兮,高翱翔之翼翼。"王逸注:"翼翼,和貌。言己动顺天道,则凤皇来随我车,敬承旌旗,高飞翱翔,翼翼而和。"从下文"顾俦相鸣"可知,此诗所写之归鸟非孤鸟也。众鸟相和,翼翼而飞。

　　2　远之八表:之,往。八表,八方以外极远之处,详《停云》注。

　　3　近憩云岑:憩,休息。云岑,高入云霄之山。

　　4　"和风"二句:意谓未遇和风,即转翅返回,以求遂己之初心。汤注:"托言归而求志,下文'岂思天路'意同。"洽,和谐。《诗·小雅·正月》:"洽比其邻,昏姻孔云。"毛传:"洽,合。"古《笺》引《文选》束广微《补亡诗》:"周风既洽(,王猷允泰)。"

　　5　"顾俦"二句:意谓众鸟相约,庇于清阴之中。顾俦,俦侣互相顾盼。

6　"虽不"二句：意谓惟其本不想出游，故一见林即依依不舍。虽，通"惟"，发语助词，见王引之《经传释词》卷三。《左传》文公十七年："虽敝邑之事君，何以不免？"

7　"遇云"二句：此所谓"云"似有阻碍之意，犹如《停云》之"霭霭停云"、"八表同昏"。颉颃，鸟飞上下貌。《诗·邶风·燕燕》："燕燕于飞，颉之颃之。"毛传："飞而上者曰颉，飞而下者曰颃。"

8　"遐路"二句：意谓诚然路途遐悠，远飞多碍；然性本喜爱旧林，亦未能舍弃也。性爱，本性之所爱。遗，舍弃、遗弃。

9　驯林徘徊：意谓顺林而徘徊，不忍离去。驯林，犹顺林。驯，从，见《广韵》。段玉裁《说文解字注》："驯之本义为马顺，引申为凡顺之称。"

10　"岂思"二句：意谓不想远走高飞，登上天路，只因返回旧栖而欣喜。天路，天上之路，此有喻指仕途显达之意。旧栖，原先之栖宿处。

11　日夕气清：渊明《饮酒》其五："山气日夕佳，飞鸟相与还。"

12　悠然其怀：心怀悠远貌。渊明《饮酒》其五："心远地自偏。"

13　戢羽寒条：意谓敛翅于寒枝之上。渊明《饮酒》其四："因值孤生松,敛翮遥来归。"丁《笺注》引郭璞诗"戢翼栖榛梗"
(见钟嵘《诗品》所引),曰:"亦用为致仕归隐之喻。"

14　旷:远离,疏远。《吕氏春秋·长见》:"与处则不安,旷之
而不谷得焉。"

15　宿则森标:森,树木丛生繁密貌。标,树梢。

16　"晨风"二句:意谓在晨风中兴致高爽,时时以好音交相鸣
和。渊明《停云》:"敛翮闲止,好声相和。"

17　"矰缴(zēng zhuó)"二句:意谓矰缴何所见其功效耶?
众鸟已然藏林,何劳乎弋者?矰,一种短箭。缴,系在矰上之
丝绳。《史记·留侯世家》:"虽有矰缴,尚安所施?"已卷,陶
澍注:"末二句言业已倦飞知还,不劳虞人之视,超举傲睨之辞
也。"王叔岷《笺证稿》曰:"犹已藏,谓鸟已深藏。"

形影神　并序

　　贵贱贤愚，莫不营营以惜生，斯甚惑焉[1]。故极陈形影之苦言，神辨自然以释之[2]。好事君子，共取其心焉[3]。

形赠影

　　天地长不没[4]，山川无改时。草木得常理，霜露荣悴之[5]。谓人最灵智，独复不如兹[6]。适见在世中，奄去靡归期[7]。奚觉无一人，亲识岂相思[8]？但余平生物，举目情凄洏[9]。我无腾化术，必尔不复疑[10]。愿君取吾言[11]，得酒莫苟辞[12]。

————

　　"形"、"影"、"神"，分别指人之形体、身影、精神。

　　形神关系早已提出，王叔岷《笺证稿》追溯到司马迁，曰："太史公《自序》：'凡人所生者，神也。所托者，形也。……神者，生之本也。形者，生之具也。'"

　　此后，汉代王充多有论述，见其《论衡》中《订鬼》、《论死》等篇。

　　与渊明同时之慧远又作《形尽神不灭论》。

　　《世说新语·任诞》王佛大叹言："三日不饮酒，觉形神不复相亲。"

渊明在《形影神》中不仅言及形神关系,且又增加"影",遂将形、神两方关系之命题变为形、影、神三方关系之命题,使其哲学涵义更为丰富。

———

"形"羡慕天地山川之不化,痛感人生之无常,欲藉饮酒以愉悦,在魏晋士人中此想法颇为普遍。

"影"主张立善求名以求不朽,代表名教之要求。

"神"以自然化迁之理破除"形"、"影"之惑,不以早终为苦,亦不以长寿为乐;不以名尽为苦,亦不以留有遗爱为乐,此所谓"纵浪大化中,不喜亦不惧"。

此三诗设为形、影、神三者之对话,分别代表三种人生观,亦可视为渊明自己思想中互相矛盾之三方面。《形影神》可谓渊明解剖自己思想并求得解决之记录。

此诗设为形影神三者之对答,别具一格。嗣后,白居易有《自戏三绝句》:《心问身》、《身报心》、《心重答身》。《心问身》曰:"心问身云何泰然,严冬暖被日高眠。放君快活知恩否? 不早朝来十一年。"《身报心》曰:"心是身王身是宫,君今居在我宫中。是君家舍君须爱,何事论恩自说功?"《心重答身》曰:"因我疏慵休罢早,遭君安乐岁时多。世间老苦人何限,不放君闲奈我何?"造语诙谐,但立意不深。

苏轼和渊明《形影神》三诗，颇有机锋，可供比较。其《和神释》曰："仙山与佛国，终恐无是处。甚欲随陶公，移家酒中住。"则与渊明诗意有别矣。

1 "贵贱"三句：意谓凡人皆营营以惜生，此甚为困惑也。营营，《诗·小雅·青蝇》："营营青蝇。"毛传："营营，往来貌。"古《笺》引《列子·天瑞》："吾又安知营营而求生非惑乎？"惜生，各惜生命，以求长生或留名。

2 "故极"二句：意谓此三诗之大概，乃在于先代形、影陈言，然后神以自然之理为之解脱。或以"苦"字断句，"言"字属下，虽亦可通，然欠佳，未若"陈……言"，于文理顺畅。辨，明察。自然，指道家顺应自然之思想。

3 "好事"二句：意谓希望好事君子采纳同意《神释》关于自然之义也。(韩国)车柱环《陶潜五言诗疏证》(以下简称车柱环《疏证》)曰："《吕氏春秋·诬徒》：'以章则心异(案应作则有异心)。'高诱注云：'心，犹义也。''共取其心'，谓共取为诗之义也。《孟子·万章上》：'好事者为之也。'"

4 天地长不没(mò)：古《笺》引《老子》(七章)："天长地久。天地所以能长且久者，以其不自生，故能长生。"没，灭。

5 "草木"二句：意谓草木虽有生命，不能如天地、山川之不灭无改，然荣而复悴，悴而复荣，亦可谓得到恒久之道矣。常，恒也。《书·咸有一德》:"天难谌,命靡常。"理,道也,见《广雅·释诂三》。悴,枯萎。陆机《汉高祖功臣颂》:"悴叶更辉,枯条以肆。"

6　"谓人"二句:意谓人为万物之灵,偏不如草木之得常理也。复,副词,表示加强语气。丁《笺注》:"《书(·泰誓)》:'惟人万物之灵。'"古《笺》:"向子期《难嵇叔夜养生论》曰:'夫人受形于造化,与万物并(存),有生之最灵者也,异于草木。'此反其意而用之也。"霈案:向子期曰人为最灵者,有异于草木,意在推崇人之最灵。此诗则曰人虽为最灵者,反不如草木,意在感叹人生之短促。

7　"适见"二句:意谓适才尚见在世间,忽已逝世而永不得复还矣。古《笺》:"《方言》:'奄,遽也……陈颍之间曰奄。'《古薤露歌》曰:'人死一去何时归。'"丁《笺注》引颜延之《秋胡行》:"死(案应为没)为长不归。"王叔岷《笺证稿》复引曹植《三良诗》:"长夜何冥冥,一往不复还。"鲍照《拟行路难》其十:"一去无还期。"可见魏晋南北朝时人惯用"不归"、"无还"之类词语代指死而不可复生。

8　"奚觉"二句:意谓世上失去一人不会引起注意,亲人、朋友是否相思耶? 奚,何。岂,副词,表示推测,相当于"是否"。《庄子·外物》:"君岂有斗升之水而活我哉?"

9　"但余"二句:意谓亲识见生前之物而凄然也。此犹《拟挽

歌辞》"亲戚或余悲"之意。平生，平素，往常。洏(ér)，语助
词，同"而"。《文选》王粲《赠蔡子笃诗》："中心孔悼，涕泪涟
洏。"李善注："杜预《左氏传注》曰：洏，语助也。"

10　"我无"二句：意谓我无腾化成仙之术，必如此(指逝世)
而不复可疑也。腾化术，升腾变化之术。《韩非子·难势》：
"飞龙乘云，腾蛇游雾。"曹操《步出夏门行·龟虽寿》曰："腾
蛇乘雾，终为土灰。"虽乘云、游雾，终不免一死也。丁《笺注》：
"《抱朴子(·论仙)》：'按《仙经》云："上士举形升虚，谓之天
仙；中士游于名山，谓之地仙；下士先死后蜕，谓之尸解仙。"'
案：'腾化'指天仙而言。"

11　君：丁《笺注》："形谓影也。"

12　苟：苟且，随便。

影答形

　　存生不可言，卫生每苦拙[1]。诚愿游昆华，
邈然兹道绝[2]。与子相遇来，未尝异悲悦。憩荫
若暂乖，止日终不别[3]。此同既难常，黯尔俱时
灭[4]。身没名亦尽，念之五情热[5]。立善有遗爱，
胡可不自竭[6]？酒云能消忧，方此讵不劣[7]！

─── 1　"存生"二句：承上"形赠影"之意，答曰：存生之道既无可

言,而又每苦于卫生也。存生,犹保存生命,长生不死。卫生,卫护其生,以全此一生。丁《笺注》引《庄子·达生》:"世之人以为养形足以存生,而养形果不足以存生,则世奚足为哉!"又引《庄子·庚桑楚》:"南荣趎曰:'……趎愿闻卫生之经而已矣。'"王叔岷《笺证稿》引《文选》谢灵运《还旧园作见颜范二中书》:"卫生自有经。"李善注引司马彪(《庄子注》)云:"卫生,谓卫护其生,全性命也。"霈案:庄子认为"生"虽不能脱离"形",但"生"与物质之"形"有别,仅仅养形尚不足以存生,"形不离而生亡者有之矣。生之来不能却,其去不能止"(《达生》),所以此诗首言存生不可言也。然则,"卫生"可乎? 可也。即《庚桑楚》载老子答南荣趎卫生之经,大意谓精神与形体合一,"身若槁木之枝而心若死灰。若是者,祸亦不至,福亦不来。祸福无有,恶有人灾也?"然在"影"看来,此亦是难事,故曰"卫生每苦拙"也。

2 "诚愿"二句:意谓非不愿学仙以求长生,但此道邈远不通。昆华,昆仑山与华山,仙人所居。见《列仙传》所载赤松子故事,《后汉书·方术传》注引《汉武内传》所载鲁女生故事。

3 "憩荫"二句:意谓休息于树荫之下形影若暂时乖离,而停于太阳之下则形影终不分别也。终,常、久,与上句之"暂"相对而言。

4 "此同"二句:形影不离,此所谓同。然形既不能长存,则影必随形之灭而黯然俱灭也。黯，黑也。黯尔，黯然，失色将败之貌。尔，助词。

5 "身没"二句：影所关心者在名，盖名之随身犹影之随形。形灭影亦灭，此无可奈何也。然身没名亦尽，当可避免，故下言立善以求不朽。古《笺》："《论语(·卫灵公)》：'君子疾没世而名不称焉。'"五情，《文选》曹植《上责躬应诏诗表》："形影相吊，五情愧赧。"刘良注："五情，喜怒哀乐怨。"

6 "立善"二句：意谓立善则可见爱于后世，胡可不自竭力为之。丁《笺注》："《左传》(襄公二十四年)：'太上有立德，其次有立功，其次有立言，虽久不废。此之谓不朽。'案：三不朽谓之立善。"霈案：丁说可通，惟渊明所谓"善"似偏重于德，且对立善颇有怀疑也，如："积善云有报，夷叔在西山。善恶苟不应，何事空立言？"(《饮酒》其二)遗爱，丁《笺注》引《左传》(昭公二十年)："及子产卒，仲尼闻之，出涕曰：'古之遗爱也。'"杜预注："子产见爱，有古人之遗风。"

7 "酒云"二句：意谓饮酒虽能消忧，而与立善相比，岂不劣乎？丁《笺注》："《汉书·东方朔传》：'销忧者莫若酒。'"方，比拟。方此，相比于此。古《笺》引《世说新语·言语》："(桓)宣武移镇南州，制街衢平直。人谓王东亭曰：'丞相初营建康，无所因承，而制置纡曲，方此为劣(也)。'"

神　释

大钧无私力，万物自森著[1]。人为三才中，岂不以我故[2]？与君虽异物，生而相依附。结托善恶同，安得不相语[3]。三皇大圣人，今复在何处[4]？彭祖寿永年[5]，欲留不得住。老少同一死，贤愚无复数[6]。日醉或能忘，将非促龄具[7]？立善常所欣，谁当为汝誉[8]？甚念伤吾生，正宜委运去[9]。纵浪大化中，不喜亦不惧[10]。应尽便须尽[11]，无复独多虑。

1　"大钧"二句：意谓造化普惠于众物，无私力于扶持某物，或不扶持某物。万物自然生长，繁盛而富有生机。钧，制作陶器所用之转轮。大钧，丁《笺注》："造化也。贾子《鹏鸟赋》：'大钧播物。'如淳注：'陶者作器于钧上。此以造化为大钧。'"案：丁引《汉书·贾谊传》，此句后又有师古注："今造瓦者谓所转者为钧，言造化为人，亦犹陶之造瓦耳。"

2　"人为"二句：意谓人之所以得属三才之中，乃以我（神）之故也。三才，亦作"三材"，《易·系辞下》："《易》之为书也，广大悉备。有天道焉，有人道焉，有地道焉，兼三材而两之。"车柱环《疏证》引阮元校勘记："《石经》初刻本作才。"

3　"结托"二句：意谓神之结体、托身不仅与形影互相依附，而且善亦同善，恶亦同恶（意思近于"休戚相关"），故不得不为之释惑也。

4　"三皇"二句：意谓三皇者古之大圣人也，亦不免一死。三皇，说法不一，丁《笺注》引《三五历》指天皇、地皇、人皇；《史记》指天皇、地皇、泰皇；《春秋运斗枢》指伏羲、神农、女娲；《白虎通》指伏羲、神农、祝融；另有异说，不列举。大圣人，即指三皇而言。

5　彭祖：《庄子·齐物论》："莫寿于殇子，而彭祖为夭。"《神仙传》："彭祖，讳铿，帝颛顼玄孙。至殷之末世，年已七百余岁而不衰。"

6　"老少"二句：古《笺》："《列子·杨朱》：'生则有贤愚贵贱，是所异也；死则有臭腐消灭，是所同也。'又曰：'十年亦死，百年亦死；仁圣亦死，凶愚亦死。'"数（shǔ），审，辨。《荀子·非相》："欲观千岁，则数今日；欲知亿万，则审一二。"

7　将非促龄具：将，助词，岂也。《国语·楚语下》："若无然，民将能登天乎？"韦昭注："若重、黎不绝天地，民岂能上天乎？"渊明《移居》其二："此理将不胜，无为忽去兹。"促龄，促使年寿缩短。具，车柱环《疏证》："《礼记·内则》：'（若未食，）则佐长者视具。'郑玄注云：'具，馔也。'促龄具，犹云短寿之饮料也。"

8　"立善"二句：王叔岷《笺证稿》曰："'古之遗爱'，乃孔子赞子产之辞。如今立善,安得有如孔子者之赞誉邪?然立善固不必有人誉,陶公盖有所慨而言耳。"当,将。《仪礼·特牲馈食礼》:"佐食当事,则户外南面。"郑玄注:"当事,将有事而未至。"

9　正宜委运去:意谓只可听任天运。正,副词,相当于恰、只。《韩非子·十过》:"夫虞之有虢也,如车之有辅。辅依车,车亦依辅,虞、虢之势正是也。"委运,顺从天运,亦即顺从自然变化之理。渊明《自祭文》:"自余为人,逢运之贫。"杨羲《中候王夫人诗》:"焉得齐物子,委运任所经。"去,语末助词,表示趋向。

10　"纵浪"二句:意谓放浪于大化之中,生死无所喜惧。古《笺》引《左传》(文公七年)杜注:"纵,放也。"又引《列子·天瑞》:"人自生至终,大化有四:婴孩也,少壮也,老耄也,死亡也。"

11　尽:指大化之尽,亦即死亡。

九日闲居 并序

　　余闲居,爱重九之名。秋菊盈园,而持醪靡由[1]。空服其华[2],寄怀于言。

　　世短意恒多,斯人乐久生[3]。日月依辰至,举俗爱其名[4]。露凄暄风息[5],气澈天象明[6]。往燕无遗影,来雁有余声。酒能祛百虑[7],菊为制颓龄[8]。如何蓬庐士,空视时运倾[9]！尘爵耻虚罍,寒华徒自荣[10]。敛襟独闲谣,缅焉起深情[11]。栖迟固多娱,淹留岂无成[12]?

　　"九日",九月九日重阳节。《太平御览》卷三二曹丕《九日与钟繇书》:"岁往月来,忽复九月,为阳数而日月并应。俗嘉其名,以为宜于长久,故以享宴高会。"

　　"闲居",《礼记》有《孔子闲居》篇,郑注:"退燕避人曰闲居。"《文选》潘岳《闲居赋》李善注:"此盖取于《礼》篇,不知世事闲静居坐之意也。"

　　古时九月九日有饮菊花酒之习俗。《西京杂记》:"九月九日,佩茱萸,食蓬饵,饮菊花酒,令人长寿。菊花舒时,并采茎叶,杂黍米酿之。至来年九月九日始熟,就饮焉,故谓之菊花酒。"《太平御览》卷九九六引后汉崔寔《四民月令》:"九月九日,可采菊华。"

序曰"寄怀于言",则有深慨者也。由"世短意多"说起,归结为隐居不仕不得谓无成,其意盖在摒弃诸多世俗之欲,而肯定隐居之意义也。

重阳无酒,可见其穷困,然穷而多娱,因而反觉有成。此不过一己之娱、一己之成耳。细细体味,似有解嘲之意。

(元)李公焕《笺注陶渊明集》(以下简称李注):"《古诗》云:'人生不满百,常怀千岁忧。'而渊明以五字尽之,曰'世短意常多'。东坡曰'意长日月促',则倒转陶句耳。"

汤注:"'空视时运倾',亦指易代之事。"邱嘉穗《东山草堂陶诗笺》:"自'尘爵'以下六句,实有安于义命、养晦待时之意……意欲恢复王室,语却浑然,序所谓寄怀也。"汤、邱之说未免断章取义,求之过深矣。

1　持醪靡由:意谓无酒可饮。醪,汁滓混合之酒。持醪,犹言把酒。靡,无。由,机缘。

2　空服其华:意谓空持菊花而无菊酒可饮也。服,持。《国语·吴语》:"夜中,乃令服兵擐甲。"韦昭注:"服,执也。"

3　"世短"二句:意谓人生短促,而愿望常多,则人皆乐于长生也。汤注引班固《幽通赋》:"道修长而世短。"意,志,意向,愿

望。斯,则,就。表示承接上文得出结论。《淮南子·本经训》:
"人之性,心有忧丧则悲,悲则哀,哀斯愤,愤斯怒,怒斯动,动
则手足不静。"

4　"日月"二句:意谓重阳乃按时而至,自然而然,但世人皆喜
爱其重阳之名,而以为节日也。《艺文类聚》卷四引魏文帝《九
月九日与钟繇书》:"岁往月来,忽复九月九日。九为阳数,而
日月并应,俗嘉其名,以为宜于长久。"此二句意同。陶注:"诗
意盖言俗以重九取意长久,而爱其名。其实日月自依辰至,言
其有常期也。语可破惑。"辰,时。《尔雅·释训》:"不辰,不时
也。""依辰"与"不辰"意相反。

5　露凄暄风息:凄,寒凉。暄(xuān)风,暖风。

6　气澈天象明:描写秋季大气澄澈、天空透明之景象。澈,澄
清。天象,此指天空之景象。渊明《和郭主簿》:"露凝无游氛,
天高风景澈。"《己酉岁九月九日》:"清气澄余滓,杳然天界
高。"

7　酒能祛(qū)百虑:刘伶《酒德颂》言酒后"无思无虑,其乐
陶陶"。祛,除去。

8　菊为(wéi)制颓龄:意谓菊花能制止衰老,使人长寿。潘
尼《秋菊赋》:"既延期以永寿,又蠲疾而弭痾。"为,则。《庄
子·寓言》:"与己同则应,不与己同则反;同于己为是之,异于
己为非之。"王引之《经传释词》:"为,亦则也。"

9　"如何"二句：意谓奈何隐居草庐之士，空视佳节之尽，而无酒可饮耶？如何，奈何。《诗·秦风·晨风》："如何如何，忘我实多。"时运，四时之运行，此指四时运行而至重阳。

10　"尘爵"二句：古《笺》引《诗·小雅（·蓼莪)》："瓶之罄矣，维罍之耻。"原意谓瓶之罄乃罍之耻也，比喻父母不得其所，乃子之过。渊明活用此典，意谓有愧于爵罍，长期不用而生尘，秋菊亦徒荣而无酒也。爵，古代酒器，三足。罍，古代酒器，形似壶。

11　"敛襟"二句：意谓整敛衣襟，肃然独吟，超然遐想，引发深情。缅，沉思貌。《国语·楚语上》："缅然引领南望。"起，引动，兴起。

12　"栖迟"二句：意谓归隐田园固然多娱，淹留而不出仕，岂无成就耶？栖迟，《诗·陈风·衡门》："衡门之下，可以栖迟。"毛传："栖迟，游息也。"淹留，久留。《楚辞·九辩》："时亹亹而过中兮，蹇淹留而无成。"渊明反其意用之。汤注："淹留无成，骚人语也。今反之，谓不得于彼，则得于此矣。后'栖迟讵为拙'亦同。"

归园田居 五首

　　少无适俗愿，性本爱丘山[1]。误落尘网中，一去三十年[2]。羁鸟恋旧林，池鱼思故渊[3]。开荒南野际，守拙归园田[4]。方宅十余亩，草屋八九间[5]。榆柳荫后园，桃李罗堂前。暧暧远人村，依依墟里烟[6]。狗吠深巷中，鸡鸣桑树巅[7]。户庭无尘杂，虚室有余闲[8]。久在樊笼里，复得返自然[9]。

　　《归园田居》，各本作六首，第六首"种苗在东皋"末尾有注曰："或云此篇江淹《杂拟》，非渊明所作。"霈案：此篇见《文选》卷三一，题《杂体诗》三十首，其中第二十二首为《陶徵君田舍》，非渊明所作已成定论。

　　宋韩驹（子苍）曰："《田园》六首，末篇乃序行役，与前五首不类。今俗本乃取江淹'种苗在东皋'为末篇，东坡因其误和之；陈述古本止有五首，予以为皆非也，当如张相国本，题为《杂诗》六首。"但韩所谓末篇序行役者，不知何指，张相国本亦不得见。录以待考。

　　"园田居"乃渊明之一处居舍（另有"下潠田舍"等），其少时所居，地近南山，即庐山。约二十五岁前后离开此处，至五十五岁方重归"园田居",大约三十年也。

　　此诗娓娓道来,率真之情贯穿全篇,其浑厚朴茂,少有及者。自"方宅十余亩"以下八句,画出一幅田园景色,仿佛带领读者参观,一一指点,一一说明,言谈指顾之间自有一种乍释重负之愉悦。结尾二句画龙点睛,饱含多少人生经验!

1　"少无"二句:意谓幼小时即无适应世俗之意愿,性情本爱此丘山也。世俗之人皆求入仕,而我则异于是也。
2　"误落"二句:意谓误落于世间俗事俗欲之中,离开园田居已三十年矣。尘网,尘世之俗事俗欲如网之缚人。东方朔《与友人书》:"不可使尘网名缰拘锁,怡然长笑,脱去十洲三岛。"《晋书·范宁传》:"平叔神怀超绝,辅嗣妙思通微,振千载之颓纲,落周孔之尘网。"《文选》江淹《杂体诗》三十首之第十九《拟许徵君》:"五难既洒落,超迹绝尘网。"吕延济注:"尘网,喻世事。"可见,凡尘世间之俗事俗欲,有违本性者,皆可视为网,不必固定释为仕途也。此所谓"尘网"与"五难"相呼应,"五难"指名利、喜怒、声色、滋味、神虑消散,皆养生之难也,见向秀《难嵇康养生论》。渊明又曾用"尘世"、"尘羁"。如《辛丑岁七月赴假还江陵夜行涂中》:"闲居三十载,遂与尘世冥。"《饮酒》其八:"吾生梦幻间,何事绁尘羁。"可互相参照。凡俗事俗欲皆与市廛有关,隐居丘山可以摆脱羁绁,故"误落尘网中"又有离开丘山步入市廛之意。"尘网"与"丘山"对举,正是此意。尤可注意者乃此二句之读法:"三十年",乃从"误落尘网"算起,上下两句连读。各家亦均不释"年"为岁,不系此诗三十岁作。然则"结发念善事,僶俛六九年"、"总发抱孤念,奄出四十年"等诗句亦应照此读法。

3　"羁鸟"二句:既有思恋故园之意,又有向往自由之意。需案:渊明每以鸟、鱼对举,如《感士不遇赋》:"密网裁而鱼骇,宏罗制而鸟惊。"《始作镇军参军经曲阿》:"望云惭高鸟,临水愧游鱼。"

4　守拙:此"拙"乃相对于世俗之"机巧"而言,"守拙"意谓保持自身纯朴之本性(自世俗看来为愚拙),而不同流合污。渊明常以"拙"自居,如《与子俨等疏》:"性刚才拙,与物多忤。"《感士不遇赋》:"诚谬会以取拙,且欣然而归止。"《杂诗》其八:"人事尽获宜,拙生失其方。"《咏贫士》其六:"人事固以拙,聊得长相从。"

5　"方宅"二句:上句言宅屋周围之园,下句言宅屋。方,方圆,周围。

6　"暧暧"二句:上句远景,远村模糊;下句近景,近烟依稀。《离骚》:"时暧暧其将罢兮。"王逸注:"暧暧,昏昧貌。"墟里,村落。依依,依稀隐约,若有若无。

7　"狗吠"二句:汉乐府《鸡鸣》:"鸡鸣高树巅,狗吠深巷中。"

8　"户庭"二句:上句既言门庭洁净,亦指家中无尘俗杂事;下句意谓心中宽阔而无忧虑。虚室,《庄子·人间世》:"瞻彼阕者,虚室生白,吉祥止止。"陆德明《经典释文》引司马彪云:"室,比喻心,心能空虚,则纯白独生也。"渊明《自祭文》:"勤靡余劳,心有常闲。"《戊申岁六月中遇火》:"形迹凭化往,灵府长独闲。"可以参照。

9　"久在"二句:意谓复得脱离樊笼,而回归自己本来之天性,亦复得以自由也。樊笼,关鸟兽之笼子,比喻世俗社会、市廛生活。自然,自然而然,非人为之自在状态。《老子》:"人法地,地法天,天法道,道法自然。"(二十五章)"道之尊,德之贵,夫莫之命而常自然。"(五十一章)"以辅万物之自然而不敢为。"(六十四章)渊明所谓"自然"乃是来自老庄之哲学范畴。此处与"樊笼"对举,又有"自由"之意。在樊笼里,须适应虚伪机巧,既不自然亦不自由;脱离樊笼,归田隐居,则既得自然复得自由矣。

　　野外罕人事[1],穷巷寡轮鞅[2]。白日掩荆扉,虚室绝尘想[3]。时复墟曲中[4],披草共来往。相见无杂言,但道桑麻长。桑麻日已长,我土日已广。常恐霜霰至，零落同草莽。

主旨在断绝尘杂，一心务农。"常恐霜霰至，零落同草莽"，非躬耕不能有此心情。

刘履《选诗补注》曰："盖是时朝廷将有倾危之祸，故有是喻。然则靖节虽处田野而不忘忧国，于此可见矣。"此说未免穿凿附会。

方东树《昭昧詹言》曰："只就桑麻言，恐其零落，方见真意实在田园，非喻己也。"方东树得渊明原意。"相见无杂言"，乃以农耕外之言为杂言，颇见情趣。

1　野外罕人事：罕，少。人事，指世俗间之应酬交往。《后汉书·黄琬传》："时权富子弟，多以人事得举。"渊明《咏贫士》其六："人事固已拙。"古《笺》引李审言曰："《后汉书·贾逵传》：'（贾逵母病，）此子无人事于外。'章怀注：'无人事，谓不广交通也。'"
2　穷巷寡轮鞅：意谓居于僻巷而少有显贵之人前来。古《笺》引《汉书·陈平传》："家乃负郭穷巷，（以弊席为门，）然门外多（有）长者车辙。"穷巷，僻巷。渊明《读山海经》其一："穷巷隔深辙，颇回故人车。"鞅，以马驾车时安在马颈上之皮套。轮鞅，代指车。

3　虚室绝尘想：意谓心中断绝世俗之念。《庄子·人间世》："瞻彼阕者，虚室生白。"司马彪注："室，比喻心，心能空虚，则纯白独生也。"

4　墟曲：村落。"曲"有隐蔽之意。

种豆南山下，草盛豆苗稀[1]。晨兴理荒秽[2]，带月荷锄归[3]。道狭草木长，夕露沾我衣[4]。衣沾不足惜，但使愿无违。

此诗《艺文类聚》卷六五引作《杂诗》。

苏轼曰："览渊明此诗，相与太息。噫嘻！以夕露沾衣之故而犯所愧者多矣。"（《东坡题跋》卷二《书渊明诗》）

谭元春曰："高堂深居人动欲拟陶，陶此境此语，非老于田亩不知。"（钟惺、谭元春评选《古诗归》卷九）

霈案：此诗妙处全自生活中来，从心底处来，既无矫情，亦不矫饰。渊明似乎无意作诗，亦不须安排，从胸中自然流出即是好诗。

"带月荷锄归"一句尤妙，区区五字即可见渊明心境之宁静、平和、充实。李白《下终南山过斛斯山人宿置酒》："暮从碧山下，山月随人归。"意趣相似，而天趣盎然，唯厚朴蕴藉犹有不及。

1　"种豆"二句：李注引《汉书·王恽传》："田彼南山，芜秽不治。种一顷豆，落而为箕。人生行乐耳，须富贵何时。"霈案：王恽应作杨恽；箕应作其。

2　晨兴理荒秽：晨兴，晨起。《韩诗外传》："夙寐晨兴。"理，治理。渊明《庚戌岁九月中于西田获早稻》："开春理常业，岁功聊可观。"秽，田中杂草。

3　带月荷锄归：意谓荷锄晚归，将月带归矣。

4　夕露沾我衣：古《笺》引王仲宣《从军诗》（其三）："草露霑我衣。"

　　久去山泽游[1]，浪莽林野娱[2]。试携子侄辈，披榛步荒墟[3]。徘徊丘垅间，依依昔人居[4]。井灶有遗处，桑竹残朽株[5]。借问采薪者，此人皆焉如[6]？薪者向我言，死没无复余。一世异朝市，此语真不虚[7]。人生似幻化，终当归空无[8]。

　　"徘徊丘垅间，依依昔人居"，乃渊明所见。"人生似幻化，终当归空无"，乃渊明所感。三十年后旧地重游，感慨良深。可见经过战乱、疾疫、灾荒之后，浔阳一带农村之凋敝。人世之变迁，人生之无常，益发坚定渊明隐居之决心。

1　久去山泽游：意谓久已废弃山泽之游矣。去，放弃。《论语·子路》："善人为邦百年，亦可以胜残去杀矣。"何晏《集解》引王肃注："去杀，不用刑杀也。"山泽游，《南史·谢灵运传》："灵运既东，与族弟惠连、东海何长瑜、颍川荀雍、泰山羊璿之，以文章赏会，共为山泽之游，时人谓之四友。"

2　浪莽林野娱：丁《笺注》："'浪莽'即'浪孟'也。潘岳赋（《笙赋》）：'冈浪孟以惆怅。'案：'浪孟'即'孟浪'也。《庄子·齐物论》：'孟浪之言。'徐邈读'莽浪'，盖放旷之意。"王叔岷《笺证稿》："莽犹荒也，王弼本《老子》二十章：'荒兮其未央哉！'敦煌唐景龙钞本荒作莽，即莽、荒通用之证。'浪荒'犹旷废也。张华《鹪鹩赋》曰：'恋钟、岱之林野。'起二句谓久已废去山泽之游，旷废林野之娱也。"霈案：王说甚是。

3　"试携"二句：意谓姑且携带子侄辈同游于荒墟。试，姑且。披，分开。榛，草木丛生。葛洪《抱朴子·外篇·自叙》："披榛出门，排草入室。"荒墟，废墟。

4　"徘徊"二句：意谓今日之墓地即昔人之居处也。丘垄，墓地。《礼记·月令》："审棺椁之薄厚，茔丘垄之大小、高卑、厚薄之度。"渊明《杂诗》其四："百年归丘垄。"依依，依稀可辨貌。

5　"井灶"二句：意谓昔人居处之井灶尚有遗迹，而桑竹只留残株矣。《墨子·旗帜》："井灶有处。"残，残留。

6　焉如：何往。

7　"一世"二句：意谓"一世异朝市"之语真不假也。王充《论衡·宣汉》："孔子所谓一世，三十年也。"古《笺》："《古出夏门行》：'市朝人易，千载墓平。'"丁《笺注》："三十年为一世。古者爵人于朝，刑人于世。言为公众之地，人所指目也。'一世异朝市'盖古语，言三十年间，公众指目之朝市，已迁改也。"

8　"人生"二句：意谓人生如同一场幻化，本来即空无实性，最后当复归于空无也。幻化，《抱朴子·内篇·对俗》："若道术不可学得，则变易形貌，吞刀吐火，坐在立亡，兴云起雾，召致虫蛇，合聚鱼鳖，三十六石立化为水，消玉为粕，溃金为浆，入渊不沾，蹈刃不伤，幻化之事，九百有余，按而行之，无不皆效，……"空无，裴颁《崇有论》："深列有形之故，盛称空无之美。形器之故有征，空无之义难检。"逯钦立校注《陶渊明集》（以下简称逯注）："郗超《奉法要》：'一切有归于无，谓之空。'支遁《咏怀》诗：'廓矣千载事，消液归空无。'"

　　怅恨独策还[1]，崎岖历榛曲[2]。山涧清且浅，遇以濯吾足[3]。漉我新熟酒[4]，只鸡招近局[5]。日入室中闇[6]，荆薪代明烛。欢来苦夕短[7]，已复至天旭。

此首承上首,写步荒墟之后,归家途中及归家后之情事。"漉我新熟酒"以下四句,农村生活之简朴、邻人间关系之亲切,以及乡间风俗之淳厚,历历在目,耐人寻味。

1 策:策杖,扶杖。

2 榛曲:草木丛生而又曲折隐僻之道路。

3 "山涧"二句:《古诗十九首》其十:"河汉清且浅。"《孟子·离娄上》:"沧浪之水清兮,可以濯我缨;沧浪之水浊兮,可以濯我足。"

4 漉(lù):过滤。

5 近局:指近邻。"局"亦近也。曹丕《与朝歌令吴质书》:"涂路难局,官守有限。"《后汉书·王充王符仲长统列传》:"不限局以疑远,不拘玄以妨素。"王先谦《集解》:"局,近也。"

6 阎:暗。

7 来:语助词。

游斜川　并序

　　辛丑正月五日，天气澄和[1]，风物闲美[2]。与二三邻曲[3]，同游斜川。临长流，望曾城[4]，鲂鲤跃鳞于将夕[5]，水鸥乘和以翻飞[6]。彼南阜者，名实旧矣，不复乃为嗟叹[7]。若夫层城，傍无依接，独秀中皋[8]，遥想灵山，有爱嘉名[9]。欣对不足，共尔赋诗[10]。悲日月之遂往，悼吾年之不留[11]。各疏年纪乡里[12]，以记其时日。

　　开岁倏五十，吾生行归休[13]。念之动中怀[14]，及辰为兹游[15]。气和天惟澄[16]，班坐依远流[17]。弱湍驰文鲂[18]，闲谷矫鸣鸥[19]。迥泽散游目[20]，缅然睇曾丘[21]。虽微九重秀，顾瞻无匹俦[22]。提壶接宾侣，引满更献酬[23]。未知从今去，当复如此不[24]。中觞纵遥情[25]，忘彼千载忧[26]。且极今朝乐[27]，明日非所求。

　　"斜川"，已不可详考。骆庭芝认为在栗里附近，陶注引其《斜川辨》曰："后世失其所在。世人念斜川，若昆仑、桃源比也。庭芝生长庐阜，询之故老，访之荐绅先生，未有能辨者。……夫渊明，柴桑人也，所居在栗里。今归家、灵汤二寺之间，有渊明醉石，其旁有邮亭，曰栗里铺，则渊明故居必在于是。顾斜川之境岂远哉！"然渊明居处几经迁徙，不止栗里一地,难以据此确定斜川位置。

　　渊明多有田园诗,而山水诗仅此一首。

　　首尾感岁月之易逝,中间描写山水景物。"弱湍驰文鲂"以下四句,描写工细,上承玄言诗之山水描写,下开谢灵运山水诗之先河。

　　渊明斜川之游盖仿王羲之兰亭之游也,《游斜川序》与《兰亭集序》,《游斜川诗》与《兰亭诗》相对照,悲悼岁月之既往,感叹人生之无常,寓意颇有相近之处。

　　惟《游斜川序》朴实简练,仅略陈始末而已,不似《兰亭集序》之铺陈且多抒情意味也。

1　天气澄和:意谓天空清澈,气候温和。《礼记·月令》:"天气下降,地气上腾。"《游斜川》诗曰:"气和天惟澄",可与此句互证。

2　风物闲美:意谓风光景物闲静美好。

3　邻曲:邻里。

4　曾(céng)城:山名,即诗中所谓"曾丘"。清《江西通志·南康府》:"层城山在府治西五里,今谓之乌石山。晋陶潜《游斜川诗序》:'临长流,望曾城',即此。"丁《笺注》于"缅然睇曾丘"句下引《名胜志》:"曾城山即乌石山,在星子县西五里,有落星寺。"霈案:《天问》:"昆仑县(悬)圃,其尻(居)安在?增城九重,其高几里?"《淮南子·地形训》:"昆仑中有增城九重。"曾、增通。曾城山与昆仑中之增城同名,所以渊明又说:"遥想灵山,有爱嘉名。"

5　鲂(fáng):《说文》:"鲂,赤尾鱼。"潘岳《西征赋》:"华鲂跃鳞,素鲔扬鬐。"

6　和:指和风。

7　"彼南"三句:意谓不再为庐山嗟叹赞惊矣。南阜,南山,指庐山。古《笺》:"南阜,谓庐山也。凡诗中南山、南岭,亦即庐山。颜延之《陶徵士诔》又谓之南岳。"

8　"傍无"二句:意谓曾城山周围无其他山与之相依接,独自突出于中皋。秀,特异。皋,水边地。渊明《归去来兮辞》:"登东皋以舒啸,临清流而赋诗。""中皋"、"东皋",或方位有别。

9　"遥想"二句:意谓遥想昆仑中之增城山,而爱曾城与之同有嘉名也。昆仑乃神仙所居之山,故称之为"灵山"。有,语首助词。

10　"欣对"二句:《诗·大序》:"情动于中而形于言;言之不足,故嗟叹之;嗟叹之不足,故咏歌之。"

11　"悲日"二句:古《笺》引《论语(·阳货)》:"日月逝矣,岁不我与。"又引《离骚》:"汩余若将不及兮,恐年岁之不吾与。""日月忽其不淹兮,春与秋其代序。"遂,竟。

12 疏(shū)：分条记录。

13 "开岁"二句：感叹时光流逝，岁月不待。意谓开年忽已五十岁，吾之生命行将结束矣。诗序曰："悲日月之遂往，悼吾年之不留。"所谓"吾年"，指己之年龄，与"候五十"相呼应。孔融《论盛孝章书》："岁月不居，时节如流，五十之年，忽焉已至。"开岁，古《笺》引《后汉书》冯衍《显志赋》："开岁发春兮。"章怀注："开、发，皆始也。"行，将。归休，指死。古《笺》引《庄子·田子方》："生有所乎萌，死有所乎归。"《刻意》："其生若浮，其死若休。"

14 中怀：心怀。

15 及辰：及时。《古诗十九首》："为乐当及时。"

16 惟：句中助词，起调整音节之作用。

17 班坐：依次而坐。班，次也。序曰"各疏年纪乡里"，则此"班坐"应是据年纪之长幼依次而坐。

18 弱湍(tuān)驰文鲂：湍，急流之水。弱湍，丁《笺注》："悠扬之水也。"

19 闲谷矫鸣鸥：闲，静。矫，飞。

20 迥泽散游目：意谓散游目于迥泽之间。迥泽，远泽。散游目，放眼四顾。《离骚》："忽反顾以游目兮。"张华《情诗》："游目四野外。"

21 缅然睇(dì)曾丘：意谓望曾丘而有所思也。缅然，沉思貌,又远貌。诗序曰:"遥想灵山,有爱嘉名。欣对不足,共尔赋诗。悲日月之遂往,悼吾年之不留。"此皆由"睇曾丘"引起之感慨。此处之"缅然"作沉思解为佳。睇,望、视。

22　"虽微"二句:意谓此曾丘虽无昆仑增城九重之秀,但环顾四周亦无可比矣,犹诗序所谓"独秀中皋"。微,无。九重,《天问》:"增城九重。"匹俦,王叔岷《笺证稿》引《楚辞·九怀·危俊》:"览可与兮匹俦。"王逸注:"二人为匹,四人为俦。一云:一人为匹。"

23　"提壶"二句:意谓为宾客斟酒,并互相敬劝。接,《仪礼·聘礼》:"宾立接西塾。"郑玄注:"接,犹近也。"引满,丁《笺注》:"谓酒满杯也。《汉书·叙传》:'皆引满举白,谈笑大噱。'"更,复。献酬,《诗·小雅·楚茨》:"献醻交错。"郑笺:"始主人酌宾为献,宾既酌,主人又自饮酌宾为醻。"酬,通"醻"。

24　当:尚。《列子·天瑞》载荣启期语:"贫者士之常也,死者人之终也,处常得终,当何忧哉?"

25　中觞纵遥情:黄文焕《陶诗析义》:"初觞之情矜持,未能纵也。席至半而为中觞之候,酒渐以多,情渐以纵矣。一切近俗之怀,杳然丧矣。"中觞,陶注:"酒半也。"

26　忘彼千载忧:《古诗十九首》:"生年不满百,常怀千岁忧。"

27　极:尽。

示周续之祖企谢景夷三郎

负疴颓檐下，终日无一欣[1]。药石有时闲，念我意中人[2]。相去不寻常，道路邈何因[3]？周生述孔业，祖谢响然臻[4]。道丧向千载，今朝复斯闻[5]。马队非讲肆，校书亦已勤[6]。老夫有所爱[7]，思与尔为邻。愿言诲诸子，从我颍水滨[8]。

萧统《陶渊明传》曰："时周续之入庐山事释慧远，彭城刘遗民亦遁迹匡山，渊明又不应征命，谓之'浔阳三隐'。后刺史檀韶苦请续之出州，与学士祖企、谢景夷三人，共在城北讲《礼》，加以雠校。所住公廨，近于马队。是故渊明示其诗云：'周生述孔业，祖谢响然臻。''马队非讲肆，校书亦已勤。'"

《宋书·隐逸传》："周续之，字道祖，雁门广武人也。其先过江，居豫章建昌县。……豫章太守范宁于郡立学，召集生徒，远方至者甚众。续之年十二，诣宁受业，居学数年，通五经并纬候，名冠同门，号曰'颜子'。既而闲居读《老》《易》，入庐山事沙门释慧远。时彭城刘遗民遁迹庐山，陶渊明亦不应征命，谓之'寻阳三隐'。……高祖之北讨，世子居守，迎续之馆于安乐寺，延入讲《礼》，月余复还山。江州刺史刘柳荐之高祖曰，……俄而辟为太尉掾，不就。……景平元年卒，时年四十七。"生于晋孝武帝太元二年（377），卒于宋少帝景平元年（423）。

周续之在江州讲《礼》乃应刺史檀韶苦请。查《晋书·安帝纪》《宋书·檀韶传》《南史·刘湛传》，檀韶任江州刺史在义熙十二年（416）六月以后。《宋书·王弘传》载，王于义熙十四年迁江州刺史。然则，檀韶免江州刺史当不晚于此年。由此可知，周续之在江州城北讲《礼》肯定在义熙十二年至十四年之间，时当四十岁至四十二岁之间。《宋书》本传曰："俄而辟为太尉掾，不就。"故称"周掾"。祖企、谢景夷，不详。"郎"，一般男子之尊称。汉魏以后对年轻人通称"郎"。《三国志·吴书·周瑜传》："瑜时年二十四，吴中皆呼为周郎。"《世说新语·雅量》："王家诸郎亦皆可嘉。""礼"，《周礼》《仪礼》《礼记》，通称"三礼"。

李公焕《笺注陶渊明集》引赵泉山曰："按靖节不事觐谒，惟至田舍及庐山游观，舍是无他适。续之自社主远公顺寂之后，虽隐居庐山，而州将每相招引，颇从之游，世号'通隐'。是以诗中引箕、颍之事微讥之。"

霈案：诗固有微讥，然语气真挚，长者口吻显而易见。

1　"负痾"二句：意谓自己贫病之中，终日无一欣悦之事。痾（ē），病。负痾，为病所累。渊明《赠羊长史》："闻君当先迈，负痾不获俱。"

2　"药石"二句：意谓有时病情稍愈，遂想念我意中之人。药石，《左传》襄公二十三年："孟孙之恶我，药石也。"疏："《本草》所云钟乳、矾、磁石之类，多矣。"渊明《与子俨等疏》："疾患以来，渐就衰损。亲旧不遗，每以药石见救。"闲，通"间"。《论语·子罕》："病间。"何晏《集解》引孔安国注："病少差曰间也。"皇侃疏："若少差则病势断绝有间隙也。"意中人，指周、祖、谢。

3　"相去"二句：意谓路远难以相见。不寻常，不近。八尺曰寻，倍寻曰常。因，由。何因，何由到达。霈案：周生等在城北，若论路程不算远，此所谓道路邈远无由到达，主要乃在旨趣不同。

4　"周生"二句：意谓周续之传述孔子之学说，而祖、谢亦应声而至。述，阐述前人之成说。《论语·述而》："述而不作，信而好古。"皇侃注："述者，传于旧章也。"响然臻，《文选》孔融《荐祢衡表》："群士响臻。"李善注："响臻，如应声而至也。孙卿子曰：'下之和上，譬响之应声也。'"

5　"道丧"二句：意谓孔子之道丧失已近千载，今日又得闻矣。何注："《庄子（·缮性）》：'世丧道矣，道丧世矣，世与道交相丧也。'"古《笺》:"《论语(·里仁)》:'朝闻道,夕死可矣。'"渊明《饮酒》其三:"道丧向千载。"向,将近。

6　"马队"二句:萧统《陶渊明传》:"后刺史檀韶苦请续之出州,与学士祖企、谢景夷三人,共在城北讲《礼》,加以雠校。所住公廨,近于马队。"丁《笺注》:"马队,马肆也。讲肆,讲舍也。"

7　老夫:老人之自称。《礼记·曲礼》:"大夫七十而致事,自称老夫。"

8　"愿言"二句:意谓希望周生等人从我隐居。言,语助词。诲,晓教也。《诗·大雅·抑》:"诲尔谆谆,听我藐藐。"颍水滨,《史记·伯夷列传》:"尧让天下于许由,许由不受,耻之逃隐。"《正义》引皇甫谧《高士传》:"许由字武仲。尧闻致天下而让焉,乃退而遁于中岳颍水之阳,箕山之下隐。尧又召为九州长,由不欲闻之,洗耳于颍水滨。时有巢父牵犊欲饮之,见由洗耳,问其故。对曰:'尧欲召我为九州长,恶闻其声,是故洗耳。'巢父曰:'子若处高岸深谷,人道不通,谁能见子?子故浮游,欲闻求其名誉,污吾犊口。'牵犊上流饮之。"

乞　食

　　饥来驱我去，不知竟何之[1]。行行至斯里，叩门拙言辞[2]。主人谐余意，遗赠岂虚来[3]。谈谐终日夕，觞至辄倾杯[4]。情欣新知劝，言咏遂赋诗。感子漂母惠，愧我非韩才[5]。衔戢知何谢？冥报以相贻[6]。

────

　　"乞食"，《国语·晋语四》："乞食于野人。"《史记·晋世家》："（重耳）饥而从野人乞食，野人盛土器中进之。"

────

　　此诗描摹"饥来"情状，惟妙惟肖。首句"饥来驱我去"，一"来"一"去"，妙合无垠。"驱"字写其迫不得已，亦妙。次句"不知竟何之"，恍惚之状凸现纸上。而"叩门拙言辞"一句，可见渊明非惯于乞讨者也，或此行原非有意于乞讨也。末尾曰"冥报以相贻"，显然已知生前无力相报，惟待死后，沉痛之至，绝望之至。而一乞食竟至以"冥报"相许，足见非一饭之可感，要在主人之仁心厚意感人肺腑。

　　苏轼曰："渊明得一食，至欲以冥谢主人，此大类丐者口颊也。"（《东坡题跋》卷二《书渊明乞食诗后》）此非中肯之论。"感子漂母惠，愧我非韩才。衔戢知何谢，冥报以相贻。"

字字出自心田，惭愧之情溢于言表，绝非丐者顺口谢语。

关于诗中"主人"，亦有可论者。此人无须渊明出言而已知其来意，非但"遗赠"，且又"谈谐终日"，"倾杯""赋诗"，何等体贴！何等高雅！渊明乞食乃有所选择也，檀道济馈以粱肉，渊明虽"偃卧饥馁有日"，仍"麾而去之"（见萧统《陶渊明传》）。此主人一饭之赠，竟欲"冥报"，足见饥馁固难，受惠于人尤难也。

1 何之：贾谊《鵩鸟赋》："请问于鵩兮，予去何之？"

2 拙言辞：拙于表明乞食之意。

3 遗（wèi）赠岂虚来：意谓主人有所馈赠，而不虚此行也。

4 "谈谐"二句：古《笺》引刘公干《赠五官中郎将诗》："清谈同日夕。"曹子建《赠丁翼诗》："觞至反无余。"

5 "感子"二句：意谓惭愧无力报答。《史记·淮阴侯列传》："信钓于城下，诸母漂，有一母见信饥，饭信，竟漂数十日。信喜，谓漂母曰：'吾必有以重报母。'……汉五年正月，徙齐王信为楚王，都下邳。信至国，召所从食漂母，赐千金。"

6 "衔戢"二句：意谓中心戢藏感谢之意，待死后相报也。衔，有怀于心中。戢，藏也。古《笺》释"冥报"曰："盖暗用《左传》结草以亢杜回意也。"

诸人共游周家墓柏下

今日天气佳，清吹与鸣弹[1]。感彼柏下人，安得不为欢[2]。清歌散新声[3]，绿酒开芳颜。未知明日事，余襟良已殚[4]。

陶澍注引《晋书·周访传》，曰：或即周访家墓。

需案：周访亦家庐江寻阳，小陶侃一岁，曾荐侃为主簿，又以女妻侃子瞻。访曾为寻阳太守，赐爵寻阳县侯。渊明此诗所云周家墓，虽未必即周访家墓，然陶澍之说不为无据。

惟陶澍所引《晋书》有删节，兹补足之："初，陶侃微时，丁艰，将葬，家中忽失牛而不知所在。遇一老父，谓曰：'前岗见一牛眠山污中，其地若葬，位极人臣矣。'又指一山云：'此亦其次，当世出二千石。'言讫不见。侃寻牛得之，因葬其处，以所指别山与访。访父死，葬焉，果为刺史，著称宁益。自访以下，三世为益州四十一年，如其所言云。"

古《笺》："墓植松柏，古之遗制。故《古诗十九首》曰：'驱车上东门，遥望郭北墓。白杨何萧萧，松柏夹广路。'又曰：'古墓犁为田，松柏摧为薪。'李善注：'仲长子《昌言》曰："古之葬者，松柏梧桐以识其坟者也。"'"

诸人共游周家墓柏下，且清吹、鸣弹、清歌、饮酒，乃有感于人生无常，以发抒心中之郁闷也。"今日天气佳"，直用口语，而未失诗味。

1　清吹（chuì）：王乔之《奉和慧远游庐山诗》："事属天人界，常闻清吹空。"鲍照《拟行路难》："不见柏梁铜雀上，宁闻古时清吹音。"

2　"感彼"二句：王粲《七哀诗》："悟彼下泉人，喟然伤心肝。"此反用其意。

3　清歌：《李陵录别诗》其十："悲意何慷慨，清歌正激扬。"刘桢《赠五官中郎将诗》其一："清歌制妙声，万舞在中堂。"

4　"未知"二句：意谓未知明日如何，今日诚已尽情矣。襟，襟怀，情怀。良，诚然。殚，尽。

怨诗楚调示庞主簿邓治中

天道幽且远，鬼神茫昧然[1]。结发念善事，僶俛六九年[2]。弱冠逢世阻，始室丧其偏[3]。炎火屡焚如，螟蜮恣中田[4]。风雨纵横至，收敛不盈廛[5]。夏日长抱饥，寒夜无被眠。造夕思鸡鸣[6]，及晨愿乌迁[7]。在己何怨天，离忧凄目前[8]。吁嗟身后名，于我若浮烟[9]。慷慨独悲歌，钟期信为贤[10]。

"怨诗"，王僧虔《技录》"楚调曲"中有《怨诗行》（据郭茂倩《乐府诗集》所引《古今乐录》载）。楚调曲属乐府相和歌。《怨诗行》古辞今存一篇，首二句曰："天德悠且长，人命亦何促。"曹植等人有拟作。渊明此诗首二句亦有明显模拟痕迹，此乃渊明今存作品中唯一乐府诗。

"主簿"，官名。汉代中央及郡县官署均置此官，以典领文书，办理事务。魏晋以后渐渐成为统兵开府之大臣幕府中重要僚属，参与机要，统领府事。

"庞主簿"，古《笺》引《宋书·裴松之传》："元嘉三年，分遣大使巡行天下，主簿庞遵使南兖州。庞主簿，殆即遵也。"

需案：古《笺》系节引，原文曰："太祖元嘉三年，诛司徒徐羡之等，分遣大使巡行天下。……司徒主簿庞遵使南兖州，……"然则庞遵为司徒徐羡之主簿在元嘉三年以前。《宋书·徐羡之传》载："刘穆之卒（据《宋书·刘穆之传》，穆之卒于义熙十三年十一月），高祖命以羡之为吏部尚书、建威将军、丹阳尹。"永初元年，"高祖践祚，进号镇军将军，加散骑常侍。……封南昌县公"。庞遵或于义熙十三年已任徐羡之主簿，故渊明得称之庞主簿耶？

庞遵，字通之。《宋书·陶潜传》："江州刺史王弘欲识之，不能致也。潜尝往庐山，弘令潜故人庞通之赍酒具于半道栗里要之。"《晋书·陶潜传》："其乡亲张野及周旋人羊松龄、庞遵等，或有酒要之。"可见，庞遵是渊明故交。此诗中吐露衷曲，非泛泛之交所可与言也。

"治中"，官名。《通典》："治中从事史一人，居中治事，主众曹文书，汉制也。""邓治中"，其名无考。

从结发时说起，结发如何，弱冠如何，始室如何，目前如何，颇有总结平生之意。

种种贫困饥寒之状，如"造夕思鸡鸣，及晨愿乌迁"，非亲历者不能道也。

虽曰一生之坎坷全在自己，而题取《怨诗》，一种不平之情藏在字里行间，足见天道之不足信，善事之不足为也。

"吁嗟身后名,于我若浮烟。"此二句与前后似不衔接,本来叙述自己之饥寒,何以忽然说起身后名耶?盖古之贫士,多有以安贫留名者,渊明欲表自己之安贫,非以此邀名也。

1　"天道"二句:意谓天理幽隐难明而且邈远难求,鬼神之事亦茫然幽暗而不可知。天道,天理。《书·汤诰》:"天道福善祸淫。"《礼记·月令》:"毋变天之道。"疏:"天云道,地云理,人云纪,互辞也。"上句意本《左传》昭公十八年:"子产曰:'天道远,人事迩。'"句法则拟古乐府《怨歌行》:"天德悠且长。"

2　"结发"二句:意谓从结发时即念善事,已经努力五十四年矣。结发,犹束发成童,十五岁以上,见《大戴礼·保傅》注及《礼记·内则》注。念善事,思欲立善成名也。渊明《影答形》曰:"立善有遗爱,胡可不自竭?"《神释》曰:"立善常所欣,谁当为汝誉?"可见渊明确曾有立善之志。黾俛,勤勉努力。《诗·小雅·十月之交》:"黾勉从事,不敢告劳。"贾谊《新书·劝学》:"然则舜黾俛而加志,我僨僈而弗省耳。"六九,五十四。

3　"弱冠"二句:意谓二十岁时遇到世难,三十岁时丧妻。弱冠,《礼记·曲礼》:"二十曰弱,冠。"疏:"二十成人初加冠,体犹未壮,故曰弱也。"世阻,世事阻难。渊明二十岁时当晋简文帝咸安元年辛未(371),是年十一月桓温废帝为东海王,立会稽王昱为帝,是为简文皇帝。桓温杀东海王三子及其母,又请诛武陵王晞。帝赐温手诏曰:"若晋祚灵长,公便宜奉行前诏;如其大运去矣,请避贤路。"十二月桓温降东海王为海西县公。自此政局混乱,社会动荡,民不聊生。咸安二年(372),庾希等入京口,讨桓温,败死。七月,简文帝卒。十月,卢悚自称大道祭酒,事之者八百余家。十一月遣弟子诈称迎海西公兴复,突入殿廷,败死。是岁三吴大旱,人多饿死。此所谓"世阻"也。始室,三十岁。丧其偏,指丧妻。吴《谱》曰:"丧偏为丧室,为三十岁事。"古《笺》:"始室与弱冠对文。《礼记·内则》:'二十而冠,始学礼。三十而有室,始理男事。四十始仕。''始室'语例犹之'始仕'。《记》不曰'始室'者,避始理男事而变文耳。"

4 "炎火"二句:意谓屡次遭到旱灾,害虫恣虐田中。炎火,《诗·小雅·大田》:"田祖有神,秉畀炎火。"毛传:"炎火,盛阳也。"盛阳焚如,正是旱象。螟蜮(míng yù),两种害虫,食心曰螟,食叶曰蜮。见《吕氏春秋·任地》高诱注。

5 "风雨"二句:意谓屡有风灾水灾,收成不足维持一家生活。廛(chán),《诗·魏风·伐檀》:"不稼不穑,胡取禾三百廛兮。"毛传:"一夫之居曰廛。"据说古代一户可分到一廛土地(二亩半),以建造住宅。三百廛,指三百户之收成。

6 造:至。

7　及晨愿乌迁：乌，指太阳，相传日中有三足乌。愿乌迁，希望太阳快些移动，即日子难挨之意。

8　“在己”二句：意谓生活之坎坷贫困原因在于自己，何必怨天？但又不能不为目前所遭遇之忧患而感到凄然。离，遭。古《笺》：“《论语（·宪问）》：‘不怨天，不尤人。’《楚辞·九歌（·山鬼）》：‘思公子兮徒离忧。’”

9　“吁嗟”二句：感叹死后之声名若浮烟一般，对自己毫无意义。亦即渊明《杂诗》其四所谓：“百年归丘垄，用此空名道？”吁嗟，叹词。

10　“慷慨”二句：意谓身后之名无所谓也，所幸生前有庞、邓二君如钟子期之贤，则己之慷慨悲歌亦得知音矣。《吕氏春秋·本味》：“伯牙鼓琴，钟子期听之。方鼓琴而志在太山，钟子期曰：‘善哉乎鼓琴，巍巍乎若太山！’少选之间，而志在流水，钟子期又曰：‘善哉乎鼓琴，汤汤乎若流水！’钟子期死，伯牙破琴绝弦，终身不复鼓琴，以为世无足复为鼓琴者。”

答庞参军　并序

　　三复来贶，欲罢不能[1]。自尔邻曲，冬春再交[2]。款然良对，忽成旧游[3]。俗谚云：数面成亲旧。况情过此者乎[4]？人事好乖[5]，便当语离。杨公所叹，岂惟常悲[6]？吾抱疾多年，不复为文。本既不丰[7]，复老病继之。辄依周礼往复之义，且为别后相思之资[8]。

　　相知何必旧，倾盖定前言[9]。有客赏我趣[10]，每每顾林园[11]。谈谐无俗调[12]，所说圣人篇[13]。或有数斗酒[14]，闲饮自欢然。我实幽居士，无复东西缘[15]。物新人唯旧，弱毫夕所宣[16]。情通万里外，形迹滞江山[17]。君其爱体素，来会在何年[18]？

　　——　庞参军，参见四言《答庞参军》题解。

　　——　诗前小序乃一绝妙小品，晋人声吻跃然纸上，其诚挚朴茂处尤不可及。

　　赠答诗，彼此身份至关重要，旧交新知着笔有异，为宦为隐亦不相同。此诗在"忽成旧游"上着笔渲染，结尾隐约点出彼此出处之异，颇可咀嚼。

　　"情通万里外,形迹滞江山"二句,道出常人常有之感慨,
颇有深味。

1　"三复"二句:意谓屡读赐诗,欲罢而不能。贶(kuàng),赐
也。古《笺》:"《论语(·先进)》:'南容三复白圭。'集解引孔
曰:'南容读《诗》至此,三反复之。'欲罢不能:亦《论语(·子
罕)》文。"

2　"自尔"二句:意谓自从结邻,已经年余。尔,助词,用于句
中。《诗·邶风·雄雉》:"百尔君子,不知德行。"

3　"款然"二句:意谓彼此诚恳相待,虽然时间不久,而已成老
友矣。款,诚。

4　况情过此者乎:意谓何况感情投合,又超过数面即成亲
旧者。

5　人事好(hào)乖:意谓人世间之事,常常容易违背乖戾,犹
言不如意事常八九也。好,常常容易发生。乖,违背。

6　"杨公"二句:意谓杨朱所感叹者,非常人之悲也。渊明以
杨朱自况,言己所悲者非仅离别之类常悲,而是悲人事常乖,
世路多歧。其《饮酒》十九曰:"世路廓悠悠,杨朱所以止。"可
以参证。李注:"杨公,杨朱也。"《淮南子·说林训》:"杨子见
逵路而哭之,为其可以南,可以北。"

7　本既不丰:李注:"谓癯瘁也。"

8　"辄依"二句：意谓即依照古礼，作诗答赠，且为别后之纪念也。《礼记·曲礼》："礼尚往来。往而不来，非礼也；来而不往，亦非礼也。"辄，就。

9　"相知"二句：意谓相识何必久，有一见如故者也。《太平御览》卷三六三引《战国策》："白头如新，倾盖如旧。"古《笺》引《史记·邹阳列传》："谚曰：'有白头如新，倾盖如故。'何则？知与不知也。"张守节《正义》（案当作裴骃《集解》）引桓谭《新论》曰："言内有以相知与否，不在新故也。"倾盖，两车相遇，乘车之人停车对语，车盖略倾斜相交。

10　有客赏我趣：意谓庞参军与己志趣相投。渊明《饮酒》其十三："有客常同止。"其十四："故人赏我趣。"赏，尚也，尊重。

11　每每顾林园：顾，探望、访问。林园，指自己之住处。

12　谈谐无俗调：谈谐，言谈和谐。渊明《乞食》："谈谐终日夕。"俗调，世俗之论调。

13　所说圣人篇：说（yuè），悦。圣人篇，圣贤之书。

14　斗：同"斗"。

15　"我实"二句：意谓我乃隐居之人，不再有东西奔波之机会矣。幽居，隐居。无复，渊明多用此二字，如《归园田居》其四："死没无复数。"《杂诗》其五："值欢无复娱。"《杂诗》其六："一毫无复意。"东西缘，古《笺》："《（礼记·）檀弓》：'今丘也，东西南北之人也。'郑注：'东西南北，言居无常处也。'东西二字本此。"需案:渊明《与子俨等疏》:"东西游走。"其中"东西"二字与此意近,可以参看。

16 "物新"二句:意谓旧友难得,此情曾用笔以宣之也。古《笺》:"《书·盘庚》:'人惟求旧,器非求旧,惟新。'"夕,通"昔"。《史记·吴王濞列传》:"吴王不肖,有宿夕之忧。"

17 "情通"二句:意谓分别之后,虽然感情相通,而形迹为江山阻隔,不能亲近矣。滞,滞留。滞江山,为山川所阻隔。

18 "君其"二句:希望庞参军多加保重,不知何年再会矣。其,副词,表示祈使。素,本也。《说苑·反质》:"是谓伐其根素,流于华叶。"体素,身体之根本也。《张迁碑》:"晋阳佩玮,西门带弦。君之体素,能双其勋。"晋武帝《转华峤为秘书监典领著作诏》:"尚书郎峤,体素宏简,文雅该通。"《三国志·吴书·吕岱传》:"时年已八十,然体素精勤,躬亲王事。"就以上用例而言,"体素"包括身心两方面。汤注引曹子建《赠白马王彪》:"王其爱玉体。"古《笺》释为"行素",引嵇叔夜《与阮德如》诗:"君其爱德素。"又引《庄子·刻意》:"素也者,谓其无所与杂也。……能体纯素,谓之真人。"又引《淮南子·氾论训》:"圣人以身体之。"高诱注:"体,行。"录以备考。

五月旦作和戴主簿

虚舟纵逸棹，回复遂无穷[1]。发岁始俛仰，星纪奄将中[2]。南窗罕悴物，北林荣且丰[3]。神渊写时雨，晨色奏景风[4]。既来孰不去，人理固有终[5]。居常待其尽，曲肱岂伤冲[6]。迁化或夷险，肆志无窊隆[7]。即事如以高，何必升华嵩[8]！

———　　"五月旦"，五月初一。"戴主簿"，不详。

———　　从此诗可见渊明之人生哲学。季节时令循环往复无穷无尽，而人之生命却有极限。长生不可信，神仙不可求，穷通贵贱更不必考虑。惟坚守本性，肆志遂心，即可达到神仙般境界矣。

———　　1　"虚舟"二句：意谓时光不停，迅速流逝；四季循环，无穷无尽。《庄子·大宗师》："夫藏舟于壑，藏山于泽，谓之固矣。然而夜半有力者负之而走，昧者不知也。"渊明此诗所谓"虚舟"，盖本《大宗师》。渊明《杂诗》其五："壑舟无须臾，引我不得住。"所谓"壑舟"，亦比喻时光或时光之不驻。纵，放纵。

逸,奔,引申有急速之意。逸棹,快桨。回复,指虚舟之往来,
亦指季节之循环往复。

2 "发岁"二句:意谓开岁以来刚刚在俯仰之间,一年忽已
将半矣。诗作于五月,故有此感慨也。发岁,一年开始。《楚
辞·九章·思美人》:"开春发岁兮,白日出之悠悠。"俛仰,一
俯一仰之间,表示时间短暂。星纪,十二星次之一,此泛指岁
时。"星纪奄将中"与"岁月将欲暮"(《有会而作》)句式相同。

3 "南窗"二句:意谓植物大都已繁荣茂盛。罕:少。悴:
憔悴。

4 "神渊"二句:意谓从神渊泻下时雨,清晨吹起南风,晨色恰
与南风相约俱来也。神渊,嵇康《琴赋》:"蒸灵液以播云,据神
渊而吐溜。"丁《笺注》:"(曹植)《七启》:'观游龙于神渊。'"
王叔岷《笺证稿》:"《淮南子·齐俗篇》许慎注:'神蛇潜于神
渊,能兴云雨。'"写,犹"泻"。时雨,及时之雨。《礼记·孔子
闲居》:"天降时雨,山川出云。"奏(còu),通凑,聚合。景风,
南风。《说文·风部》:"南方曰景风。"《史记·律书》:"景风
居南方。景者,言阳气道竟,故曰景风。"

5 "既来"二句:意谓人皆有死也。来去,指生死。古《笺》:
"《庄子·达生篇》:'生之来不能却,其去不能止。'《列子·天
瑞篇》:'生者,理之必终者也。'"人理,《文选》陆机《塘上行》:
"天道有迁易,人理无常全。"李善注:"司马迁《悲士不遇赋》

曰：'天道悠昧，人理促兮。'"

6　"居常"二句：意谓安贫以待终，生活虽然贫穷而无伤于冲虚之道也。居常，古《笺》："《太平御览》五百九引嵇康《高士传》："荣启期曰：'贫者士之常，死者民之终。居常以待终，何不乐也？'"曲肱（gōng），弯臂。《论语·述而》："饭疏食饮水，曲肱而枕之，乐亦在其中矣。"冲，虚。《老子》："道冲，而用之或不盈。渊兮，似万物之宗。"

7　"迁化"二句：意谓生命在迁移变化之中有平有险，惟保持心志之自由，便无所谓高下矣。迁化，古《笺》："《汉书》武帝《悼李夫人赋》：'忽迁化而不反（兮，魄放逸以飞扬）。'魏文帝《典论（·论文）》：'（日月逝于上，体貌衰于下，）忽然与万物迁化。'"肆志，放志，任意。窊（wā），下。隆，高。

8　"即事"二句：意谓抱此人生态度便已达到高超地步，何必升上华嵩以成仙！即事，此事。华嵩，华山与嵩山，皆仙人居住之地。如华山之毛女、呼子先，嵩山之浮丘公、王子乔。

连雨独饮

运生会归尽，终古谓之然[1]。世间有松乔，于今定何间[2]？故老赠余酒，乃言饮得仙[3]。试酌百情远，重觞忽忘天[4]。天岂去此哉，任真无所先[5]。云鹤有奇翼，八表须臾还[6]。自我抱兹独，僶俛四十年[7]。形骸久已化，心在复何言[8]！

———　连雨天气，少与友朋交往，故有孤独之感。独饮中体悟人生，多有哲学思考。

———　此诗集中表现其生死观。人有生必有死，神仙不存在。惟忘乎物，进而忘乎天，任真自得，顺乎自然，才真正得以超脱。

后六句有回顾平生之意，回顾之后益加肯定自己之人生道路。形化心在，乃一篇结穴。古《笺》引《庄子·知北游》"古之人外化而内不化"，此之谓也。

立意玄远，用笔深峻。邱嘉穗《东山草堂陶诗笺》："盖陶公深明乎生死之说，而不以夭寿贰其心，所以异于慧远之修净土、作生天妄想者远甚。"

1　"运生"二句：意谓人之生命运行不已，必当归于终结，自古以来即是如此。运生，生命之运行，渊明以为生命乃不断行进之过程，故曰"运生"。运行必有终结，生命遂终止矣。终古，自古以来。《世说新语·栖逸》："籍商略终古，上陈黄、农玄寂之道，下考三代盛德之美，以问之，仡然不应。"

2　"世间"二句：意谓人称神仙之松乔，于今究竟在何处？松，赤松子。刘向《列仙传》："赤松子者，神农时雨师也。服水玉……至昆仑山上，常止西王母石室中……得仙俱去。"乔，王子晋。刘向《列仙传》："王子乔，周灵王太子晋也。好吹笙，作凤凰鸣。游伊、洛之间，道士浮丘公接上嵩高山。三十余年后，求之于山上，见桓良曰：'告我家：七月七日，待我于缑氏山巅。'至时，果乘鹤驻山头，望之不可到。举手谢时人，数日而去。"定，究竟。《世说新语·言语》："卿云艾艾，定是几艾？"

3　"故老"二句：意谓故老以酒相赠，且言饮酒即可得仙矣。此所谓"得仙"，就渊明而言，乃指有成仙之感觉：昏昏然，飘飘然，忘乎己，忘乎天。渊明并不信神仙也。正如《庄子·达生》所谓："夫醉者之坠车，虽疾不死；骨节与人同，而犯害与人异，其神全也。乘亦不知也，坠亦不知也，死生惊惧不入乎其胸中，是故连物而不慑。彼得全于酒而犹若是，而况得全于天乎？"乃，连词，表示递进关系，相当于"且"。《春秋繁露·玉杯》："有文无质，非直不予，乃少恶之。"

4 "试酌"二句：意谓初酌即已远离世情，再饮则忽忘天矣。
百情远，远离种种世情，如一般喜怒哀乐、名利之心。忘天，
《庄子·天地》："忘乎物，忘乎天，其名为忘己。忘己之人，是
之谓入于天。"此所谓"天"意谓超于物之上而接近自然。《老
子》："故道大，天大，地大，人亦大。域中有四大，而人居其一
焉。人法地，地法天，天法道，道法自然。"能忘天则几于道，而
近乎自然矣。百情是感物而生之各种感情，"百情远"即不为
物累。但仅仅"百情远"尚未为高，"忘天"才臻于至境矣。

5 "天岂"二句：意谓忘天者盖与天为一也；与天为一，必以
任真为先，一切出于真，服从于真。真，《庄子·渔父》："礼者
世俗之所为也。真者所以受于天也，自然不可易也。故圣人
法天贵真，不拘于俗。"可见"真"与世俗礼法相对立，指人之
自然本性。任真，即不束缚人之自然本性，任其自由发展。

6 "云鹤"二句：古《笺》、丁《笺注》，皆以"云鹤"指仙人，意
谓仙人得以遨游八极。王叔岷《笺证稿》曰："上言'世间有松
乔，于今定何间？'陶公已不信仙人矣，此何必就仙人言之耶？
二句盖喻心境之舒卷自如耳。"王说为是。霈案：此二句或另
有寓意，其重点乃在一"还"字，"云鹤"亦知还也。陶诗屡咏
归鸟，见《归鸟》《饮酒》等诗。从鸟之倦飞归还，悟出人生真
谛。此二句言云鹤虽有奇翼，可以远之八表，尚且须臾而还，
而我岂能不任真守拙乎？

7　"自我"二句：意谓自从我抱独守一，不为外物所惑，至今已努力四十年矣。"独"，乃庄子之哲学概念。所谓"独"，犹言"一"或"本"，即与具体之万物相对待之"本根"。"抱独"犹言得于一，亦即守一、守本，不为外物所惑也。渊明《戊申岁六月中遇火》："总发抱孤念，奄出四十年。"可以参看。

8　"形骸"二句：意谓四十年来形骸久已变化，不是原先之形骸矣。但本心尚在，初衷未改，斯可无悔矣。《庄子·齐物论》："其形化，其心与之然，可不谓大哀乎？"渊明反其意，曰我之心未随形骸之化而化也。

移　居 二首

昔欲居南村[1]，非为卜其宅[2]。闻多素心人[3]，乐与数晨夕[4]。怀此颇有年，今日从兹役[5]。弊庐何必广，取足蔽床席。邻曲时时来[6]，抗言谈在昔[7]。奇文共欣赏[8]，疑义相与析[9]。

渊明居处，历来多有考证。朱自清《陶渊明年谱中之问题》总结各家之说曰："始居柴桑，继迁上京，复迁南村。栗里在柴桑，为渊明尝游之地。上京有渊明故居，南村在寻阳附郭。"然根据尚嫌太少，未足论定也。此诗所谓"移居"，从何处移来，姑存疑。

此二诗语言清新朴素，直如口语，然邻曲之情、力耕之乐溢于言表。

"奇文"二句向为人称道，其妙处在以最精炼之语言道出读书人普遍之体验。有素心人可与共赏奇文、共析疑义，真乃一大乐事也。

此外，如"邻曲时时来，抗言谈在昔"，所谈为"在昔"，态度为"抗言"，有此等邻曲实乃幸事。又如"过门更相呼"、"相思则披衣",亦极富情趣。

1　南村:古直《陶靖节年谱》义熙六年下:"南村(亦曰南里)果在何处?李公焕曰即栗里。何孟春曰柴桑之南村。……愚通考先生诗文以及诔、传,而知南村实在寻阳负郭。……自义熙七年至元嘉四年凡十七年,先生踪迹皆在寻阳。其尤显著者如'因家寻阳',如'过寻阳见赠',如'经过寻阳,临别赠此',如'在寻阳与潜情款',如'经过寻阳,日造渊明饮焉',皆确指其地,不可假借。然则南村之在寻阳负郭,万无可疑已。"古直所考有据,然《移居》诗果为何年所作,并无充分根据以论定之,则南村是否在寻阳负郭,亦未能论定矣。

2　非为卜其宅:意谓不是因为南村之住宅好。卜宅,《左传》昭公三年:"谚云:'非宅是卜,惟邻是卜。'"

3　素心人:心地朴素之人。《文选》颜延之《陶徵士诔》:"弱不好弄,长实素心。"李善注:"《礼记》曰:'有哀素之心。'郑玄曰:'凡物无饰曰素。'"

4　乐与数(shuò)晨夕:意谓喜欢与素心人朝夕相处。数,屡。何注:"言相见之频也。"

5　从兹役:为此事,指移居南村。从,为。《管子·正世》:"知得失之所在,然后从事。"役,事。《左传》昭公十三年:"为此役也。"

6 邻曲：邻居。

7 抗言谈在昔：抗言，高言。《后汉书·董卓传》："卓又抗言曰"，李贤注："抗，高也。"在昔，陶澍注："《商颂（·那)》：'自古在昔。'《鲁语》：'古曰在昔。'"

8 奇文：或指自己与朋友所作文章，或指前人文章。《汉书·王褒传》："朝夕诵奇文。"

9 疑义相与析：蒋薰评《陶渊明集》曰："读'疑义相析'，知渊明非不求解，不求甚解以穿凿耳。"

　　春秋多佳日，登高赋新诗[1]。过门更相呼[2]，有酒斟酌之[3]。农务各自归，闲暇辄相思。相思则披衣[4]，言笑无厌时。此理将不胜，无为忽去兹[5]。衣食当须纪，力耕不吾欺[6]。

1 赋新诗：古《笺》引嵇叔夜《琴赋》："临清流，赋新诗。"

2 更：更替轮流。

3 斟酌：斟酒饮酒。

4 披衣：披衣出访。

5 "此理"二句：意谓此理难道不妙乎？勿轻易舍此而去也。"此理"，指下二句所谓力耕之理，渊明《庚戌岁九月中于西田获早稻》："人生归有道，衣食固其端。"意思相近。将不、岂不，有揣测或商量之语气，六朝习用语，相当于今言"难道不"。《世说新语·言语》："谢灵运好戴曲柄笠，孔隐士谓曰：'卿欲希心高远，何不能遗曲盖之貌？'谢答曰：'将不畏影者，未能忘怀？'"胜，优、妙。古《笺》："'理胜'盖晋人常语。《晋书·庾亮传》：'舅所执理胜'，《袁乔传》：'以理胜为任'，《王述传》：'且当择人事之胜理'是也。"无为，犹言不要。

6　"衣食"二句：意谓人生必须经营衣食，尽力耕作必有收获。纪，理，经营。力耕，尽力从事农耕。不吾欺，不欺吾。

和刘柴桑

山泽久见招，胡事乃踌躇[1]？直为亲旧故，未忍言索居[2]。良辰入奇怀，挈杖还西庐[3]。荒涂无归人，时时见废墟[4]。茅茨已就治，新畴复旧畲[5]。谷风转凄薄，春醪解饥劬[6]。弱女虽非男，慰情良胜无。栖栖世中事，岁月共相疏[7]。耕织称其用，过此奚所须[8]？去去百年外，身名同翳如[9]。

"刘柴桑"，柴桑令刘遗民也。《广弘明集》卷二七慧远《与隐士刘遗民等书》注："彭城刘遗民以晋太元中除宜昌、柴桑二县令。值庐山灵邃，足以往而不反，遇沙门释慧远可以服膺。丁母忧，去职入山，遂有终焉之志。于西林涧北别立禅坊，养志闲处，安贫不营货利。是时闲退之士轻举而集者若宗炳、张野、周续之、雷次宗之徒咸在会焉。遗民与群贤游处，研精玄理，以此永日。……在山一十五年，自知亡日，与众别已，都无疾苦。至期，西面端坐，敛手气绝，年五十有七。"萧统《陶渊明传》："时周续之入庐山，事释慧远；彭城刘遗民，亦遁迹匡山；渊明又不应征命，谓之'寻阳三隐'。"

渊明本已隐居家中,遗民复招以何事耶?

盖刘遗民于元兴元年(402)入庐山,并与慧远等一百二十三人共立誓愿,则是已皈依佛门矣。遗民当是招渊明入庐山,离家人而"索居",渊明不肯,故《酬刘柴桑》及此诗颇言隐居及与亲旧家人团聚之乐。

渊明之隐居乃离开仕途与世俗,退隐田园从事躬耕,而未脱离人间,仍与亲友、邻居相往还,此所谓"结庐在人境"也。此诗所谓:"去去百年外,身名同翳如。"《酬刘柴桑》所谓:"今我不为乐,知有来岁不?"均表明其不虑来生之意,非如刘遗民之离群索居、期往生极乐世界也。

张荫嘉《古诗赏析》曰:"此诗别刘归家和刘之作,只起处略带及刘,下皆述己怀抱。"渊明既不求显达,亦不预佛门,结庐人境,躬耕守拙,亲旧不遗。此诗可见其怀抱。

1　"山泽"二句:意谓久已被招隐入山泽,因何事而踌躇不往乎?曰"久见招"者,此前(义熙二年)已招渊明入山,渊明未肯,作《酬刘柴桑》。刘复招之,故此诗曰"久见招"也。李注:"时遗民约靖节隐山结白莲社,靖节雅不欲预其社列,但时复往还于庐阜间。"《莲社高贤传》:"远法师与诸贤结莲社,以书招渊明。渊明曰:'若许饮则往。'许之,遂造焉。忽攒眉而去。"

2 "直为"二句：意谓只为亲旧之故，而未忍言离群索居也。直，但，仅，只。《世说新语·赏誉》："简文道王怀祖：'才既不长，于荣利又不淡，直以真率少许，便足对人多多许。'"索居，《礼记·檀弓上》："子夏曰：'吾离群而索居，亦已久矣。'"郑注："索，犹散也。"亲旧，亲戚故旧。

3 "良辰"二句：良辰入怀，言物境与人心之合一。襟怀本无所谓奇与不奇，逢良辰而精神倍爽，不同往常，渊明用"奇怀"二字言之。挈，提起。挈杖，提杖而行。良辰入怀，故无须拄杖也。西庐，西田中之庐舍。据《庚戌岁九月中于西田获早稻》："盥濯息檐下，斗酒散襟颜。"知渊明于西田中有庐舍。渊明有几处田庄，此其一也。

4 "荒涂"二句：写归西庐途中所见。废墟，已荒芜破败之村庄。渊明《归园田居》其四："试携子侄辈，披榛步荒墟。徘徊丘垄间，依依昔人居。"盖当时废墟颇多见也。

5 "茅茨"二句：意谓茅屋、新田与旧田均已整治就绪。茅茨，茅草盖顶之房屋。新畴，新田。畬（yú），开垦过三年之旧田。《尔雅·释地》："田，一岁曰菑，二岁曰新田，三岁曰畬。"郝懿行义疏："畬者，田和柔也。孙炎曰：'新田，新成柔田也。……畬，和也，田舒缓也。盖治田三岁，则陈根悉拔，土脉膏肥。'"郝懿行又引孙炎曰："菑，始灾杀其草木也。"

6 "谷风"二句：意谓当东风转冷时，聊以酒解饥劳也。谷风,《尔雅·释天》:"东风谓之谷风。"凄,寒凉。薄,《楚辞·九辩》:"惨凄增欷兮,薄寒之中人。"张铣注云:"薄,迫也,有似迫寒之伤人。"古《笺》:"谷风宜和,而反寒,故曰'转凄薄'。"劬(qú),劳也。

7　"栖栖"二句:意谓世间之事栖栖不定,随岁月之流逝,世事与我互相疏远益甚矣。栖栖,忙碌不安貌。《论语·宪问》:"微生亩谓孔子曰:'丘何为是栖栖者与?无乃为佞乎?'"渊明《饮酒》其四:"栖栖失群鸟,日暮犹独飞。"疏,远。陶澍注引何焯曰:"我弃世,世亦弃我也。"

8　"耕织"二句:意谓只求衣食满足所用,过多非所须求也。称(chèn),相当、符合。须,要求、须求。《广韵》:"须,意所欲也。"

9　"去去"二句:意谓人死之后,身名没灭消失,不复为人所知,衣食之需更勿多求也。去去,曹植《杂诗》:"去去莫复道,沉忧令人老。"渊明《饮酒》其十二:"去去当奚道,世俗久相欺。"百年,指一生。《列子·杨朱》:"百年,寿之大齐。"人寿罕过百岁,故以百年为死之婉称。翳(yì),灭也。陆机《愍怀太子诔序》:"伤我惠后,寂焉翳灭。"又,陆机《吊魏武帝文》:"苟形声之翳没,虽音景其必藏。"翳如,犹言"翳然",没灭消失貌。

酬刘柴桑

穷居寡人用，时忘四运周[1]。门庭多落叶，
慨然知已秋[2]。新葵郁北牖，嘉穟养南畴[3]。今
我不为乐，知有来岁不[4]？命室携童弱，良日
登远游[5]。

―――　"刘柴桑"，刘遗民。"酬"，亦答也。

―――　此诗写隐居之乐，与《和郭主簿》其一旨趣略同。题曰
《酬刘柴桑》，而不及酬答之意，全是自抒情怀。

―――　1　"穷居"二句：意谓居处偏僻少有人来，四季之更替时或忘
矣。穷居，偏僻之居室。用，行也，见《方言》。寡人用，少人
行，少有人往来，与《归园田居》其二"穷巷寡轮鞅"意同。四
运周，《庄子·知北游》："阴阳四时运行，各得其序。"

2　"门庭"二句：意谓见落叶而慨然知已秋矣。古《笺》引
《淮南子·说山训》："以小明大，见一叶落而知岁之将暮。"慨
然，有感叹流光易逝、岁月不待之意。

3　"新葵"二句：意谓北窗外新葵茂盛，南畴间禾实饱满。渊
明喜食葵，其《止酒》曰："好味止园葵。"葵，蔬菜名，乃古代

重要蔬菜之一。《诗·豳风·七月》："七月烹葵及菽。"《齐民要术》列为蔬类。郁，盛貌。牖，窗。穟（suì），《说文》："禾采（suí）之貌。"采者，《说文》曰："禾成秀，人所收者也。"段注："采与秀古互训。"然则"穟"即禾秀之貌。嘉穟，禾实饱满者也。养，育。南畴，位于居处南边之一片田地。参看渊明《归园田居》其一"开荒南野际"，此南畴或系新开垦之田。

4　"今我"二句：古《笺》引《诗·唐风（·蟋蟀）》："今我不乐，日月其除。"

5　"命室"二句：意谓携带子侄，佳日远游为乐。室，妻室。童弱，指子侄等。登，成。登远游，实现远游。

和郭主簿 二首

蔼蔼堂前林[1]，中夏贮清阴[2]。凯风因时来[3]，回飙开我襟[4]。息交游闲业，卧起弄书琴[5]。园蔬有余滋[6]，旧谷犹储今[7]。营己良有极，过足非所钦[8]。春秫作美酒[9]，酒熟吾自斟。弱子戏我侧[10]，学语未成音。此事真复乐，聊用忘华簪[11]。遥遥望白云，怀古一何深[12]！

———　"郭主簿"，不详。"主簿"，官名，详《怨诗楚调示庞主簿邓治中》题解。

———　两诗写法不同：其一，"堂前林"、"凯风"、"回飙"等客观之物皆与渊明建立亲切体贴之关系，或为之贮阴，或为之开襟，宛若朋友一般。其二，多有象征意象，如秋菊、青松，皆象征高洁坚贞之人格。但两诗皆以怀念古之幽人作结，"衔觞念幽人"犹"怀古一何深"也。而"检素不获展"则又进一层，己之情素竟不得展，感慨益深矣。

———　1　蔼蔼：茂盛貌。

2　中夏：仲夏。贮：贮存。清阴可贮，以备取用。"贮"字妙绝。

3　凯风因时来：意谓南风按时而来。凯风，南风，见《尔雅·释天》。繁钦《定情诗》："凯风吹我裳。"

4　回飚：回风。《尔雅·释天》："回风为飘。"案："飘"通"飚"。

5　"息交"二句：意谓停止交游，浏览正典以外之闲书；随时以书琴为戏，并不刻意钻研。闲业，对正业而言。《礼记·学记》："教必有正业。"孔疏："正业，谓先王正典，非诸子百家。"游，《论语·述而》："志于道，据于德，依于仁，游于艺。"集解："艺，六艺也。不足据依，故曰游。"卧起，陶澍注："《(汉书)苏武传》：'卧起操持。'"意谓时不离手。弄，戏。

6　园蔬有余滋：意谓自己园中之蔬菜格外有味，或谓其繁滋有余。余滋，余味。古《笺》引《(礼记)檀弓》："丧有疾，食肉饮酒，必有草木之滋(焉)。"郑注："增以香味。"又，"滋"，王叔岷《笺证稿》释为"繁滋"，苏武诗："泪为生别滋。"逯钦立注引《国语·齐语》注："滋，长也。"《文选·思玄赋》注："滋，繁也。"

7　旧谷：《论语·阳货》："旧谷既没，新谷既升。"

8　"营己"二句：意谓营求自身之衣食诚然有限，并无过分之希求也。渊明《庚戌岁九月中于西田获旱稻》："人生归有道，衣食固其端。孰是都不营,而以求自安。"衣食确须谋求经营,但称用即可,不可过分。《和刘柴桑》曰:"耕织称其用,过此奚所求。"《杂诗》其八:"岂期过满腹,但愿饱粳粮。"与此诗意近。

9　秫(shú):黏稻。萧统《陶渊明传》:"公田悉令吏种秫,曰:'吾常得醉于酒,足矣!'妻子固请种粳,乃使二顷五十亩种秫,五十亩种粳。"

10　弱子:幼子、少子。

11　"此事"二句:意谓上述之生活情事真是快乐,可赖以忘掉富贵荣华。复,助词,起补充或调节音节之作用。聊,依赖,凭藉。《荀子·子道》:"古之人有言曰:'衣与!缪与!不女聊。'"杨倞注:"聊,赖也。"用,以。华簪,华贵之发簪。簪,古人用以绾住发髻或连冠于发之用品。左思《招隐》:"聊欲投吾簪。"投簪表示弃官,与"忘簪"意近。

12　"遥遥"二句:意谓遥望白云,而缅怀古代安贫乐道之高士。一,助词,用以加强语气。《战国策·燕策一》:"此一何庆吊相随之速也。"

　　和泽周三春,清凉素秋节[1]。露凝无游氛,天高风景澈[2]。陵岑耸逸峰,遥瞻皆奇绝[3]。芳菊开林耀[4],青松冠岩列。怀此贞秀姿[5],卓为

霜下杰。衔觞念幽人，千载抚尔诀[6]。检素不
获展，厌厌竟良月[7]。

1　“和泽”二句：此诗写秋，先以春陪衬。意谓春天和泽，而秋
来何其清凉也。和泽，温和湿润。周，遍。三春，春季之三个
月。素秋，《文选》张华《励志》：“四气鳞次，寒暑还周。星火
既夕，忽焉素秋。”李善注引《尔雅》：“秋为白藏，故云素秋。”
《三国志·蜀书·郤正传》：“朱阳否于素秋，玄阴抑于孟春。”

2　“露凝”二句：形容秋高气爽。露凝，露水凝结为霜。陆机
《为顾彦先作》：“肃肃素秋节，湛湛浓露凝。”氛，气。游氛，指
云气。潘岳《秋兴赋》：“游氛朝兴，槁叶夕陨。”风景澈，言秋
天之空气与光线给人以透明澄清之感。

3　“陵岑”二句：因为风景澄澈，山峰清晰，似觉更高更奇。奇
绝，言山峰之奇异达到极点。岑，《说文》：“山小而高。”逸，
特出。

4　芳菊开林耀：黄文焕《陶诗析义》曰：“秋来物瘁，气渐闭
塞，林光黯矣。惟此孤芳，足以开景色，而生全林之光耀。”
言菊花之灿烂，使树林顿觉开朗明亮。王叔岷《笺证稿》曰：
“‘开林耀’，疑本作‘耀林开’。‘芳菊耀林开’，与‘青松冠岩
列’相俪。两句第三字以耀、冠对言。谢灵运《日出东南隅
行》：‘柏梁冠南山，桂宫耀北泉。’江淹《杂体诗·拟谢仆射游

览》：'时菊耀岩阿，云霞冠秋岭。'并同此例。"逯钦立注亦曰：
"开林耀，当作耀林开，与冠岩列对文。"

5　贞：正。曹植《赠丁仪王粲》："欢怨非贞则，中和诚可经。"

6　"衔觞"二句：意谓念及自古以来之隐者，亦皆遵循松菊之
法，以保持高洁也。觞，酒杯。衔觞，饮酒。幽人，隐者。抚，
循，仿效。《后汉书·杜笃传》："规龙首，抚未央，视平乐，仪
建章。"李贤注："或云'抚'亦'模'。……谓光武规模而修理
也。"诀，法。

7　"检素"二句：意谓自检平素之情志而不得展，惟安然静
居，终此良好之季节。检，寻求。《后汉书·张衡传》："收检遗
书。"素，《汉书·邹阳传》："披心腹，见情素。"师古注："见，显
示之也。素，谓心所向也。"不获展，不得伸展。厌厌，《诗·小
雅·湛露》："厌厌夜饮。"传："厌厌，安静也。"良月，古《笺》
引《左传》庄公十六年："使以十月入，曰良月也。"

于王抚军座送客

冬日凄且厉，百卉具已腓[1]。爰以履霜节，登高饯将归[2]。寒气冒山泽[3]，游云倏无依[4]。洲渚思绵邈，风水互乖违[5]。瞻夕欲良宴，离言聿云悲[6]。晨鸟暮来还，悬车敛余晖[7]。逝止判殊路，旋驾怅迟迟[8]。目送回舟远，情随万化遗[9]。

"王抚军"，指王弘。《宋书·王弘传》：王弘字休元，义熙十四年"迁监江州、豫州之西阳、新蔡二郡诸军事，抚军将军，江州刺史"。

"客"，指豫章太守谢瞻，西阳太守、太子庶子庾登之。《文选》卷二〇有谢宣远（瞻）《王抚军庾西阳集别时为豫章太守庾被征还东》一首。李善注："沈约《宋书》曰：王弘为豫州之西阳、新蔡诸军事，抚军将军，江州刺史。庾登之为西阳太守，入为太子庶子。集序曰：'谢还豫章，庾被征还都，王抚军送至湓口南楼作。'"

（清）陶澍撰《靖节先生年谱考异》曰："今《文选》瞻序仅纪三人，无先生名字，岂宋本有之，今本夺去耶？"古《笺》："《文选》谢宣远《王抚军庾西阳集别作》云：'方舟析旧知，对篷旷明牧。'李善注：'旧知，庾也。明牧，王抚军也。'止纪二人。"王叔岷《笺证稿》："谢诗'方舟新旧知'，李善注：'旧知，庾也。'新知，盖谓陶公。则谢诗所纪，实休元、登之、陶公及瞻自己四人。"录以备考。

前八句景语，后八句情语，淡而有味。方东树《昭昧詹言》云："景与情俱带画意。"黄文焕《陶诗析义》曰："钟情语以遣情结，最工于钟情。"

1　"冬日"二句：意谓冬季风寒且急，百草均已枯黄。古《笺》："《小雅·四月)》：'秋日凄凄，百卉具腓。'毛传：'凄凄，凉风也。(卉，草也。)腓(féi)，病也。'《文选(曹子建洛神赋)》注：'厉，急也。'"案：此二句借用《四月》字句以写冬景。

2　"爰以"二句：意谓以此践霜之季节，登高饯别将归之人。爰，助词，起补充音节作用。履霜，《诗·魏风·葛屦》："纠纠葛屦，可以履霜。"

3　冒：覆盖。

4　游云倏无依：形容游云忽聚忽散，飘忽不定。渊明《咏贫士》其一："万族各有托，孤云独无依。"

5　"洲渚"二句：意谓离思广远，弥漫洲渚；风水阻隔，友人分离。洲渚，《尔雅·释水》："水中可居者曰洲。小洲曰渚。"绵邈，广远貌。左思《吴都赋》："岛屿绵邈。"乖违，分离。

7 "晨鸟"二句：承上瞻夕，写日夕景色。悬车，指黄昏之前。《淮南子·天文训》："日出于旸谷，……至于悲泉，爰止其女，爰息其马，是谓悬车。至于虞渊，是谓黄昏。"敛余晖，夕阳收起余光。

6 "瞻夕"二句：意谓目瞻日夕欲成良宴，而离别之言令人悲伤。"聿"、"云"，皆语助词。《诗·小雅·小明》："岁聿云暮。"

7 "晨鸟"二句：承上瞻夕，写日夕景色。悬车，指黄昏之前。《淮南子·天文训》："日出于旸谷，……至于悲泉，爰止其女，爰息其马，是谓悬车。至于虞渊，是谓黄昏。"敛余晖，夕阳收起余光。

8 "逝止"二句：意谓行者送者路各不同，回驾迟迟怅然而归。逝止，谓行者与留者。羊徽《答丘泉之诗》："自兹乖互，属有逝止。"判，分。

9 "目送"二句：意谓既已目送回舟远去，则离情亦随万化而遗落，不复滞于心中矣。万化，古《笺》引《庄子·大宗师》："若人之形者，万化而未始有极也。"霈案：渊明每言"化"，如"纵浪大化中"（《神释》），"迁化或夷险"（《五月旦作和戴主簿》），"形骸久已化"（《连雨独饮》），"聊且凭化迁"（《始作镇军参军经曲阿》），"形迹凭化往"（《戊申岁六月中遇火》）。盖自渊明视之，万物莫不处于变化之中，人之形骸亦复如是，故不必为离别而悲伤也。

与殷晋安别 并序

　　殷先作晋安南府长史掾，因居浔阳。后作太尉参军，移家东下，作此以赠。

　　游好非久长，一遇尽殷勤[1]。信宿酬清话，益复知为亲[2]。去岁家南里，薄作少时邻[3]。负杖肆游从，淹留忘宵晨[4]。语默自殊势，亦知当乖分[5]。未谓事已及，兴言在兹春[6]。飘飘西来风，悠悠东去云[7]。山川千里外，言笑难为因[8]。良才不隐世，江湖多贱贫[9]。脱有经过便，念来存故人[10]。

———

　　殷晋安果系何人？并无史料足资考证，暂付阙如为宜。

———

　　此诗有无讥讽，前人说法不一。

　　清吴崧《论陶》曰："深情厚道，绝无讥讽意。'良才不隐世'，并不以殷之出为卑；'江湖多贱贫'，亦不以己之处为高。各行其志，正应'语默自殊势'句，真所谓'肆志无污窊隆'也。"

　　清温汝能纂集《陶诗汇评》曰："殷事刘裕，与靖节殊趣，故篇中'语默殊势'，已显言之。至'事已及'即指其移家东下。'才华'数语,抑扬吞吐,词似出之忠厚,意实暗寓讥刺。殷景仁当日得此诗,未必无愧。予谓读陶诗者,当知其蔼然可亲处,即有凛然不可犯处。"

今细玩诗意,吴崧所论为是。诗曰"一遇尽殷勤","益复知为亲","奄留忘宵晨",可知情谊匪浅耳。渊明虽隐世,未必欲朋友人人隐世。或隐或仕,遂其自然。语默殊势,不妨言笑无厌。王弘、颜延之,皆其例也。然如檀道济劝其出仕,则又当别论矣。故诗末犹眷眷然,曰"脱有经过便,念来存故人"。情真意挚,非泛泛之言也。

统观全诗,惋惜之意有之,而讥刺之意未必有也。

1　"游好"二句:意谓彼此交游相善时日非长,仅一遇而倾心也。《南史·庾杲之传》:"时诸王年少,不得妄称接人,敕杲之及济阳江淹五日一诣诸王,使申游好。"殷勤,情意恳切。司马迁《报任安书》:"夫仆与李陵俱居门下,素非相善也。趣舍异路,未尝衔杯酒接殷勤之欢。"

2　"信宿"二句:意谓一再对答交谈,更知是密友也。一宿曰宿,再宿曰信。酬,答。清话,谈话不染世俗,清高雅洁。王叔岷《笺证稿》曰:"盖《移居》诗'抗言谈在昔'之类,与'清谈'当有别。魏、晋人士好清谈,陶公则不尔。"

3　"去岁"二句:意谓去岁家于南里时,曾短期为邻。各家之注多据此句,谓此诗乃移居南村后一年所作。然此句之主语或系殷晋安,意谓去岁殷来居南村遂结邻矣,诗序"因居浔阳"可证。此句主语或兼指自己与殷双方,而不一定指自己始迁来南村。不能据此一句推定此诗作于《移居》诗之后一年也。薄,助词,用于句首,相当于"夫"、"且"。

4　"负杖"二句:写彼此过从之密,交往之欢。负杖,古《笺》:"《礼记(·檀弓)》郑注:'加其杖颈上。'"不拄杖而担之,兴高而步健也,与《和刘柴桑》所谓"挈杖"相近。肆,纵情。游从,结伴同游。淹留,久留。

5　"语默"二句:意谓彼此一显达,一隐沦,势态本自不同,故亦知终当分离也。语默,显与不显。丁《笺注》:"《周易(·系辞)》:'君子之道,或出或处,或语或默。'"渊明《命子》:"时有语默,运因隆寙。"

6　"未谓"二句:承上句意谓虽知终当分离,但未谓如此之遽,事已速至,起于今春,离别在即矣。兴,起也。言,语助词。

7　"飘飘"二句:殷晋安东下,故以"西来风"、"东去云"写别情。

8　"山川"二句:意谓山川远隔,难以言笑为亲矣。徐复引《广雅·释诂三》:"因,亲也。"王念孙疏证《大雅·皇矣》:"因心则友。"《丧服传》:"继母之配父,与因父同。"毛传、郑注并云:"因,亲也。"

9　"良才"二句：上句言殷晋安，下句言自己。

10　"脱有"二句：意谓倘有便经过浔阳，勿忘来问候故人也。
脱，倘若、或许。《后汉书·李通传》："事既未然，脱可免祸。"
存，问候、省视。

赠羊长史

左军羊长史，衔使秦川[1]，作此与之。羊名松龄。

愚生三季后，慨然念黄虞[2]。得知千载外，政赖古人书[3]。贤圣留余迹，事事在中都[4]。岂忘游心目[5]？关河不可踰[6]。九域甫已一，逝将理舟舆[7]。闻君当先迈，负痾不获俱[8]。路若经商山，为我少踌躇[9]。多谢绮与甪，精爽今何如[10]？紫芝谁复采？深谷久应芜[11]。驷马无贳患，贫贱有交娱[12]。清谣结心曲，人乖运见疏[13]。拥怀累代下，言尽意不舒[14]。

"羊长史"，据序下小注即羊松龄。

《晋书·陶潜传》："既绝州郡觐谒，其乡亲张野及周旋人羊松龄、庞遵等，或有酒要之，或要之共至酒坐，虽不识主人，亦欣然无忤。"

赠别诗而无惜别之意，全从自己方面下笔，抒发怀念古隐者之情，别具一格。

诗曰："九域甫已一，逝将理舟舆。"可见当时人视刘裕破长安为统一国家之举，又可见南人对中原之向往。

　　然三年后刘裕即篡晋,此时篡位之心迹已明,渊明特寄意于四皓,以表白心曲也。

1　衔使秦川:奉命出使秦川。衔,奉,接受。《礼记·檀弓上》:"衔君命而使。"秦川,泛指今陕西、甘肃秦岭以北平原地带,因春秋战国时地处秦国而得名。川,指平川。

2　"愚生"二句:意谓自己怀念黄帝、虞舜之时代也。三季,指夏、商、周三代之末年。黄虞,黄帝、虞舜。渊明《时运》:"黄唐莫逮,慨独在余。"

3　"得知"二句:意谓得知千载以上之事,仅赖古人之书也。政,正也,意谓仅。《北史·刘璠传附刘行本》:"行本怒其不能调护,每谓三人曰:'卿等正解读书耳。'"徐震堮《世说新语校笺》附《世说新语词语简释》:"正,止也,仅也,乃晋人常语,亦作'政'。"并举《世说新语·言语》:"谢太傅语王右军曰:'中年伤于哀乐,与亲友别,辄作数日恶。'王曰:'年在桑榆,自然至此。正赖丝竹陶写,但恒恐儿辈觉,损欣乐之趣。'"案:觉损二字应连读。

4　中都:古代对都城之通称。《史记·平准书》:"漕转山东粟,以给中都官。"此指洛阳、长安。

5　游心目:游心纵目。《庄子·骈拇》:"游心于坚白同异之间。"王羲之《兰亭集序》:"仰观宇宙之大,俯察品类之盛,所以游目骋怀,足以极视听之娱,信可乐也。"

6　关河:《史记·苏秦列传》:"秦,四塞之国,被山带渭,东有关河,西有汉中,南有巴蜀,北有代马,此天府也。"张守节《正义》:"东有黄河,有函谷、蒲津、龙门、合河等关。"

7　"九域"二句:意谓九州始已统一,将整治舟车前往游览古圣贤之地也。逝,发语词。理舟舆,整治舟车,表示准备出发。

8　"闻君"二句:李注:"原诗意,靖节初欲从松龄访关洛,会病,不果行。"迈,往。痾(kē),病。

9　"路若"二句:表示向往古之隐者。商山,又名商坂、地肺山、楚山,在陕西商县东南,秦末汉初东园公、绮里季、夏黄公、用里先生等四老人隐于此,号"商山四皓"。《汉书·王贡两龚鲍传序》:"汉兴,有东园公、绮里季、夏黄公、用里先生,此四人者,当秦之世,避而入商洛深山,以待天下之定也。"踌躇,驻足不行貌。《楚辞·七谏·怨世》:"骥踌躇于弊輂兮。"

10　"多谢"二句:意谓为我多多问候"四皓",不知其魂魄至今如何也。古《笺》:"《汉书·赵广汉传》:'多谢问赵君。'"谢,问候。《汉书·李广传》:"少卿良苦,霍子孟、上官少叔谢女。"颜师古注:"谢,以辞相问也。"精爽,《左传》昭公二十五年:"心之精爽,是谓魂魄。魂魄去之,何以能久?"杨伯峻注:"精爽犹言精明。"

11　"紫芝"二句:意谓"四皓"之后商山恐再无隐者,紫芝无人采，深谷亦久荒芜矣。(陈) 释智匠《古今乐录》载四皓隐于商山，作歌曰："莫莫高山，深谷逶迤。晔晔紫芝，可以疗饥。唐虞世远，吾将何归？驷马高盖，其忧甚大。富贵之畏人兮，不若贫贱之肆志。"

12　"驷马"二句：意谓富贵之人无以免其祸患，而贫贱之士有以得娱乐也。贳(shì)，《汉书·车千秋传》："武帝以为辱命，欲下之吏。良久，乃贳之。"师古注："贳，宽纵也，谓释放之也。"交，两相接触，引申为逢得，犹今言"交上好运"之"交"。

13　"清谣"二句：意谓四皓之歌虽萦系心曲念念不忘，但四皓之人既不可见，世运亦远隔矣。清谣，指《紫芝歌》。心曲，内心深处。乖，乖离。

14　"拥怀"二句：意谓四皓既不得见，只能积遗憾于累代之下，此中深意非可尽言于诗也。言外之深意，冀羊长史领会。拥，犹"壅"。拥怀，壅积于胸中。渊明《感士不遇赋》："拥孤襟以毕岁。"舒，伸。

岁暮和张常侍

市朝凄旧人，骤骥感悲泉[1]。明旦非今日，岁暮余何言[2]！素颜敛光润[3]，白发一已繁。阔哉秦穆谈，旅力岂未愆[4]。向夕长风起[5]，寒云没西山。厉厉气遂严[6]，纷纷飞鸟还。民生鲜常在，矧伊愁苦缠[7]。屡阙清酤至，无以乐当年[8]。穷通靡攸虑，憔悴由化迁[9]。抚己有深怀，履运增慨然[10]。

———

"岁暮"，一年将尽之时。

"常侍"，散骑常侍之简称，三国魏置，即汉代散骑和中常侍之合称。在皇帝左右规谏过失，以备顾问。晋以后增加员额，称员外散骑常侍或通直散骑常侍，往往预闻机要。

———

全从"暮"字入笔：一怨岁时之暮，二怨己年之暮，三怨晋室之暮。虚实反正，纷总交错。

首四句即已铺开此三层，接下专就年暮而言，末四句又排除己身而归之于易代之慨。

含蓄婉转，沉郁顿挫，乃渊明诗作之上乘。

1　"市朝（cháo）"二句：意谓世事变迁，不禁为市朝之旧人而悲凄；光阴流逝，不觉已日入悲泉。市，集市。朝，古代官府之厅堂。《礼记·檀弓上》："遇诸市朝，不反兵而斗。"孔颖达疏："设朝或在野外，或在县、鄙、乡、遂，但有公事之处皆谓之朝。"市朝，指人众会集之所。何注："《古北门行》：'市朝易人，千载墓平。'"骤骥，快马。古《笺》："《庄子·盗跖篇》：'天与地无穷，人死者有时。操有时之具，而托于无穷之间，忽然无异骤骥之驰过隙也。''骤骥'二字本此。"悲泉，日入处。《淮南子·天文训》："（日）至于悲泉，爰此其女，爰息其马，是谓悬车。"比喻岁暮，且喻自己已年暮。

2　"明旦"二句：意谓明旦将入新年，非复今日矣。百感交集，复何言哉！言外感叹安帝被弑，晋朝将亡；并有感叹年暮力衰之意。

3　素颜：王褒《责髯奴文》："无素颜可依，无丰颐可怙。"

4　"阔哉"二句：意谓自己膂力已失，衰老无用矣，秦穆公之言迂阔不近情理也。《书·秦誓》："番番良士，旅力既愆，我尚有之。"旅力，犹膂力。膂，脊骨。愆，失去。

5　向夕：近夕，傍晚。

6　厉厉：犹冽冽，寒貌。

7　"民生"二句：意谓人生本不长久，何况愁苦缠绕，更难免衰老也。民生，人生。鲜，少。矧伊，况此。

8　"屡阙"二句：意谓屡缺清酒，无以及时行乐也。阙，缺。清酤，清酒。当年，古《笺》："《列子·杨朱篇》：'徒失当年之至乐，不能自肆于一时。'"

9　"穷通"二句：意谓穷通既无所思虑，憔悴亦听其自然。穷通，困厄与显达。《庄子·让王》："古之得道者，穷亦乐，通亦乐。所乐非穷通也。"靡攸虑，无所虑。憔悴，指人衰老。渊明《荣木》："人生若寄，憔悴有时。"化迁，指人生、社会与宇宙之演化迁徙。渊明《始作镇军参军经曲阿》："聊且凭化迁。"渊明认为万物皆在变化之中，人之衰老亦不可避免。应以恬淡之态度顺应自然之规律，此即"由化迁"也。

10　"抚己"二句：意谓逢此易代之际，内省则深有感怀，并增慨然也。抚己，省察自己，自问。履运，遭逢时运，暗指刘裕将篡晋之事。古《笺》："《后汉书·皇甫嵩传》：'阎忠干说嵩曰："将军遭难得之运，蹈易骇之机，而践运不抚，临机不发，将何以保大名乎？"'履运，犹践运也。运谓五德之运。《文选》班叔皮《王命论》：'未见运世无本，功德不纪，而得倔起在此位者也。'李注：'运世，五行更运相次之世也。'"

和胡西曹示顾贼曹

蕤宾五月中[1]，清朝起南飔[2]。不驶亦不迟[3]，飘飘吹我衣。重云蔽白日，闲雨纷微微[4]。流目视西园[5]，晔晔荣紫葵[6]。于今甚可爱，奈何当复衰。感物愿及时，每恨靡所挥[7]。悠悠待秋稼，寥落将赊迟[8]。逸想不可淹，猖狂独长悲[9]。

古《笺》引《通典》卷三二："州之佐吏：功曹书佐一人，主选用，汉制也。……晋以来，改功曹为西曹书佐。宋有别驾西曹，主吏及选举，即汉之功曹书佐也。"又《通典》卷三三："郡之佐吏：司法参军，两汉有决曹、贼曹掾，主刑法，历代皆有。或谓之贼曹，或为法曹，或为墨曹。隋以后与功曹同。"又《太平御览》二六四引韦昭《辨释名》曰："曹，群也。功曹，吏所群聚。户曹，民所群聚(也)。其他皆然。"

1　蕤(ruí)宾：本是十二律之一，代指五月。古代律制，用三分损益法将一个八度分为十二个不完全相等之半音，各律由低到高依次为黄钟、大吕、太簇、夹钟、姑洗、仲吕、蕤宾、林钟、夷则、南吕、无射、应钟。古人遂以十二律配十二月。《礼记·月令》:"仲夏之月，……其音徵，律中蕤宾。"《汉书·律历志》:"蕤宾:蕤，继也;宾，导也。言阳始导阴气使继养物也。位于午，在五月。"

2　飂:凉风。《乐府诗集·鼓吹曲辞一·有所思》:"秋风肃肃晨风飂。"

3　駃:疾速。慧琳《一切经音义》引《仓颉篇》:"駃，疾也。"《诗·秦风·晨风》:"鴥彼晨风，郁彼北林。"毛传:"駃疾如晨风之飞入北林。"

4　"重云"二句:《古诗十九首》:"浮云蔽白日。"闲雨，细雨不疾也。

5　流目:放眼随意观看。张衡《思玄赋》:"流目眺夫衡阿兮，睹有黎之圮坟。"

6　晔(yè)晔荣紫葵:晔晔，美茂貌。紫葵，蔬菜名。此用商山四皓《紫芝歌》"晔晔紫芝"句意。

7　"感物"二句:意谓有感于景物变迁光阴荏苒，愿及时行乐，而每恨无酒可饮也，故下言"待秋稼"以酿酒。感物，曹植《赠白马王彪》:"感物伤我怀。"张协《杂诗》:"感物多所怀。"挥，举觞饮酒。

8　"悠悠"二句:意谓秋收为时尚遥，无酒之寂寥尚须久耐，而愈觉缓慢难熬也。悠悠，遥远。寥落，稀疏冷落。赊迟，缓慢。《晋书·郗超传》:"超又进策于温曰:'……若此计不从，便当顿兵河、济,控引粮运,令资储充备,足及来夏。虽如赊迟,终亦济克。'"

9　"逸想"二句:意谓各种念头纷飞转移,不停留于一处,感情亦纵放而不可收,独长悲于人生之无常也。淹,滞留。猖狂,《庄子·在宥》:"浮游不知所求,猖狂不知所往。"

悲从弟仲德

衔哀过旧宅，悲泪应心零[1]。借问为谁悲？怀人在九冥[2]。礼服名群从，恩爱若同生[3]。门前执手时，何意尔先倾[4]。在数竟不免[5]，为山不及成[6]。慈母沉哀疚[7]，二胤才数龄[8]。双位委空馆，朝夕无哭声[9]。流尘集虚坐[10]，宿草旅前庭[11]。阶除旷游迹，园林独余情[12]。翳然乘化去，终天不复形[13]。迟迟将回步，恻恻悲襟盈[14]。

"从弟"，堂弟。"仲德"，事迹不详。

渊明与仲德虽非同胞，但恩爱非同一般，痛惜之情尤为沉重。"慈母"以下八句，从细处落笔，睹物思人，平淡之语，感人至深。

1 "衔哀"二句：意谓过仲德之旧宅而悲哀落泪也。衔哀，古《笺》："嵇康《与阮德如》：'含哀还旧庐（，感切伤心肝。）'"零，落。应心零，随心情之悲哀而落泪。

2 九冥：九泉幽冥之处，指地下。

3　"礼服"二句:意谓以礼服之亲疏而论,从弟名为群从之一,若以恩爱而论,则情如同胞也。礼服,旧时丧服制度,以亲疏为差等,有斩衰、齐衰、大功、小功、缌麻五种名称,统称五服。

4　倾:倾覆,引申为身亡。

5　数:气数、气运,即命运。《后汉书·郑孔荀列传论》:"及阻董昭之议,以致非命,岂数也夫!"

6　为山不及成:意谓功业未就。《论语·子罕》:"譬如为山,未成一篑。"

7　慈母沉哀疚:疚,《诗·周颂·闵予小子》:"闵予小子,遭家不造,嬛嬛在疚。"郑玄笺:"嬛嬛然孤特,在忧病之中。"沉哀疚,沉浸于哀疚之中。

8　二胤才数龄:胤,嗣。二胤,指其二子。

9　"双位"二句:意谓仲德与其妻之灵位寄托于旧宅,其中已无人居住。古《笺》:"诗序其母与子,而不及妻。然则所谓'双位'者,其一殆其妻邪?"位,灵位。委,寄托。空馆,空舍,空室,指仲德旧宅已无人居住,故曰"朝夕无哭声"。

10　虚坐:此指为死者所设之座位。《文选》潘岳《寡妇赋》:"上瞻兮遗像,下临兮泉壤。窈冥兮潜翳,心存兮目想。奉虚坐兮肃清,愬空宇兮旷朗。"吕延济注:"灵座,虚座也。"

11　宿草旅前庭:宿草,隔年之草。《礼记·檀弓上》:"朋友之墓,有宿草而不哭焉。"注:"宿草,谓陈根也。"旅,野生。《后汉书·光武纪上》:"至是野谷旅生,麻菽尤盛。"李贤注:"旅,寄也。不因播种而生,故曰旅。"

12　"阶除"二句:意谓阶除上已不见其足迹,而园林间尚有其余情也。王粲《登楼赋》:"循阶除而下降兮。"除,亦阶也。旷,空也,废也。独,仅仅。

13　"翳然"二句:意谓一旦隐然逝去,则永不得复形为人矣。翳然,隐蔽貌。翳然而去,指逝世。乘化,顺应不可违抗之自然规律,亦即逝世之意。《岁暮和张常侍》:"憔悴由化迁。"《戊申岁六月中遇火》:"形迹凭化迁。"终天,《文选》潘岳《哀永逝文》:"今奈何兮一举,邈终天兮不返。"李善注:"天地之道理无终极。今云'终天不返',长逝之辞。"刘良曰:"终天,谓终竟天地。"复形,曹植《武帝诔》:"千代万乘,曷时复形?"

14　"迟迟"二句:意谓迟迟将归,愈加凄恻,而悲痛满怀。

始作镇军参军经曲阿

弱龄寄事外，委怀在琴书[1]。被褐欣自得，屡空常晏如[2]。时来苟冥会，宛辔憩通衢[3]。投策命晨装，暂与园田疏[4]。眇眇孤舟逝，绵绵归思纡[5]。我行岂不遥，登降千里余。目倦川涂异，心念山泽居[6]。望云惭高鸟，临水愧游鱼[7]。真想初在襟，谁谓形迹拘[8]。聊且凭化迁，终返班生庐[9]。

"镇军参军"，镇军将军之参军。《文选》李善注："臧荣绪《晋书》曰：'宋武帝行镇军将军。'"宋武帝刘裕在东晋曾兼镇军将军，又见《晋书》卷一〇《安帝本纪》：元兴三年（404）三月壬戌，"桓玄、司徒王谧推刘裕行镇军将军、徐州刺史，都督扬、徐、兖、豫、青、冀、幽、并八州诸军事，假节"。

"始作镇军参军"，开始任镇军参军。

"曲阿"，古县名。本战国楚云阳邑，秦置曲阿县，治所在今江苏丹阳。三国吴改名云阳，晋又改曲阿。

渊明仕裕，心情颇为矛盾。在晋宋之际政治混乱之中，渊明出为刘裕参军，实欲有所作为也。然而此次出仕，前途既未卜，又深怕有违本性。进退之间，甚为犹豫。此诗即是此种心情之写照。

1　"弱龄"二句：意谓年少时即寄身于世事之外，置心琴书之中。弱，年少。《释名·释长幼》："二十曰弱，言柔弱也。"《左传》文公十二年："赵有侧室曰穿，晋君之婿也。有宠而弱。"杜预注："弱，年少也。"寄事外，李善注引《晋中兴书》："简文诏曰：'会稽王英秀玄虚，神栖事外。'"古《笺》："《晋书·乐广传》：'广与王衍，俱宅心事外。'"委，安置。琴书，渊明《与子俨等疏》："少学琴书，偶爱闲静。"

2　"被褐(pī hè)"二句：意谓安于贫贱，欣喜自得也。被，穿。褐，粗毛布衣服。《老子》："是以圣人被褐而怀玉。"欣自得，李善注："《家语(·七十二弟子解)》曰：'原宪衣冠弊，并日而食蔬，衎然有自得之志。'"屡空，谓贫穷。李善注引《论语(·先进)》："子曰：'回也其庶乎！屡空。'"渊明《饮酒》其十一："屡空不获年。"晏如，犹安然。李善注："《汉书(·扬雄传)》曰：'扬雄家产不过十金，室无担石之储，晏如也。'"渊明《五柳先生传》："箪瓢屡空，晏如也。"

3　"时来"二句：意谓如果时来与己默会，则回驾息于仕途之中。时，指时机、运数。苟，若。冥会，犹默会，言时来与己相会，盖时机运数默然而来，不可明求而得之。郭璞《山海经图赞·磁石》:"气有潜感,数亦冥会。"宛辔,犹屈辔、曲辔、纡辔,均回驾之意。渊明《饮酒》其九:"纡辔诚可学,违己讵非迷。且共欢此饮,吾驾不可回。"原非仕途中人而入仕,原欲遁世长往而暂憩于仕途通衢,故曰"宛辔"。

4 "投策"二句:李善注:"《七命》曰:'夸父为之投策。'"五臣向注:"投,舍策杖也。谓舍所拄之杖,命早行之众。将赴职,与田园渐疏也。"

5 "眇眇"二句:意谓孤舟愈远,归思愈萦于心而难断绝也。眇眇,远也。纡,萦绕。李善注:"《楚辞(·七谏·怨世)》:'安眇眇兮无所归薄。'又(《九章·悲回风》)曰:'缥绵绵之不可纡。'王逸曰:'绵绵,细微之思,难断绝也。'"

6 "目倦"二句:意谓厌倦行旅,而想念隐居生活。山泽居,隐居之田园。李善注:"仲长子《昌言》曰:'古之隐士,或夫负妻戴,以入山泽。'"

7 "望云"二句:李善注:"言鱼鸟咸得其所,而己独违其性也。"古《笺》:"《庄子·庚桑楚篇》:'鸟兽不厌高,鱼鳖不厌深。夫全其形生之人,藏其身也,不厌深眇而已矣。'诗意盖本此。"

8 "真想"二句:意谓只要"真"想始终存于胸襟,则虽入仕途,亦不可谓形迹受到束缚也。真,与世俗礼法相对立,指人之自然本性。《庄子·渔父》:"礼者,世俗之所为也。真者,所以受于天也,自然不可易也。故圣人法天贵真,不拘于俗。"
初,全,始终。《后汉书·独行传·彭修》:"受教三日,初不奉
行,废命不忠,岂非过邪?"形迹,形与迹,身体与行迹。

9 "聊且"二句:意谓既然时来与己冥会,则姑且顺遂时运之
变化,然终将返回园田也。化迁,李善注:"庄子谓惠子曰:'孔
子行年六十而六十化。'郭象曰:'与时俱化也。'"支遁《述
怀》:"恢心委形度,亹亹随化迁。"凭化迁,听凭化迁。班生庐,
指仁者隐居之处。班固《幽通赋》:"终保己而贻则兮,里上仁
之所庐。"

庚子岁五月中从都还阻风于规林 二首

行行循归路[1]，计日望旧居。一欣侍温颜[2]，再喜见友于[3]。鼓棹路崎曲[4]，指景限西隅[5]。江山岂不险，归子念前涂[6]。凯风负我心，戢枻守穷湖[7]。高莽眇无界，夏木独森疏[8]。谁言客舟远，近瞻百里余。延目识南岭，空叹将焉如[9]！

"庚子"，晋安帝隆安四年（400）。

"都"，指京都建康。

"规林"，地名，诗曰："谁言客舟远，近瞻百里余。"可知距寻阳不远。据江西九江陶渊明纪念馆人员实地考察，以为在今安徽省宿松县长江边，晋时属桑落洲，今属新垦农场。

据此诗其二"自古叹行役"，可知渊明此次行旅乃因公事。又据《辛丑岁七月赴假还江陵夜行涂中》，可知辛丑岁（401）渊明正在桓玄幕中，七月赴假回寻阳，旋即还江陵继续任职。然则，庚子岁应已任桓玄僚佐，此次赴都盖因桓玄差遣。事毕，途经寻阳省亲，随即抵江陵述职。

旧居计日可归矣，南岭延目可见矣。惟路曲、日短、风逆，遂守穷湖而不前。此情此景写得真切。

1　行行：行而又行。《古诗十九首》："行行重行行。"

2　一欣侍温颜：意谓回家得以侍奉母亲，故欣喜也。温颜，温
和之面容。渊明八岁丧父，此指母亲。

3　友于：代指兄弟。《书·君陈》："孝乎惟孝，友于兄弟。""于"
本介词，后常"友于"连用，代指兄弟。《后汉书·史弼传》："陛
下隆于友于，不忍遏绝。"曹植《求通亲亲表》："今之否隔，友于
同忧。"

4　鼓棹：划动船桨以行舟也。

5　指景限西隅：意谓手指太阳，只见已迫于西隅矣。潘岳
《寡妇赋》："独指景而心誓兮，虽形存而志殒。"景，日也。限西
隅，局迫于西隅。

6　"江山"二句：意谓不顾江山之艰险，一心向前。

7　"凯风"二句：意谓南风辜负我急归省亲之心，不得不停船
困守于荒僻隐蔽之湖滨。凯风，南风。《诗·邶风·凯风》传：
"南风谓之凯风。"戢（jí），敛。枻（yì），桨。

8　"高莽"二句：意谓在一片无边之深草中，夏木特高耸也。
莽，草。眇，远。森疏，形容树木茂盛而耸出之状。

9　"延目"二句：意谓离家已近，但不得归，空自叹息，将何以
前往。延目，放眼远望。渊明《时运》："延目中流。"南岭，指

庐山。焉如，何如，何往。《归园田居》其四："此人皆焉如。"

自古叹行役[1]，我今始知之。山川一何旷[2]，巽坎难与期[3]。崩浪聒天响[4]，长风无息时。久游恋所生[5]，如何淹在兹[6]！静念园林好，人间良可辞[7]。当年讵有几？纵心复何疑[8]。

　　行役之苦，思亲之切，溢于言表。以归隐之愿作结，是渊明一贯写法。

1　行役：指因公出行。《诗·魏风·陟岵》："父曰嗟！予子行役，夙夜无已。"《礼记·曲礼上》："大夫七十而致事，若不得谢，则必赐之几杖，行役以妇人。"疏："行役，谓本国巡行役事。妇人能养人，故许自随也。"

2　山川一何旷：一，助词，加强语气。旷，阻隔。《孔子家语·六本》："庭不旷山、不直地。"王肃注："旷，隔也。"

3　巽（xùn）坎难与期：丁《笺注》："犹言风波不定耳。"《易·说卦传》："巽为木、为风……坎为水。"期，预期，预料。难与期，意犹不可测。

4　崩浪聒天响：崩浪，郭璞《江赋》："骇崩浪而相礧。"聒（guō），《楚辞·九思·疾世》："鸺鶹鸣兮聒余。"王逸注："多声乱耳为聪。"

5　所生：生身父母。《诗·小雅·小宛》："夙兴夜寐，毋忝尔所生。"乐府古辞《长歌行》："游子恋所生。"渊明早年丧父，此指母。

6　淹：久留。

7　人间良可辞：人间，此指世俗社会。《史记·留侯世家》："愿弃人间事，欲从赤松子游耳。"良，诚，确实。

8　"当年"二句：意谓壮年无几，应放任心之所好归隐田园，而不复犹豫矣。当年，壮年。《墨子·非乐上》："将必使当年，因其耳目之聪明，股肱之毕强，声之和调，眉之转朴。"孙诒让《间诂》："王云：'当年，壮年也。'当有盛壮之义。"讵，副词，表示反问，犹岂也。几，数词，表示数量甚少。讵有几，犹言无几也。纵心，放纵情怀，不受世俗约束。古《笺》："张平子《归田赋》：'苟纵心于物外，焉知荣辱之所如。'"

辛丑岁七月赴假还江陵夜行涂中

闲居三十载，遂与尘事冥[1]。诗书敦宿好，林园无俗情[2]。如何舍此去[3]，遥遥至西荆[4]。叩枻新秋月，临流别友生[5]。凉风起将夕，夜景湛虚明[6]。昭昭天宇阔[7]，晶晶川上平[8]。怀役不遑寐，中宵尚孤征[9]。商歌非吾事，依依在耦耕[10]。投冠旋旧墟，不为好爵萦[11]。养真衡茅下，庶以善自名[12]。

"辛丑"，晋安帝隆安五年（401）。

"赴假"，趋假，此言回家休假。

"还江陵"，回家休假后复返回江陵任职。"江陵"，荆州治所，桓玄于隆安三年（399）十二月袭杀荆州刺史殷仲堪，隆安四年（400）三月任荆州刺史，至元兴三年（404）桓玄败死，荆州刺史未尝易人。渊明既然于隆安五年七月赴假还江陵任职，则必在桓玄幕中无疑。

此渊明倦游之作也。夜行江中，怀役不寐，遂反省何为舍林园而入仕途。篇末表示终当养真于衡茅之下，以保全令名也。

1　"闲居"二句：闲居，李善注引《汉书（·司马相如传）》："司马相如称疾闲居。"《礼记·孔子闲居》郑注："退燕避人曰闲居。"《文选》潘岳《闲居赋》李善注："不知世事，闲静居坐之意也。"三十载，疑是"二十载"之讹。渊明自"向立年"（二十九岁）起为江州祭酒，少日，自解归。四十七岁复至荆州入桓玄幕。自二十九岁至四十七岁，闲居十九年，举其成数为二十年。此诗开首四句追述二十年赋闲生活，第五、六句"如何舍此去，遥遥至西荆"，意谓如何舍弃此二十年闲居之快乐，而远至西荆以仕玄耶？此二句意谓出仕荆州之前曾闲居二十年，遂与尘俗之事远隔也。

2　"诗书"二句：意谓闲居可敦诗书之素好，林园之中无世俗之情干扰。敦，注重、崇尚。《左传》僖公二十七年："悦礼乐而敦诗书。"宿好，旧所好也。俗情，《世说新语·排调》："范荣期见郗超俗情不淡，戏之曰：'夷、齐、巢、许一诣垂名，何必劳神苦形、支策据梧邪？'"

3　如何舍此去：如何，奈何。《诗·秦风·晨风》："如何如何，忘我实多。"此，指林园。

4　西荆：李善注："西荆州也。时京都在东，故谓荆州为西也。"

5　"叩枻（yì）"二句：渊明或有朋友在途中一度相聚，分别后继续行舟往西荆而去，故言。李善注："《楚辞（·渔父）》：'渔父

鼓枻而去。'王逸注:'叩船舷也。'《楚辞(·九章·抽思)》曰:
'临流水而太息。'《毛诗(·小雅·常棣)》曰:'虽有兄弟,不如
友生。'"新,通"亲"。朱骏声《说文通训定声·坤部》:"新,假
借为亲。"《书·金縢》:"惟朕小子其新逆。"陆德明释文:"新
逆,马本作亲迎。"此二句对仗,释"新"为"亲"于义为胜。

6　夜景湛虚明:意谓月光皎洁,夜色澄清。夜景,夜色,实即
月色、月光。湛,澄清。虚明,空明。

7　昭昭天宇阔:月光之中天宇明亮,故觉宽阔。昭昭,明亮。

8　皛(xiǎo)皛:明亮。

9　"怀役"二句:意谓惦记职事而无暇寐,中夜尚独自赶路。
《诗·召南·小星》:"肃肃宵征,夙夜在公。"役,事,此指职事。
不遑寐:李善注:"《毛诗(·小雅·小弁)》曰:'不遑假寐。'"

10　"商歌"二句:意谓不愿效法宁戚之求宦,而留恋于长沮、
桀溺之耦耕也。李善注:"《淮南子(·主术训)》曰:'宁戚商歌
车下,而桓公慨然而悟。'许慎曰:'宁戚,卫人,闻齐桓公兴霸,
无因自达,将车自往。'商,秋声也。《庄子(·让王)》:'卞随曰:
"非吾事也。"'《论语(·微子)》曰:'长沮、桀溺耦而耕。'"耦
耕,两人并耕。

11　"投冠"二句:意谓终将弃官还家,不为好爵所牵扰约束
也。投冠,指弃官。旋,返。旧墟,故所居之地。好爵,李善
注:"《周易(·中孚)》曰:'我有好爵,吾与尔縻之。'"縻,系缚,

牵挂。

12 "养真"二句：意谓养真于蔽庐之下，庶几得以保持自己之善名矣。养真，修养真性，详前《始作镇军参军经曲阿》注。衡茅，衡门茅茨也。庶以，将近。李善注："曹子建《辩问》曰：'君子隐居以养真也。'……范晔《后汉书（·马援传)》：'马援曰：「吾从弟少游曰：'士生一时，乡里称善人，斯可以矣。'郑玄《礼记》注曰：'名，令闻也。'"

癸卯岁始春怀古田舍 二首

在昔闻南亩，当年竟未践[1]。屡空既有人，春兴岂自免[2]？凤晨装吾驾[3]，启涂情已缅[4]。鸟哢欢新节[5]，泠风送余善[6]。寒竹被荒蹊，地为罕人远[7]。是以植杖翁，悠然不复返[8]。即理愧通识，所保讵乃浅[9]。

———　"癸卯岁"，晋安帝元兴二年（403）。

"怀古田舍"，怀古于田舍。陶澍《考异》曰："怀古田舍，古人文简语倒，当是于田舍中怀古也。"时渊明正丁母忧居丧在家。第一首怀荷蓧丈人，第二首怀长沮、桀溺，所怀皆古之躬耕隐士。

"田舍"，田间之庐舍。从首二句"在昔闻南亩，当年竟未践"看来，或即南亩中之田舍。渊明之田产不止一处，除南亩外，尚有西田、下潠田，各处田产中或均有庐舍。

———　此二诗结构相似，先说孔子、颜回之忧道不忧贫自己难逮，转而躬耕以谋食。继而写躬耕之乐、田野景物之可爱，并以长沮、桀溺等人自况。末尾表示躬耕隐居之决心。由此可见渊明虽接受儒家思想，但比孔子更为实际。

　　"平畴交远风,良苗亦怀新。"良苗人格化。"亦"字,可见己心与物妙合无垠,与其《时运》"有风自南,翼彼新苗"有异曲同工之妙。苏轼曰:"非古之耦耕植杖者,不能道此语;非世之老农,不能识此语之妙。"(《东坡题跋》)

　　"虽未量岁功,即事多所欣。"得道语也。做事原不必斤斤计较其结果,愉快即在创造之过程中。亦即只管耕耘,不问收获之意也。

1　"在昔"二句:意谓以前虽闻有南亩,但未曾亲自到南亩躬耕。

2　"屡空"二句:意谓自己之贫穷既如颜回,则必趁春兴之际躬耕也。屡空,常常贫穷。《论语·先进》:"回也其庶乎!屡空。"春兴,春天农事开始。

3　夙晨装吾驾:意谓一早即装束车驾准备去到田中。夙,早。驾,车乘。南亩似较远,故须乘车。渊明不止一次写乘车到田中,《归去来兮辞》:"或命巾车,或棹孤舟。"

4　启涂情已缅:意谓刚一启程而心已远飞至田中矣。缅,远。

5　哢(lòng):鸟叫。新节:指春。

6　泠(líng)风:小风、和风。《庄子·齐物论》:"泠风则小和。"陆德明释文:"泠风,泠泠小风也。"《吕氏春秋·任地》:"子能使子之野尽为泠风乎?"高诱注:"泠风,和风,所以成谷也。"

7　地为罕人远：意谓南亩因人迹罕至而觉其遥远。

8　"是以"二句：承上意谓南亩蹊荒地远，正是遁世隐逸之
好处所。由此得以体会荷蓧丈人悠然自得之心情，决心躬耕
隐逸。植杖翁，《论语·微子》："子路从而后，遇丈人，以杖荷
蓧。……植其杖而芸。子路拱而立，止子路宿。……明日，子
路行，以告。子曰：'隐者也。'使子路反见之。至，则行矣。"
不复返，古《笺》引《韩诗外传》："山林之士，往而不反。"即不
返回尘世，而甘于隐居。

9　"即理"二句：意谓隐居躬耕之理虽有愧于通识，但其所
保非浅也。古《笺》："《晋书·王羲之传》：'所谓通识，正（自）
当随事行藏，乃为远耳。' 直案：魏晋之际，所谓通字，从后论
之，每不为佳号。"丁《笺注》："通识，谓与时依违，而取富贵
者。靖节不能，故愧之也。"需案："愧"字乃反语，其实是不
屑于此。渊明《归园田居》其一曰"守拙归园田"，所谓"拙"
恰与"通"对立。所保，古《笺》："《后汉书·逸民传》：庞公
者，襄阳人也。刘表就候之曰：'夫保全一身，孰若保全天下
乎？'庞公笑曰：'鸿鹄巢于高林之上，暮而得所棲。鼋鼍穴于
深渊之下，夕而得所宿。夫趣舍行止，亦人之巢穴也。且各
得其棲宿而已。天下非所保也。'因释耕于垄上，而妻子耘
于前。"需案：渊明所保者非仅一身性命，而是淳真朴素之本

性。其所谓"抱朴含真"（《劝农》），"抱朴守静"（《感士不遇赋》），"养真衡茅下"（《辛丑岁七月赴假还江陵夜行涂中》），可证。

　　先师有遗训，忧道不忧贫[1]。瞻望邈难逮，转欲志长勤[2]。秉耒欢时务[3]，解颜劝农人[4]。平畴交远风[5]，良苗亦怀新。虽未量岁功，即事多所欣[6]。耕种有时息，行者无问津[7]。日入相与归[8]，壶浆劳近邻[9]。长吟掩柴门，聊为陇亩民[10]。

1　"先师"二句：《论语·卫灵公》："子曰：'君子谋道不谋食。耕也，馁在其中矣；学也，禄在其中矣。君子忧道不忧贫。'"

2　"瞻望"二句：意谓孔子之遗训可望而不可即，故转而立志于长期从事农耕。古《笺》："《邶风〈·燕燕〉》：'瞻望弗及。'《论语〈·子罕〉》：'颜渊喟然叹曰："仰之弥高，钻之弥坚。瞻之在前，忽焉在后。"'"邈，远。难逮，难以达到。

3　秉耒欢时务：秉，持。耒，犁柄。时务，当及时而为之事，指农事。《国语·楚语》："民不废时务。"

4　解颜劝农人：解颜，开颜。《列子·黄帝》："夫子始一解颜而笑。"马璞《陶诗本义》："解颜者，其情见于颜，非强之也。"劝农人，劝勉农人。

5　平畴交远风：畴，耕治之田。交，交遇。

6　"虽未"二句：意谓虽未计算一年之收入，而即此目前之农事已多所欣喜矣。岁功，指一年之收成。丁《笺注》："《汉书（·董仲舒传）》：'天使阳出布施于上，而主岁功。'"

7　"耕种"二句：意谓可以充分享受安静，而不受打搅。《论语·微子》："长沮、桀溺耦而耕，孔子过之，使子路问津焉。长沮曰：'夫执舆者为谁？'子路曰：'为孔丘。'曰：'是鲁孔丘与？'曰：'是也。'曰：'是知津矣。'问于桀溺。桀溺曰：'子为谁？'曰：'为仲由。'曰：'是鲁孔丘之徒与？'对曰：'然。'曰：'滔滔者天下皆是也，而谁以易之？且而与其从辟人之士也，岂若从辟世之士哉？'耰而不辍。"津，渡口。

8　日入：《击壤歌》："日出而作，日入而息。"

9　壶浆：指酒。渊明《饮酒》其九："壶浆远见候。"

10　聊为陇亩民：聊，姑且。陇亩民，田野之人，即农人。

癸卯岁十二月中作与从弟敬远

寝迹衡门下[1]，邈与世相绝。顾盼莫谁知，荆扉昼常闭[2]。凄凄岁暮风[3]，翳翳经日雪[4]。倾耳无希声，在目皓已结[5]。劲气侵襟袖，箪瓢谢屡设[6]。萧索空宇中[7]，了无一可悦[8]。历览千载书，时时见遗烈[9]。高操非所攀，谬得固穷节[10]。平津苟不由，栖迟讵为拙[11]？寄意一言外，兹契谁能别[12]？

"癸卯岁"，晋安帝元兴二年（403）。

"从弟"，堂弟。渊明有《祭从弟敬远文》，文曰："余尝学仕，缠绵人事。流浪无成，惧负素志。敛策归来，尔知我意。常愿携手，寘彼众意。每忆有秋，我将其刈。与汝偕行，舫舟同济。三宿水滨，乐饮川界。静月澄高，温风始逝。"可知敬远与渊明志同道合。

此抒志之作也。欲有为而不可得，遂退而隐居，与世隔绝，其中颇有难言之隐，唯敬远能得其心。

"倾耳无希声，在目皓已结"，浑厚已极。罗大经《鹤林玉露》曰："只十字，而雪之轻虚洁白尽在是矣。后来者莫能加也。”

　　沈德潜《古诗源》曰:"渊明咏雪,未尝不刻划,却不似后人黏滞。愚于汉人得两语曰'前日风雪中,故人从此去',于晋人得两语曰'倾耳无希声,在目皓已结',于宋人得一句曰'明月照积雪',为千古咏雪之式。"

1　寝迹衡门下:寝,止息。寝迹,隐没踪迹,意犹隐居。衡门,衡木为门,指浅陋之住处。《诗·陈风·衡门》:"衡门之下,可以栖迟。"

2　"顾眄"二句:意谓四顾无一相识之人,荆门虽白日亦常关闭也。渊明《归园田居》其二:"白日掩荆扉。"《归去来兮辞》:"门虽设而常关。"眄,斜视。閟(bì),同"闭"。

3　凄凄:寒凉。《诗·郑风·风雨》:"风雨凄凄,鸡鸣喈喈。"

4　翳翳:暗貌,见《文选》陆机《文赋》"理翳翳而愈伏"李善注。渊明《归去来兮辞》:"景翳翳以将入。"

5　"倾耳"二句:意谓听之无所闻,视之已白成一片矣。古《笺》:"《老子》:'大音希声。'又曰:'听之不闻名曰希。'陆士衡《于承明作与士龙》:'倾耳玩余声。'"结,聚积。《文选》陆机《挽歌》:"悲风徽行轨,倾云结流蔼。"李善注:"结,犹积也。"

6　箪瓢谢屡设:意谓即使箪瓢亦不得常设也。《论语·雍

也》:"贤哉回也! 一箪食,一瓢饮,在陋巷,人不堪其忧,回也
不改其乐。"

7　萧索空宇中:萧索,萧条空荡。宇,屋宇。

8　了:完全,全然。《世说新语·任诞》:"张甚欲话言,刘了无
停意。"

9　"历览"二句:古《笺》:"左太冲《咏史诗》:'遗烈光篇籍。'"
历览,遍览。遗烈,古之志士。

10　"高操"二句:意谓遗烈之崇高德操非己所攀求者,仅谬得
其固穷之节操耳。《论语·卫灵公》:"君子固穷,小人穷斯滥
矣。"谬,谦辞。

11　"平津"二句:意谓苟不行平津,则隐居于衡门之下岂为拙
乎? 平津,坦途,此喻仕途。由,蹈行,践履。《孟子·公孙丑
上》:"隘与不恭,君子不由也。"栖迟,《诗·陈风·衡门》:"衡
门之下,可以栖迟。"

12　"寄意"二句:意谓一言(指上句"栖迟讵为拙")之外寄
有深意,唯敬远能与吾心相契合也。契,契合。渊明《桃花源
诗》:"高举寻吾契。"《易·系辞上》:"子曰:'书不尽言,言不
尽意。'"《庄子·天道》:"语有贵也,语之所贵者,意也。意有
所随,意之所随者,不可以言传也。"

乙巳岁三月为建威参军使都经钱溪

我不践斯境，岁月好已积[1]。晨夕看山川，事事悉如昔。微雨洗高林，清飚矫云翮[2]。眷彼品物存，义风都未隔[3]。伊余何为者，勉励从兹役。一形似有制，素襟不可易[4]。园田日梦想，安得久离析！终怀在归舟，谅哉宜霜柏[5]。

"乙巳岁"，晋安帝义熙元年（405）。

"建威参军"，建威将军参军。时建威将军为刘敬宣。

"使都"，出使京都。

"钱溪"，陶澍注："《宋书》曰：'钱溪江岸最狭。'胡三省《通鉴》注：'《新唐书·地理志》："宣州，南陵县有梅根监钱官。"'《宋书》：'陈庆军至钱溪，军于梅根。'盖今之梅根港也。以有置钱监，故谓之钱溪。"

霈案：陶澍所引不确，"钱溪江岸最狭"，见于《资治通鉴》卷一三一明帝泰始二年。"陈庆"云云，原文见《宋书》卷八四《邓琬传》："陈庆至钱溪，不敢攻。越钱溪，于梅根立砦。"查《新唐书·地理志》，宣州宣城郡南陵下，有注曰："有梅根、宛陵二监钱官。"据此，钱溪与梅根相近，但不是一地。

　　钱溪者,渊明旧经之地,风物佳胜,记忆犹新。今复经此地,风物未改,而己身为行役所制,竟不得自由,一似义风壅蔽。故怀念故园,终将归去。

　　"义风都未隔",乃一篇之关键。渊明以己身与品物对照,或隔或不隔,大相异趣。

1　"我不"二句:意谓久已未至此地矣。好(hào),副词,表示程度,犹言孔、甚。古《笺》引《汉书(·食货志)》注:"韦昭曰:'好,孔也。'"

2　清飚矫云翮:意谓清风高举云中之鸟。矫,高举。

3　"眷彼"二句:意谓顾彼众物生机勃勃,一如往昔;都能得好风之助,全无阻隔也。古《笺》:"《易·乾》:'云行雨施,品物流形。'《文言》曰:'利物足以和义。'又曰:'知终终之,可以存义。'直案:'眷彼品物'二句当本此。义风未隔,即孔疏所谓:'品类之物流布成形,各得亨通,无所壅蔽也。'《晋书·刘琨传》:'义风既畅',《温峤传》:'士禀义风',词同而意微殊。"

4　"一形"二句:意谓自己既已从宦,则形体似有所制约,但平素之襟怀却不可易也。渊明《始作镇军参军经曲阿》:"真想初在襟,谁谓行迹拘"意同。一形,《庄子·则阳》:"古之君人者,以得为在民,以失为在己;以正为在民,以枉为在己;故一形有失其形者,退而自责。"素襟,《文选》王僧达《答颜延年》:"崇情符远迹,清气溢素襟。"李周翰注:"高情同往贤之远迹,清淑之气自盈于本心。"

5 "终怀"二句:意谓己之所怀终在乘舟以返园田,而己之节操诚然足以当霜柏之坚贞也。谅,信。宜,当。霜柏,古《笺》引《庄子·让王》:"霜雪既降,吾是以知松柏之茂也。"

还旧居

　　畴昔家上京[1]，六载去还归[2]。今日始复来，恻怆多所悲。阡陌不移旧，邑屋或时非[3]。履历周故居[4]，邻老罕复遗。步步寻往迹，有处特依依[5]。流幻百年中，寒暑日相推[6]。常恐大化尽，气力不及衰[7]。拨置且莫念，一觞聊可挥[8]。

　　题曰"还旧居"，首二句点明"畴昔家上京"，则此旧居在上京无疑。

　　渊明颇以世事变迁生命短促为念，本欲有所为者。六年或十年间，邑屋邻老皆已变化，此或社会动乱不安故也。

　　1　上京：李注："《南康志》：'近城五里，地名上京，亦有渊明故居。'"陶澍注："《名胜志》：'南康城西七里，有玉京山，亦名上京，有渊明故居。其诗曰"畴昔家上京"，即此。'"
　　2　六载去还归：意谓六年前离去，今复归还也。陶澍注："去还归者，谓以己亥出，庚子假还，辛丑再还，甲辰服阕，又为本州建威参军，去而归，归而复去，故曰'六载去还归'也。"但细审诗意，是久已未还，故甚觉变化巨大而感慨万千。若如陶澍

所说,数年内去而又还,还而又去,去而又还,则不当有此等语
也。且诗中明言"今日始复来,恻怆多所悲",则决非如陶澍所
说多次去来也。

3 "阡陌"二句:意谓田间道路依旧,而村舍时见变异。阡
陌,田间小路。《风俗通义》:"南北曰阡,东西曰陌。"邑屋,
古《笺》:"《国策·齐策》:'颜斶(辞去)曰:'……愿得赐归,安
行而反臣之邑屋。'"《汉书·游侠传》:'郭解曰:"居邑屋不见
敬。"'师古曰:'邑屋,犹今人言村舍、巷舍也。'"

4 履历周故居:履历,步经。周,绕。

5 依依:留恋貌。

6 "流幻"二句:意谓人生百年无时不在流迁幻化之中,寒暑
互相推迁,无一日停歇也。古《笺》:"《系辞》:'寒暑相推,而岁
成焉。'"

7 "常恐"二句:意谓常恐己身之幻化终止,气力尚不及于衰
而死去。黄文焕《陶诗析义》曰:"由壮而衰,由衰而老,此化
尽之恒也。中年物化,则衰将不及,可畏哉!"大化,指由生至
死之变化。《列子·天瑞》:"人自生至终,大化有四:婴孩也,
少壮也,老耄也,死亡也。"

8 "拨置"二句:意谓幻化之事且摆脱弃置而勿念,聊饮酒以
开怀也。拨,废弃,除去。刘向《九叹·惜贤》:"拨谄谀而匡邪
兮。"挥,挥觞。

戊申岁六月中遇火

草庐寄穷巷，甘以辞华轩[1]。正夏长风急[2]，林室顿烧燔。一宅无遗宇，舫舟荫门前[3]。迢迢新秋夕[4]，亭亭月将圆[5]。果菜始复生，惊鸟尚未还。中宵伫遥念，一盼周九天[6]。总发抱孤念，奄出四十年[7]。形迹凭化往，灵府长独闲[8]。贞刚自有质，玉石乃非坚[9]。仰想东户时，余粮宿中田[10]。鼓腹无所思，朝起暮归眠[11]。既已不遇兹，且遂灌我园[12]。

———　　"戊申"，晋安帝义熙四年（408）。

　　李公焕注："靖节旧宅居于柴桑县之柴桑里，至是属回禄之变，越后年徙居于南里之南村。"丁《谱》曰："柴桑旧宅既毁，移居南村，有《移居》诗。"

　　霈案：此诗未言"旧居"、"旧宅"，所言为"草庐"，即"草屋八九间"之"园田居"也。然是否在上京难以考定。渊明辞彭泽令归隐"园田居"之大后年即遇火，故首二句曰："草庐寄穷巷，甘以辞华轩。"指辞官归田事也。

———　　何焯《义门读书记·陶靖节诗》曰："形骸犹外，而况华

轩。所以遗宇都尽，而孤介一念炯炯独存，之死靡它也。"然
尤可注意者，"仰想东户时"数句，与《桃花源记》参看，可见
向往原始社会之真淳朴素，乃渊明一贯想法。

———

1　"草庐"二句：意谓草庐寄于僻巷之中，甘心隔绝贵人之华
　　轩，不与之往来也。华轩，华美之车。古《笺》："阮嗣宗《咏怀
　　诗》(其六十)：'缊袍笑华轩。'"

2　正夏：当夏。《书·尧典》："日永星火，以正仲夏。"

3　"一宅"二句：丁《笺注》引程传："'一宅无遗宇'者，对'草
　　屋八九间'而言也。'舫舟荫门前'者，谓如张融权牵小舟为住
　　室也。"霈案：张融事见《南齐书》本传。舫舟，方舟、并舟。荫
　　门前，荫于门下，盖屋室烧尽，惟余柴门及门前舫舟也。

4　迢迢：丁《笺注》："《古诗》：'迢迢牵牛星。'迢迢，高貌。潘
　　岳诗(《顾内》)：'迢迢远行客。'迢迢，远貌。此句之迢迢，又
　　引申为长意。"

5　亭亭：李注："高也。"《文选》张衡《西京赋》："状亭亭以苕
　　苕。"李善注："亭亭、苕苕，高貌也。"

6　"中宵"二句：意谓中宵难寐，久立遐想；秋夕月明，一顾盼
　　则遍览九天。伫，久立。九天，《楚辞·离骚》："指九天以为正
　　兮。"王逸注："九天，谓中央八方也。"

7　"总发"二句：意谓自总发时即已怀抱孤念，耿介而不群，

至今已四十多年矣。总发,犹束发、总角。古代男孩成童时束扎发髻为两角,因以代指成童之年。《后汉书·李固传》:"固弟子汝南郭亮,年始成童,游学洛阳。"李贤注:"成童,年十五也。"男子二十而冠,可见总发在十五岁或稍长。《陈书·韩子高传》:"子高年十六,为总角,容貌美丽,状似妇人。"是十六岁为总角也。孤,特也。孤念,不同流俗之想。奄,忽。出,超出。此二句决当连读,意谓自总发以来忽已超过四十年矣。四十年,不可释为四十岁。渊明《连雨独饮》"自我抱兹独,僶俛四十年"可为确证,意谓自"抱独"(犹"抱孤念")以来努力四十年矣。若释"四十年"为"四十岁",则自出生以来即已"抱独",即已"僶俛",显然不通。兹以"总发"为十六岁,"奄出四十年"为四十一年,十六加四十一为五十七,戊申年五十七岁,下推至渊明卒年丁卯,恰为七十六岁。与《游斜川》所记年岁相合,决非偶然。

8 "形迹"二句:意谓四十余年间,形迹随大化而迁移变化,心灵却独能长闲,而无尘俗杂念也。意犹《归园田居》其一:"虚室有余闲。"《连雨独饮》:"形骸久已化,心在复何言。"形迹,形与迹,形体与行迹。化,指事物不可抗拒之变化规律,参看《形影神》注。灵府,《庄子·德充符》:"不可入于灵府。"郭象注:"灵府者,精神之宅也。"

9 "贞刚"二句:意谓自有贞刚之本质,相比之下玉石乃非为

坚也。贞刚,王粲《车渠椀赋》:"体贞刚而不挠,理修达而有
文。"贞,坚定。

10 "仰想"二句:古《笺》引李审言曰:《初学记·帝王部》引
《子思子》曰:"东户季子之时,道上雁行而不拾遗,(耕耨)余粮
宿诸亩首。"《淮南子·缪称训》高注:"东户季子,古之人君。"
直案:《吕氏春秋·有度篇》高注:"季子,户(季子),尧时诸侯
也。"仰想,慕想。仰,企慕。《诗·小雅·车辖》:"高山仰止。"
宿,积久也。宿中田,积于田中,任人自取也。

11 "鼓腹"二句:意谓无忧无虑,只须耕作。《庄子·马蹄》:
"夫赫胥氏之时,民居不知所为,行不知所之,含哺而熙,鼓腹
而游,民能以此矣。"《淮南子·俶真训》:"含哺而游,鼓腹而
熙。"高注:"鼓,击也。熙,戏也。"案:"鼓腹",示已食饱。

12 "既已"二句:意谓既不遇东户、赫胥氏之时,且独自躬耕
隐居耳。灌园,《史记·邹阳列传》狱中上书曰:"是以孙叔敖
三去相而不悔,於陵子仲辞三公为人灌园。"集解引《列士传》:
"楚於陵子仲,楚王欲以为相,而不许,为人灌园。"

己酉岁九月九日

靡靡秋已夕[1]，凄凄风露交[2]。蔓草不复荣[3]，园木空自凋[4]。清气澄余滓，杳然天界高[5]。哀蝉无留响，丛雁鸣云霄[6]。万化相寻绎，人生岂不劳[7]？从古皆有没，念之中心焦[8]。何以称我情？浊酒且自陶[9]。千载非所知，聊以永今朝[10]。

———— "己酉"，晋安帝义熙五年（409）。"九月九日"，重阳节。

———— 由秋景引发人生之悲哀，而借酒以消之。写秋景，笔墨凄清。

———— 1 靡靡秋已夕：靡靡，犹迟迟。《诗·王风·黍离》："行迈靡靡，中心摇摇。"毛传："靡靡，犹迟迟也。"引申为渐渐。此言时运渐渐推移。夕，每年最后一季、每季最后一月、每月最后一旬，皆可称"夕"。秋已夕，犹言秋已暮，九月为秋季最后一月，故称。

2 凄凄风露交：意谓风露交并，颇有凉意也。《诗·小雅·四月》："秋日凄凄。"毛传："凉风也。"交，俱、并、共。

3　蔓草：蔓生之草。《诗·郑风·野有蔓草》：“野有蔓草，零露溥兮。”

4　空自凋：徒然凋零，有听其自然无可奈何之意。

5　“清气”二句：意谓秋高气爽。杳，深远。渊明《和郭主簿》：“露凝无游氛，天高风景澈。”《九日闲居》：“露凄暄风息，气澈天象明。”均写秋高气爽，可参看。余滓，指暑夏各种浊气、湿气，清气来则荡尽矣。

6　“哀蝉”二句：古《笺》：“《九辩》：‘蝉寂寞而无声，雁痈痈而南游兮。’张孟阳《七哀》二首其二：‘阳鸟收和响，寒蝉无余音。’”丛，聚集。

7　“万化”二句：意谓以万化相推求，唯人生为最可忧耳。草木有悴有荣，寒暑有往有来，化则化矣，而皆有往复循环，唯人生化去则不复有归期矣。万化，古《笺》引《庄子·大宗师》：“若人之形者，万化而未始有极。”霈案：此言“万化”乃承上草、林、蝉、雁，以及清气、余滓等，指外界种种事物之迁移变化，与《庄子》之指人形者异。此犹《于王抚军座送客》所谓“情随万化遗”之“万化”。寻，《说文》：“绎理也。”绎，《说文》：“抽丝也。”寻绎，意犹推求、探索，以发现隐微。劳，忧愁。《诗·邶风·燕燕》：“瞻望弗及，实劳我心。”

8　“从古”二句：王叔岷《笺证稿》引《论语·颜渊》：“自古皆有死。”又，渊明《影答形》：“念之五情热。”《游斜川》：“念之动中怀。”

9　陶：喜也。

10　永今朝：古《笺》引《诗·小雅·白驹》：“絷之维之，以永今朝。”郑笺：“永，久也。愿此去者乘其白驹而来，使食我场中之苗。我则绊之系之，以久今朝。爱之，欲留之。”

庚戌岁九月中于西田获旱稻

人生归有道，衣食固其端[1]。孰是都不营，而以求自安[2]！开春理常业[3]，岁功聊可观[4]。晨出肆微勤，日入负禾还[5]。山中饶霜露[6]，风气亦先寒。田家岂不苦？弗获辞此难[7]。四体诚乃疲，庶无异患干[8]。盥濯息檐下，斗酒散襟颜[9]。遥遥沮溺心，千载乃相关[10]。但愿长如此，躬耕非所叹[11]。

———　"庚戌岁"，晋安帝义熙六年（410）。

　　"西田"，盖《归去来兮辞》所谓"西畴"："农人告余以春及，将有事于西畴。"

———　《癸卯岁始春怀古田舍》其二曰难逮孔子之遗训，此诗又不取孟子之论，曰衣食乃道之开端，且皆表示向往荷蓧丈人、长沮、桀溺等躬耕之隐士。就对力耕之态度而言，渊明明白表示与孔、孟异趣。

　　"盥濯息檐下"，活画出农家生活情景，非亲身劳作者莫办。"檐下"二字尤妙。"斗酒散襟颜"，活画出劳作后渊明之形象，心情与表情均因酒而放松矣。

1　"人生"二句：意谓衣食原是人生之开端，若不谋衣食，生活尚且不能维持，趋道更无论矣。归，趋、就。有，相当于"于"。《孟子·滕文公上》："人之有道也，饱食、暖衣、逸居而无教，则近于禽兽。"固，原本。端，开始。渊明《劝农》："远若周典，八政始食。"此二句似由《孟子》引出，而立意不同。

2　"孰是"二句：意谓何能连衣食都不经营，而求自安乎？孰，何。是，此，指衣食。营，经营。

3　开春理常业：开春，《楚辞·九章·思美人》："开春发岁兮。"常业，日常工作，指农务。《管子·揆度》："农有常业，女有常事。"

4　岁功聊可观：岁功，指一年之收成。详见《癸卯岁始春怀古田舍》其二注。聊，略、略微。

5　"晨出"二句：意谓晨出从事轻微之劳作，日入则背负所收稻禾而归。肆，《尔雅·释言》："肆，力也。"注："肆，极力。"渊明《桃花源诗》："相命肆农耕。"微勤，轻微劳动。

6　饶：多。

7　"田家"二句：意谓田家诚然辛苦，然不得脱离此苦也。此难，指耕作之艰苦。

8　"四体"二句：意谓四肢诚然疲劳，或可免除其他祸患之干扰也。

9　斗酒散襟颜：斗酒，杨恽《报孙会宗书》："斗酒自劳。"襟颜,襟怀容颜。饮酒可使襟颜放松,故曰"散"。

10　"遥遥"二句:意谓己心与千载上之沮溺相通也。沮溺心,《论语·微子》:"长沮、桀溺耦而耕。……曰:'滔滔者天下皆是也,而谁以易之?且而与其从辟人之士也,岂若从辟世之士哉?'"乃,竟。时隔千载而心竟相通,难得如此也。

11　"但愿"二句:亲身耕作虽然劳苦,却无异患干犯,所以宁愿长如此,而不叹躬耕之苦矣。

丙辰岁八月中于下潠田舍获

贫居依稼穑，戮力东林隈[1]。不言春作苦[2]，常恐负所怀[3]。司田眷有秋，寄声与我谐[4]。饥者欢初饱，束带候鸣鸡[5]。扬楫越平湖，泛随清壑回[6]。郁郁荒山里，猿声闲且哀[7]。悲风爱静夜，林鸟喜晨开[8]。曰余作此来，三四星火颓[9]。姿年逝已老[10]，其事未云乖[11]。遥谢荷蓧翁，聊得从君栖[12]。

—— "丙辰岁"，晋义熙十二年（416）。

"下潠（sùn）田舍"，渊明之一处田庄。"潠"，《一切经音义》引《通俗文》："水溢曰潠。"水溢，水涌出。诗言"东林隈"，又言"荒山里"，此田舍当在山中地势弯曲低洼之盆地内，有水涌出之处。

—— "束带候鸣鸡"五字写迫不及待之心情，抵得上多少言语！

—— 1 "贫居"二句：意谓贫居而依农业为生，勉力耕于东林之隈。贫居，指不受官禄，甘居贫贱。戮力，勉力。东林，或指庐山南之东林。隈（wēi），山水等弯曲之处。

2　春作苦：杨恽《报孙会宗书》："田家作苦。"作，劳作。

3　负所怀：指辜负归隐躬耕之初衷。

4　"司田"二句：意谓守舍司田之人报告秋熟，均喜有此年成也。司田，原是官名，《管子·小匡》："垦草入邑，辟土聚粟多众，尽地之利，臣不如宁戚，请立为大司田。"此指为渊明管理田庄之人。其《归去来兮辞》曰："农人告余以春及，将有事于西畴。"似乎渊明田舍有农人为之看管，春秋农时向渊明报告。眷，顾之深也。渊明《乙巳岁三月为建威参军使都经钱溪》："眷彼品物存。"秋，禾谷熟也。有秋，《书·盘庚》："若农服田力穑，乃亦有秋。"寄声，犹今言捎信也。《汉书·赵广汉传》："湖都亭长西至界上，界上亭长戏曰：'至府，为我多谢问赵君。'亭长既至，广汉与语，问事毕，谓曰：'界上亭长寄声谢我，何以不为致问？'"谐，合。此言司田与我均喜有秋也。

5　束带：结上衣带，意谓穿好衣服。古《笺》："秦嘉《赠妇诗》：'束带待鸣鸡。'"

6　"扬楫（jí）"二句：先乘船越湖，后泛舟于清壑之中，随流迂回而前。扬楫，举桨荡舟。

7　"郁郁"二句：言荒山之间，草木郁结，猿声大且哀也。郁郁，丁《笺注》："《文选·长门赋》注：'郁郁，不舒散也。'"闲，大。《文选》左思《魏都赋》："旅楹闲列，晖鉴柍桭。"李善注引

《韩诗章句》："闲,大也。"

8　"悲风"二句：上句是陪衬,下句是眼前实景。

9　"日余"二句：意谓归隐力耕以来已十二年矣。星火,古星名。《书·尧典》："日永、星火,以正仲夏。"传："火,苍龙之中星。举中则七星见可知,以正仲夏之气节,季孟亦可知。"《文选》张华《励志诗》："星火既夕,忽焉素秋。"李善注："星火,火星也。"颓,向下降行,意犹《诗·豳风·七月》"七月流火"之"流"。夏历五月(仲夏)黄昏,火星出现于正南方,六月以后遂偏西,入秋更低向西方,故曰"颓"。星火颓,指秋季。"三四星火颓",犹言已十二秋矣。此二句应连读,渊明自晋安帝义熙元年乙巳(405)十一月归田,至丙辰(416)作此诗时,恰为十二年。

10　姿年逝已老：姿年,姿容与年龄。逝,助词,无实义,起调节音节之作用。《后汉书·岑彭传》："天下之事,逝其去矣。"

11　其事未云乖：其事,指农事。乖,背弃。

12　"遥谢"二句：意谓遥遥告诉荷蓧翁,姑且得以从君隐居矣。谢,以辞相告。荷蓧翁,古之躬耕隐士。《论语·微子》："子路从而后,遇丈人,以杖荷蓧。子路问曰：'子见夫子乎?'丈人曰：'四体不勤,五谷不分,孰为夫子?'植其杖而耘。"栖,止息。

饮　酒 二十首 并序

　　余闲居寡欢，兼秋夜已长。偶有名酒，无夕不饮。顾影独尽[1]，忽焉复醉[2]。既醉之后，辄题数句自娱[3]。纸墨遂多，辞无诠次[4]。聊命故人书之[5]，以为欢笑尔。

　　据诗序，此二十首皆酒后所作，故题曰《饮酒》。
　　《文选》录其五、其七两首，题为《杂诗》。《艺文类聚》卷六五节录此二首，亦题《杂诗》；但卷七二节录诗序，及"有客常同止"数句，题《饮酒》。《续梦溪笔谈》引其五"采菊东篱下，悠然见南山"两句，亦称《杂诗》。方东树《昭昧詹言》曰："据序亦是杂诗，直书胸臆，直书即事，借饮酒为题耳，非咏饮酒也。"

1　顾影独尽：言其孤独也。渊明《杂诗》其二："挥杯劝孤影。"尽，谓尽觞。
2　复醉：意谓无夕不饮，无夕不醉。
3　辄题数句自娱：渊明《五柳先生传》："常著文章自娱，颇示己志。"
4　辞无诠次：意谓诗中词语未经选择且无章法伦次，任意挥洒，非经意之作。诠，《一切经音义》引《通俗文》："择言曰诠。"次,次序。

5　故人:旧友。其十四:"故人赏我趣,挈壶相与至。班荆坐松下,数斟已复醉。父老杂乱言,觞酌失行次。"又其九:"清晨闻扣门,倒裳往自开。问子为谁与,田父有好怀。……深感父老言,禀气寡所谐。"由此看来,此所谓"故人"主要是其居家附近之父老、田父之类,亦包括居住于当地之官吏,与渊明诗酒往还者。既曰"相与至"、"杂乱言",则不止一人也。

衰荣无定在,彼此更共之[1]。邵生瓜田中,宁似东陵时[2]。寒暑有代谢,人道每如兹[3]。达人解其会,逝将不复疑[4]。忽与一觞酒,日夕欢相持[5]。

既已参透天道与人道,故不以一己之穷达为意,而能安贫守拙,躬耕自乐。此诗语调平静、通达、自信。

1　"衰荣"二句:意谓衰荣不固定于一处,彼此交替而共有之。更,交替、更迭。

2　"邵生"二句:以邵平为例,以明衰荣不定之意。《史记·萧相国世家》:"召平者,故秦东陵侯。秦破,为布衣,贫,种瓜于长安城东。瓜美，故世俗谓之'东陵瓜'，从召平以为名也。"
王叔岷《笺证稿》："《文选》阮嗣宗《咏怀诗》注、《艺文类聚》
八七、《御览》九七八、《记纂渊海》九二引《史记》皆作邵平，荀
悦《汉纪》四、《水经·渭水下》注并同。与此作'邵'合。"

3　"寒暑"二句：意谓人道每如天道，寒暑既有代谢，人事亦有
荣衰也。人道，《易·系辞》："有天道焉，有人道焉。"寒暑代谢
即所谓天道。

4　"达人"二句：意谓达人明察时机，誓将不再疑惑矣。达
人，知能通达之人。《左传》昭公七年："圣人有明德者，若不当
世，其后必有达人。"会，时机。"解其会"犹"知会"也。逝，
通誓，表示决心。朱骏声《说文通训定声》："逝，假借为誓。"
《诗·魏风·硕鼠》："逝将去汝，适彼乐土。"

5　忽与一觞酒：忽得一觞酒也。与，犹得也，见张相《诗词
曲语词汇释》。如白居易《送嵩客》："君到嵩阳吟此句，与教
三十六峰知。"此种用法早在渊明已有之。

　　积善云有报，夷叔在西山[1]。善恶苟不应，
何事空立言[2]？九十行带索，饥寒况当年[3]。不
赖固穷节，百世当谁传[4]！

　　此诗与上首不同，全是义愤之语，而以固穷作结。范温

《潜溪诗眼》曰："若渊明意谓,至于九十仍不免行而带索,则自少壮至于长老,其饥寒艰苦宜如此,穷士之所以可深悲也。"见郭绍虞《宋诗话辑佚》。

1 "积善"二句:意谓积善有报之说深可怀疑,伯夷、叔齐皆积善之人,却饿死在西山。《易·坤》:"积善之家,必有余庆。积不善之家,必有余殃。"《荀子·宥坐》:"为善者天报之以福,为不善者天报之以祸。"《史记·伯夷列传》:"武王已平殷乱,天下宗周,而伯夷、叔齐耻之,义不食周粟,隐于首阳山,采薇而食之。及饿且死,作歌。其辞曰:'登彼西山兮,采其薇矣。……'"

2 "善恶"二句:意谓既然善无善报,恶无恶报,何故有天道常与善人之论耶?《史记·伯夷列传》:"或曰:'天道无亲,常与善人。'若伯夷、叔齐,可谓善人者非邪? 积仁絜行如此而饿死! 且七十子之徒,仲尼独荐颜渊为好学。然回也屡空,糟糠不厌,而卒蚤夭。天之报施善人,其何如哉?……若至近世,操行不轨,专犯忌讳,而终身逸乐,富厚累世不绝。或择地而蹈之,时然后出言,行不由径,非公正不发愤,而遇祸灾者,不可胜数也。余甚惑焉,倘所谓天道,是邪非邪?"此诗首四句乃就《史记》而发挥之。事,徐仁甫曰:"犹用也。《战国策·燕策》:'(所求者生马,)安事死马?'《新序·杂事三》'事'作'用'。"

3　"九十"二句：举荣启期为例，复申述上四句之意。《列子·天瑞》："孔子游于太山，见荣启期行乎郕之野，鹿裘带索，鼓琴而歌。孔子问曰：'先生所以乐，何也?' 对曰：'吾乐甚多。天生万物，唯人为贵。而吾得为人，是一乐也。男女之别，男尊女卑，故以男为贵。吾既得为男矣，是二乐也。人生有不见日月、不免襁褓者，吾既已行年九十矣，是三乐也。贫者士之常也，死者人之终也。处常得终，当何忧哉?' 孔子曰：'善乎! 能自宽者也。'" 行，且。带索，以绳索为衣带。当年，壮年。

4　"不赖"二句：承上就荣启期而言，意谓若不依靠固穷之气节，百世之后尚有谁传其名耶? 固穷，甘居困穷，不失气节。《论语·卫灵公》："君子固穷，小人穷斯滥矣。" 百世，犹言百代。当，借为"尚"，《史记·魏其武安侯列传》："即宫车晏驾，非大王立，当谁哉?"

　　道丧向千载，人人惜其情[1]。有酒不肯饮，但顾世间名[2]。所以贵我身，岂不在一生[3]? 一生复能几，倏如流电惊[4]。鼎鼎百年内，持此欲何成[5]!

1　"道丧"二句：意谓道丧已近千载，人皆失其真率自然之本性。《庄子·缮性》："古之人在混芒之中，与一世而得澹漠焉。……当是时也,莫之为而常自然。逮德下衰,及燧人、伏羲,……德又下衰,及神农、黄帝,……德又下衰,及唐、虞,……然后民始惑乱,无以反其性情而复其初。……由是观之,世丧道矣,道丧世矣,世与道交相丧也。"此二句檃括《庄子》大意。向,将近。惜,吝惜。惜其情,不表露其感情,失去真率自然之本性,即《庄子》所谓"无以反其性情而复其初"。渊明《五柳先生传》:"性嗜酒,家贫不能常得。亲旧知其如此,或置酒而招之。造饮辄尽,期在必醉。既醉而退,曾不吝情去留。"不吝情,亦即不惜情,欲饮则饮,欲醉则醉,欲去则去,欲留则留,感情真率自然。

2 "有酒"二句:魏晋之际以饮酒得名者不在少数,如刘伶自称"以酒得名"(见《世说新语·任诞》)。嵇康醉后"若玉山之将崩"(《世说新语·容止》),亦传为美谈。然则,渊明何以将饮酒与名对立,曰世人但顾名而不肯饮酒乎?盖此所谓"世间名",乃指功名而言也。《世说新语·任诞》:"张季鹰纵任不拘,时人号为'江东步兵'。或谓之曰:'卿乃可纵适一时,独不为身后名耶?'答曰:'使我有身后名,不如即时一杯酒。'"此则又指身后名矣,与世间名稍异。

3 "所以"二句:意谓世人所以爱护贵重己身,岂非欲长生乎?《列子·杨朱》:"孟孙阳问杨朱曰:'有人于此,贵生爱身,以蕲不死,可乎?'曰:'理无不死。''以蕲久生,可乎?'曰:'理无久生。生非贵之所能存,身非爱之所能厚。……'"

4 "一生"二句:意谓人生飘忽不能长久。流电,闪电。《艺文类聚》卷六引三国魏李康《游山序》:"盖人生天地之间也,若流电之过户牖,轻尘之栖弱草。"古《笺》:"乐府晋《白纻舞歌》:'人生世间如电过。'"倏,迅疾貌。

5 "鼎鼎"二句:意谓人生不过百年,以此欲何成耶?鼎鼎,《礼记·檀弓上》:"故骚骚尔则野,鼎鼎尔则小人。"郑注:"鼎鼎尔,谓大舒。"孔疏:"若吉事鼎鼎尔,不自严敬,则如小人然,形体宽慢也。"蒋薰评《陶渊明诗集》曰:"鼎鼎乃薪火不传意。"闻人倓《古诗笺》云:"鼎鼎,取宽慢之意。百年自速,而人意自宽慢。"古《笺》训"鼎鼎"为"扰攘貌"。

栖栖失群鸟[1],日暮犹独飞。裴回无定止[2],夜夜声转悲。厉响思清远[3],去来何依依[4]!因值孤生松[5],敛翮遥来归[6]。劲风无荣木[7],此荫独不衰。托身已得所,千载不相违[8]。

以归鸟自喻,表示退隐决心。归鸟乃渊明诗文中常见之意象,有四言《归鸟》诗。

李公焕引赵泉山曰:"此诗讥切殷景仁、颜延之辈附丽于宋。"恐非是。

1　栖栖：不安貌。《论语·宪问》："微生亩谓孔子曰：'丘何为是栖栖者与？无乃为佞乎？'"

2　裴回无定止：裴回，即"徘徊"。止，居。

3　厉响思清远：厉响，《文选》苏武《诗四首》之二："丝竹厉清声，慷慨有余哀。"李善注："王逸《楚辞注》曰：'厉，烈也。谓清烈也。'"清远，指清净僻远之地。

4　依依：《文选》苏武《诗四首》之二："胡马失其群，思心常依依。"李善注："依依，思恋之貌也。"

5　值：遇。

6　敛翮：犹敛翅停飞。渊明《停云》："敛翮闲止。"

7　劲风：疾风。《文选》潘岳《夏侯常侍诔》："零露沾凝，劲风凄急。"

8　"托身"二句：意谓既已托身于松树，则永不相离矣。渊明《读山海经》其一："众鸟欣有托，吾亦爱吾庐。"

　　结庐在人境，而无车马喧[1]。问君何能尔？心远地自偏[2]。采菊东篱下，悠然见南山[3]。山气日夕嘉[4]，飞鸟相与还[5]。此还有真意，欲辩已忘言[6]。

　　"心远地自偏"，颇有理趣。心与地之关系亦即主观精神与客观环境之关系,地之喧与偏,取决于心之近与远。隐士高人原不必穴居岩处远离人世,心不滞于名利自可免除尘俗之干扰。

"采菊东篱下,悠然见南山",瞬间之感应,带来无限愉悦。在偶一举首之间心与山悠然相会,自身仿佛与山交融成为一体。日夕之山气、相与之归鸟,诸般景物仿佛不在外界而在心中,构成一片美妙风景。此乃蕴藏宇宙、人生之真谛,此真谛即还归本原。万物莫不归本,人生亦须归本,归至未经世俗污染之真我也。

苏轼《东坡题跋》曰:"因采菊而见南山,境与意会,此句最有妙处。近岁俗本皆作'望南山',则此一篇神气都索然矣。"晁补之《鸡肋集》卷三三曰:"东坡云:陶渊明意不在诗,诗以寄其意耳。'采菊东篱下,悠然望南山。'则既采菊又望山,意尽于此,无余蕴矣,非渊明意也。'采菊东篱下,悠然见南山。'则本自采菊,无意望山,适举首而见之,故悠然忘情,趣闲而景远,此未可于文字精粗间求之。"

吴淇《六朝选诗定论》曰:"心远为一篇之骨,而真意又为一篇之髓。"此说不为无见,但"心"在己身之中,"意"在物象之中。心不远则不能得真意,"心远"是根本,"真意"是主旨。

———　1　"结庐"二句:意谓虽居于人间而无世俗之交往。结庐,构室,建造房屋。王叔岷《笺证稿》:"《后汉书·周燮传》:'有先人(之)草庐结于冈畔。'张景阳《杂诗》七首之七:'结宇穷冈曲。'并与此结字同义。"人境,人间。车马喧,指世俗交往。《史记·陈丞相世家》:"然门外多有长者车辙。"渊明与陈平异趣,虽居人间而与世俗隔绝也。

2　"问君"二句:意谓己心远离世俗,故若居于偏僻之地也。君,渊明自谓。尔,如此。心远,李善注:"《琴赋》曰:'体清心远邈难极。'""心远"与"地偏"对举,结庐之地本不偏,因为己心远离世俗,故地自然偏矣。王士禛《古学千金谱》曰:"心不滞物,在人境不虞其寂,逢车马不觉其喧。篱有菊则采之,采过则已,吾心无菊。"

3　悠然见南山:悠然,悠远貌,又闲适貌,所想者远,故得闲适也。此处两义兼而有之。南山,丁《笺注》:"指庐山而言。"

4　山气:山间之云气。

5　相与还:结伴还山。

6　"此还"二句:《庄子·齐物论》:"大辩不言。"《庄子·外物》:"言者所以在意,得意而忘言。"王弼《周易略例·明象》:"故言者所以明象,得象而忘言;象者所以存意,得意而忘象。"霈案:上二句,象也,象中存有真意。真意者何?欲说却已忘言。既已得意亦无须言之矣。盖渊明所谓"真意",乃在一"归"字,飞鸟归还,人亦当知还。返归于自然,方为真正之人生。此二句涉及魏晋玄学言意之辨,乃当时士大夫关注之哲学命题也。

　　行止千万端,谁知非与是[1]。是非苟相形,雷同共毁誉[2]。三季多此事,达士似不尔[3]。咄咄俗中恶,且当从黄绮[4]。

　　此篇本《齐物论》,感叹世俗不辨是非,雷同毁誉,自己当明达独立。诗曰"三季"盖隐指晋末。渊明处此是非之时,欲超乎是非,而自甘隐居也。

1　"行止"二句:意谓人事之变化头绪万千,或行或止,或彼或此,谁能知其是非耶?《庄子·齐物论》:"罔两问景曰:'曩子行,今子止。曩子坐,今子起。何其无特操与?'"又:"既使我与若辩矣,若胜我,我不若胜,若果是也,我果非也耶? 我胜若,若不吾胜,我果是也,而果非也耶? 其或是也,其或非也耶? 其俱是也,其俱非也耶?"
2　"是非"二句:意谓世之所谓是非乃因比较而暂且体现,并无真正区别。但世俗却人云亦云,共同对是非加以毁誉。苟,姑且、暂且。相形,《老子》:"有无相生,难易相成,长短相形,高下相倾,音声相和,前后相随。"雷同,《礼记·曲礼上》:"毋剿说，毋雷同。"郑玄注："雷之发声，物无不同时应者，人之言当各由己，不当然也。"《楚辞·九辩》："世雷同而炫曜兮，何毁誉之昧昧。"

3 "三季"二句：意谓三季多雷同毁誉之事，唯达士似不如此。三季，夏、商、周三代之末。达士，见识高超、不同流俗之人。《吕氏春秋·知分》："达士者，达乎死生之分。达乎死生之分，则利害存亡弗能惑矣。"尔，如此。

4 "咄咄"二句：意谓惊怪世俗之恶，己当随从黄、绮避世隐居也。咄咄，惊怪声。《世说新语·黜免》："殷中军被废，在信安，终日恒书空作字。扬州吏民寻义逐之，窃视，唯作'咄咄怪事'四字而已。"俗中，《世说新语·任诞》："阮方外之人，故不崇礼制。我辈俗中人，故以仪轨自居。"黄绮，夏黄公、绮里季。详见《赠羊长史》注。

秋菊有佳色，裛露掇其英[1]。泛此忘忧物，远我遗世情[2]。一觞聊独进，杯尽壶自倾[3]。日入群动息，归鸟趣林鸣[4]。啸傲东轩下，聊复得此生[5]。

首二句带露采菊，时在清晨。第七句言"日入"，则已傍晚矣。李注引定斋曰："自南北朝以来，菊诗多矣。未有能及渊明诗,语尽菊之妙。如'秋菊有佳色',他华不足以当此一'佳'字。然终篇寓意高远,皆踈菊而发耳。"又引艮斋曰:"'秋菊有佳色'一语,洗尽古今尘俗气。"

秋菊、归鸟,皆渊明诗常见之意象,象征高洁与退隐。生命之意义在于自得,无拘无束。

1　裛露掇其英:裛,沾湿。掇,拾取。英,花。

2　"泛此"二句:浮菊花于酒上,饮之而遗世之情愈加高远。盖菊于群芳谢后方开,似有遗世之情也。泛,浮。忘忧物,指酒。遗世,弃世。

3　"一觞"二句:言独饮无伴。进,奉上。《礼记·曲礼上》:"侍饮于长者,酒进则起,拜受于尊所。"此言"聊独进",语含诙谐并有自甘寂寞之意,意谓且自饮也。壶自倾,自斟也,自己倾壶而满杯。

4　"日入"二句:意谓日入则各种动者皆已止息,归鸟亦返林矣。《艺文类聚》卷三八引晋王珣《祭徐聘士文》:"贞一足以制群动,纯本足以息浮末。"李善注此诗曰:"《庄子(·让王)》:'善卷曰:余日出而作,日入而息。'《尸子》:'昼动而夜息,天之道也。'杜育诗:'临下览群动。'曹子建《赠白马王彪》诗:'归鸟赴乔林。'"

5　"啸傲"二句:意谓采菊饮酒,啸傲东轩,此生聊复满足矣。

啸，嘬口出声。啸傲，放旷自得之态。东轩，东窗。渊明《停云》："静寄东轩，春醪独抚。"得，满足。

青松在东园，众草没其姿[1]。凝霜殄异类，卓然见高枝[2]。连林人不觉，独树众乃奇。提壶挂寒柯，远望时复为[3]。吾生梦幻间，何事绁尘羁[4]。

　　此诗以青松自喻孤高。渊明诗中"青松"凡三见：此诗之外，尚有《和郭主簿》其二："青松冠岩列。"《拟古》其五："青松夹路生。"

　　邱嘉穗《东山草堂陶诗笺》卷三曰："诸人附丽于宋者皆如众草，惟公独树青松耳。"观诗末"吾生梦幻间，何事绁尘羁"，此说颇穿凿。

　　1　"青松"二句：意谓东园之青松，其卓异之姿被众草埋没，难以显现。东园，渊明居处有一东园，《停云》："东园之树，枝条载荣。"

　　2　"凝霜"二句：承上意谓平时众草或能没青松之姿，然霜降岁寒众草灭绝，方见青松之特立高超。《论语·子罕》："岁寒，然后知松柏之后凋也。"凝霜，《楚辞·九章·悲回风》："吸湛露之浮凉兮,漱凝霜之雰雰。"殄(tiǎn),灭绝。异类,此指众草。卓然,特立貌。

3 "提壶"二句:陶澍注:"此倒句,言时复为远望也。"丁《笺注》:"梁元帝《纂要》:'冬木为寒柯。'"柯,枝也。

4 "吾生"二句:意谓吾生既在梦幻之间,何故为尘羁所系,而不放旷自得耶? 梦幻,梦与幻。渊明《归园田居》其四:"人生似幻化,终当归空无。"古《笺》:"《庄子·大宗师篇》:'吾特与汝,其梦未始觉者邪!'郭注:'死生犹梦觉耳。'《列子(·周穆王)》:'有生之气,有形之状,尽幻也。'"何事,何故。绁(xiè),系,捆绑。羁,马笼头。尘羁,以尘俗为羁。

　　清晨闻叩门,倒裳往自开[1]。问子为谁与? 田父有好怀[2]。壶浆远见候[3],疑我与时乖[4]。褴缕茅檐下,未足为高栖[5]。一世皆尚同,愿君汩其泥[6]。深感父老言,禀气寡所谐[7]。纡辔诚可学,违己讵非迷[8]! 且共欢此饮,吾驾不可回。

　　此篇写法模仿《楚辞·渔父》,实乃针对一般朝隐、通隐、充隐而言。

　　《史记·滑稽列传》载东方朔歌曰:"陆沉于俗,避地金马门,宫殿中可以避世全身,何必深山之中、蒿庐之下。"田父劝告渊明:"缊缕茅檐下,未足为高栖。"欲使离蒿庐而隐于朝中,效东方朔之流也。

又,《世说新语·言语》:"南郡庞士元闻司马德操在颍川,故二千里候之。至,遇德操采桑,士元从车中谓曰:'吾闻大夫处世,当带金佩紫,焉有屈洪流之量,而执丝妇之事?'德操曰:'子且下车,子适知邪径之速,不虑失道之迷。……'"渊明曰:"纡辔诚可学,违己讵非迷。"亦如司马德操之答庞士元也。

李注引赵泉山曰:"时辈多勉靖节以出仕,故作是篇。"赵说为是。

1　倒裳:表示匆忙。《诗·齐风·东方未明》:"东方未明,颠倒衣裳。"

2　田父:老农。

3　浆:古代一种酿制饮料,略带酸味。《诗·小雅·大东》:"或以其酒,不以其浆。"

4　与时乖:与时俗乖离,犹言不合时宜。

5　"缊缕"二句:此乃田父之言,意谓安贫不是高隐也。缊缕,同褴缕、蓝缕,衣服破烂。高栖,高隐。

6　"一世"二句:此亦田父之言,意谓世人皆以雷同为好,愿君汩其泥而扬其波也。同,《论语·子路》:"君子和而不同,小人同而不和。"汩(gǔ),搅浑。汩其泥,《楚辞·渔父》:"渔父曰:'圣人不凝滞于物,而能与世推移。世人皆浊,何不汩其泥而扬其波?⋯⋯'"

7　禀气寡所谐:意谓性情天生寡和,亦即渊明所谓"抱孤念"、"抱兹独"。禀气,王充《论衡·命义》:"人秉气而生,含气而长。"又,《无形》:"人秉元气于天。"禀,禀受。

8　"纡辔"二句:意谓回驾从政固然可学,然违背自己之本性岂非迷误乎?纡辔,犹曲辔、宛辔,回驾也。《始作镇军参军经曲阿》:"宛辔憩通衢。"违己,违反本性。渊明《归去来兮辞》:"质性自然,非矫厉所得。饥冻虽切,违己交病。"迷,误。《韩非子·解老》:"凡失其所欲之路而妄行者之谓迷,迷则不能至于其所欲至矣。今众人之不能至于其所欲至,故曰迷。"

　　在昔曾远游,直至东海隅。道路迥且长,风波阻中涂[1]。此行谁使然?似为饥所驱。倾身营一饱,少许便有余[2]。恐此非名计,息驾归闲居[3]。

　　沈约《宋书·陶潜传》:"潜弱年薄宦,不洁去就之迹。"惜各家对此未曾注意。据此可知渊明于弱冠之年尝为生活所迫游宦谋生，其地位甚低也。此篇当是回忆弱年薄宦之生活。

　　"东海隅"，系指东海郡内偏远近海之地，今苏北沿海一带。《搜神记》卷二有"东海孝妇"，故事又见《说苑·贵德》、《汉书·于定国传》，东海即今江苏连云港一带。此诗所谓"直至东海隅"必非指任镇军参军之事，乃渊明弱年薄宦之事。又，既曰"薄宦"，时间必不很长，姑以两年计，后年复归家。

　　诗中颇有后悔之意，结合沈《传》所谓"不洁去就之迹"，正相吻合。

1　"道路"二句：意谓道路遥远，风波险阻。《古诗十九首》："道路迥且长。"涂，同"途"。《荀子·性恶》："涂之人可以为禹，曷谓也？"此二句赋而比，所谓"风波"或有喻指人世险恶、时局动荡之意，故下言"恐此非名计，息驾归闲居"。逯注谓"风波阻中涂"指阻风于规林事，非是。阻风于规林乃从都还阻于途中，此言自家远游求宦途中，显然并非一事。

2　"倾身"二句：意谓倾身以求不过一饱，而一饱所需少许便有余矣，何须冒风波之险乎？倾身，竭尽全力。

3　"恐此"二句：意谓远游从仕恐非适宜之计，遂止步返归也。名，通"明"，见朱骏声《说文通训定声》。名计，犹明计，良策也。

颜生称为仁[1]，荣公言有道[2]。屡空不获年[3]，长饥至于老[4]。虽留身后名[5]，一生亦枯槁[6]。死去何所知？称心固为好。各养千金躯，临化消其宝[7]。裸葬何必恶，人当解其表[8]。

———

"虽留身后名，一生亦枯槁。"此二句恰是渊明自身写照。渊明生前枯槁，死后反留名千载，此非有意求之而得也。

汤汉曰："颜、荣皆非希身后名者，正以自遂其志耳。保千金之躯者，亦终归于尽，则裸葬亦未可非也。或曰：前八句言名不足赖，后四句言身不足惜。渊明解处正在身名之外也。"

王叔岷曰："言身后之名不可知，身前厚养不可贵。惟有称心以为好也。"

———

1　颜生称为仁：指颜回，《论语·雍也》："子曰：'回也，其心三月不违仁。'"

2　荣公言有道：指荣启期，详见《饮酒》其二注。"言"与上句"称"对举，称其有道也。

3　屡空不获年：指颜回，《论语·先进》："子曰：'回也其庶乎，屡空。'"何晏《集解》曰："言回庶几圣道，虽数空匮而乐在其中。"不获年，不得长寿，早卒。《史记·仲尼弟子列传》："回年二十九，发尽白，蚤死。"

4　长饥至于老：指荣启期。

5　身后名：死后之名声。《世说新语·任诞》："张季鹰纵任不拘，时人号为江东步兵。或谓之曰：'卿乃可纵适一时，独不为身后名邪?'答曰：'使我有身后名，不如即时一杯酒。'"

6　枯槁：与荣华相对而言，有困穷、劳苦、憔悴等意。

7　"各养"二句：意谓人各保养其千金之躯，然临死亦各失其所宝贵者也。古《笺》："杨朱云：'生则尧舜，死则腐骨。'（案：见《列子·杨朱》）四海之主，终亦消化。何有于千金之躯哉?《古诗十九首》：'奄忽随物化，荣名以为宝。'知躯宝终消，而转希名宝，亦未为达矣。"

8　"裸葬"二句：杨王孙言欲裸葬，意在以身亲土，以反其真。言外之意，死不足惧，返归自然而已。正如渊明《拟挽歌辞》所言："死去何所道，托体同山阿。"裸葬，《汉书·杨王孙传》："及病且终，先令其子，曰：'吾欲裸葬，以反吾真，必亡易吾意。死则为布囊盛尸，入土七尺，既下，从足引脱其囊，以身亲土。'"其表，指杨王孙之言外意。

　　长公曾一仕，壮节忽失时。杜门不复出，终身与世辞[1]。仲理归大泽，高风始在兹。一往便当已，何为复狐疑[2]? 去去当奚道，世俗久相欺[3]。摆落悠悠谈，请从余所之[4]。

此诗以长公自况，又借仲理以示讽喻，诗末径言"请从余所之"，似有为而发。

下一首"有客常同止，取舍邈异境"，似为同一人所作。

1　"长公"四句：此四句褒扬长公既已辞官遂终身不仕。长公，张挚。《史记·张释之传》："其子曰张挚，字长公，官至大夫，免。以不能取容当世，故终身不仕。"渊明《扇上画赞》、《读史述九章》中均有长公。壮节，壮年时节。《礼记·曲礼》："三十曰壮。"失时，《论语·阳货》："好从事而亟失时，可谓知乎？"杜门，闭门。

2　"仲理"四句：此四句惋惜仲理，既已归隐始有高风，则当有始有终，何为狐疑不决，一再出仕？仲理，杨伦。《后汉书·儒林传》："杨伦字仲理，陈留东昏人也。……为郡文学掾。更历数将，志乖于时，以不能人间事，遂去职，不复应州郡命。讲授于大泽中，弟子至千余人。元初中，郡礼请，三府并辟，公车征，皆辞疾不就。后特征博士，为清河王傅。……阎太后以其专擅去职，坐抵罪。顺帝即位，……征拜侍中。……尚书奏伦探知密事，徼以求直。坐不敬，结鬼薪。……阳嘉二年，征拜太中大夫。大将军梁商以为长史。谏诤不合，出补常山王傅，病不之官。……遂征诣廷尉，有诏原罪。"霈案：杨仲理既已归隐，讲授于大泽中，又三次出仕，每次均以获罪告终，渊明不以为然也。旧注均以"一往便当已,何为复狐疑"为渊明自指,非是。首四句叙一人,次四句又叙一人,两人对举。一堪效法,一不足效法。

3 "去去"二句:意谓无须再言矣,世俗久已相欺,尚不决心退隐乎? 去去,重复"去"字,以加强语气,表示决绝、作罢。曹植《杂诗》:"去去莫复道,沉忧令人老。"当,借为"尚"。当奚道,尚何言。与下"悠悠谈"呼应。

4 "摆落"二句:意谓可置悠悠谈于不顾,请从余隐居也。摆落,摆脱。悠悠谈,众人无根据之言谈。《晋书·王导传》:"吾与元规休戚是同,悠悠之谈,宜绝智者之口。"

　　有客常同止,取舍邈异境[1]。一士长独醉,一夫终年醒[2]。醒醉还相笑,发言各不领[3]。规规一何愚,兀傲差若颖[4]。寄言酬中客,日没烛当秉[5]。

　　醉者若愚而实不愚,醒者若不愚而实愚。世事既不可为而强为之,徒然无益也。世事既不可为而不为,委顺自然也。然渊明本欲有为者也,世之相违,不得已而退隐,遂以醉者自许。醉语中愤慨良深也。

1　"有客"二句：意谓有人常同住于一处，但其出处志趣迥然不同。有客，《诗·周颂·有客》："有客有客，亦白其马。"客，泛指某人。止，居。《诗·商颂·玄鸟》："邦畿千里，维民所止。"笺："止，犹居也。"取舍，进止。《汉书·王吉传》："世称'王阳在位，贡公弹冠'，言其取舍同也。"注："取，进趣也；舍，止息也。"邈，远。"同止"指居处邻近。"取舍邈异境"指出处仕隐迥然不同。

2　"一士"二句：意谓两人醉醒各异。一士，自指。一夫，一人，此指首句之客。《书·君陈》："无求备于一夫。""醉"与"醒"，不仅关乎酒，且指处世态度。渊明之醉，乃韬晦远祸，萧统所谓"寄酒为迹者也"。

3　"醒醉"二句：意谓醒者醉者尚相视而笑，发言却各不领会也。

4　"规规"二句：意谓醒者愚而醉者颖也。汤注："醒者与世讨分晓，而醉者颓然听之而已。渊明盖沉溟之逃者，故以醒为愚，而以兀傲为颖耳。"规规，浅陋拘泥貌。此指醒者。兀傲，兀然、傲然，不拘礼节貌。刘伶《酒德颂》："兀然而醉，豁尔而醒。"差若颖，较似聪颖。

5　"寄言"二句：意谓寄言于醉中之人当夜以继日秉烛而饮也。古《笺》："《古诗十九首》：'何不秉烛游。'直案：魏晋、晋宋之际，志节之士每以酣饮避祸。《晋书·阮籍传》：'文帝（初）

欲为武帝求婚于籍，籍醉六十日，不得言而止。' 拒婚以醉，诚
兀傲若颖哉！盖自命醒者，每出智力以佐乱，岂若托于醉者，
得全其真于酒中。"

故人赏我趣，挈壶相与至[1]。班荆坐松下[2]，
数斟已复醉。父老杂乱言，觞酌失行次[3]。不
觉知有我，安知物为贵[4]。悠悠迷所留，酒中
有深味[5]。

"不觉知有我，安知物为贵。"此固写酒后之状，但物我两
忘乃渊明所追求之人生境地，则又不仅是写酒醉矣。

此诗所写故人乃赏其趣者，与前之"田父"不同。"田父"
虽亦以壶浆见候，但疑其与时相乖而不知其趣也。

1　"故人"二句：此言"相与至"，下又言"父老杂乱言"，可见
"故人"不止一人也。《序》曰："聊命故人书之"，亦不止一人
也。挈（qiè），提。

2　班荆：《左传》襄公二十六年："班荆相与食。"杜注："班，布
也。布荆坐地。"

3　觞酌失行次：行次，行列次第。失行次，不拘礼节，随意
而饮。

4　"不觉"二句：言醉后悠然恍惚之状。《晋书·阮籍传》："嗜酒能啸，善弹琴。当其得意，忽忘形骸。"此亦即"不觉知有我"也。《列子·杨朱》："方其荒于酒也，不知世道之安危，人理之悔吝，室内之有亡，九族之亲疏，存亡之哀乐也。虽水火兵刃交于前，弗知也。"此亦即"安知物为贵"也。

5　"悠悠"二句：意谓酒中深味乃在悠然忘我。悠悠，闲适自得貌。留，止也。迷所留，不知所止，不知身在何处。

贫居乏人工，灌木荒余宅。班班有翔鸟，寂寂无行迹[1]。宇宙一何悠，人生少至百[2]。岁月相催逼[3]，鬓边早已白。若不委穷达，素抱深可惜[4]。

"催逼"二字，深感于宇宙之久、岁月之速、人生之短也。

1　"班班"二句：意谓上有翔鸟，班班可见；下无人迹，寂寂独居。班班，明显，与下之"寂寂"对举。《后汉书·赵壹传》："余畏禁，不敢班班显言。"注："班班，明貌。"

2　"宇宙"二句：意谓宇宙悠久，人生短促。古《笺》："《列子·杨朱篇》：'百年，寿之大齐，得百年者，千无一焉。'"丁《笺注》："《吕氏春秋（·安死）》：'人之寿，久之不过百。'《古诗》：'生年不满百。'"

3　催逼：谓催人老也。渊明《杂诗》其一："岁月不待人。"其
七："四时相催逼。"

4　"若不"二句：意谓穷达命定，非可强求，亦不足挂于怀。若
汲汲以求显达，岂不深负于平素之志乎？穷达，困厄与显达。
素抱，平素之怀抱。

　　少年罕人事，游好在六经¹。行行向不惑，
淹留自无成²。竟抱固穷节，饥寒饱所更³。弊
庐交悲风，荒草没前庭。披褐守长夜⁴，晨鸡
不肯鸣。孟公不在兹，终以翳吾情⁵。

　　此诗有回顾一生之意，欲有成而仍无成，遂抱固穷之节。
"披褐守长夜，晨鸡不肯鸣。"饥冻之切，盼望鸡鸣天亮，而天
偏不亮，写尽贫穷之状。

1　"少年"二句：回忆少年时代。罕人事，渊明《归园田居》其
二："野外罕人事。"人事，指世俗交往。游好，交游爱好。既
不愿与世俗交往，遂与六经为伴。六经，指《诗》、《书》、《礼》、
《乐》、《易》、《春秋》。

2　"行行"二句：回忆中年时代。行行，行而又行。向不惑，年

近四十。《论语·为政》："四十而不惑。"淹留,久留,此指岁月已久。《楚辞·九辩》："时亹亹而过中兮,蹇淹留而无成。"王逸注："虽久寿考,无成功也。"自,仍旧。

3　"竟抱"二句:叙述老年境况。渊明《有会而作》："弱年逢家乏,老至更长饥。"竟,终于。更,经历。

4　褐(hè):用粗布或粗麻制成之衣服。

5　"孟公"二句:以张仲蔚自喻,叹无如刘龚(字孟公)之人能知己也。皇甫谧《高士传》："张仲蔚者,平陵人也。与同郡魏景卿俱修道德,隐身不仕。明天官博物,善属文,好诗赋。常居穷素,所处蓬蒿没人。闭门养性,不治荣名。时人莫识,唯刘龚知之。"翳,隐蔽。翳吾情,吾情无可申述也。

幽兰生前庭,含薰待清风[1]。清风脱然至,见别萧艾中[2]。行行失故路,任道或能通[3]。觉悟当念还,鸟尽废良弓[4]。

前四句以幽兰为喻,后四句以行路为喻,前后若两诗,其实不然。

前以幽兰生于前庭,比喻贤人之出仕,后遂就出仕而言。贤人出仕犹失去故路也,继续任道而行或亦能通,但应以还归为上,鸟尽弓废是为诫也。

前四句中有一"脱"字,后四句有一"或"字,皆假设之辞。其实,清风难至,任道难通,幽兰终当处幽谷,贤人终当隐田园也。

1 "幽兰"二句:比喻贤人怀其德而有待于圣明。幽,隐也。幽兰,《世说新语·言语》:"谢太傅问诸子侄:'子弟亦何预人事,则正欲使其佳?'诸人莫有言者,车骑曰:'譬如芝兰玉树,欲使其生于庭阶耳。'"霈案:幽兰本生于山谷,不染尘俗。其生于前庭者,比喻贤者不隐于山林,而出仕以预人事。薰,香气。清风,《诗·大雅·烝民》:"穆如清风。"传:"清微之风,以养万物者也。"

2 "清风"二句:意谓倘有清风吹来,则幽兰即可见别于萧艾之中矣。此二句乃设语,希望中之事,非真有清风至也。幽兰生于前庭本欲待清风以见别于萧艾,然清风未至。贤人出仕本欲待圣明,然圣明未至。故后四句有觉悟念还之意。萧艾,野蒿,臭草。脱,或许。《吴子·励士》:"君试发无功者五万人,臣请率以当之。脱其不胜,取笑于诸侯,失权于天下矣。"

3 "行行"二句:意谓行行而迷失故路,遂任其道而行,或能通达,但终非良计也。故下言"觉悟当念还",应再回至故路耳。故路,旧路,此指平素之人生道路,亦即渊明《咏贫士》其一"量力守故辙"之"故辙"。失故路,意谓未能坚守故辙而迷路矣。任道,听任道路之所通,继续向前。此"道"字承上"故路",意谓道路,非"道德"之道。

4 "觉悟"二句:意谓任道虽或能通,但既已觉悟则当以还归为念,岂不知鸟尽而良弓藏耶?《史记·越王勾践世家》载范蠡遗大夫种书曰:"蜚鸟尽,良弓藏;狡兔死,走狗烹。"又,《淮阴侯列传》:"狡兔死,走狗烹,高鸟尽,良弓藏;敌国破,谋臣亡。"

　　子云性嗜酒[1],家贫无由得。时赖好事人,载醪祛所惑[2]。觞来为之尽,是谘无不塞[3]。有时不肯言,岂不在伐国[4]。仁者用其心,何尝失显默[5]。

　　此篇专咏扬雄,非兼咏扬雄、柳下惠二人,更非有所抑扬。

　　扬雄《解嘲》曰:"知玄知默,守道之极;爱清爱静,游神之廷;惟寂惟寞,守德之宅。"

　　颜延之《陶徵士诔》:"在众不失其寡,处言愈见其默。"此篇既赞子云之显又赞其默,然主旨在默也。

1 子云:西汉扬雄字子云。《汉书·扬雄传赞》:"家素贫,嗜酒,人希至其门。时有好事者载酒肴从游学,而钜鹿侯芭常从雄居,受其《太玄》、《法言》焉。"

2　载醪祛所惑：载醪，携酒。祛（qū），去，去除。祛所惑，去除自己之疑惑，指求教于扬雄。

3　是谘无不塞：谘，询问。塞，答。

4　"有时"二句：意谓有时所不肯言者，唯伐国之事也。《汉书·董仲舒传》："闻昔者鲁君问柳下惠：'吾欲伐齐，何如？'柳下惠曰：'不可。'归而有忧色，曰：'吾闻伐国不问仁人，此言何为至于我哉！'"此以柳下惠喻指扬雄。

5　"仁者"二句：意谓仁者之用心，何尝因出与处而改易，无论显默皆不失其仁心也。失，改易。《淮南子·原道训》："今夫徙树者，失其阴阳之性，则莫不枯槁。"显默，出与处、语与默。

　　畴昔苦长饥，投耒去学仕¹。将养不得节，冻馁固缠己²。是时向立年，志意多所耻³。遂尽介然分，终死归田里⁴。冉冉星气流，亭亭复一纪⁵。世路廓悠悠，杨朱所以止⁶。虽无挥金事，浊酒聊可恃⁷。

　　"志意多所耻"，说得沉痛。"遂尽介然分"，说得坚决。"介然分"亦即"抱独"、"抱孤念"之意，故"与物多忤"也。

1　"畴昔"二句：指弱冠之年薄宦之事。沈约《宋书·陶潜传》："潜弱年薄宦，不洁去就之迹。"此二句即指此，既曰"薄宦"，时间当不长，惟详情已不可考。畴昔，往日。畴，曩也。长饥，陶诗中屡见，如《饮酒》其十一："长饥至于老。"《有会而作》："老至更长饥。"《感士不遇赋》："夷投老以长饥。"投耒，放下农具。

2 "将养"二句：指薄宦后仍无法将养家人，解除自己之饥寒。将，养息。《广雅·释诂一》："将，养也。"王念孙疏证："今俗语犹云将养，或云将息矣。"节，法度。固，常。

3 "是时"二句：指向立之年起为州祭酒之事。《宋书·陶潜传》："亲老家贫，起为州祭酒。不堪吏职，少日，自解归。"所咏当系此次出仕，因耻于吏职而复归。向立年，接近三十岁。《论语·为政》："三十而立。"志意，《礼记·乐记》："故听其雅颂之声，志意得广焉。"志犹意也。

4 "遂尽"二句：指坚持耿介之原则，辞彭泽县令，永归田里事。遂，终于。介然，坚贞。《荀子·修身》："善在身，介然必以自好也。"杨倞注："介然，坚固貌。"分(fèn)，制，原则。《文选》班固《答宾戏》："盖闻圣人有一定之论，烈士有不易之分。"

5 "冉冉"二句：意谓自辞彭泽令后，日月星辰渐渐流转，又复十二年矣。冉冉，渐进貌。星气，《后汉书·百官志》："灵台掌候日月星气，皆属太史。"星气与日月并举，盖星象也。流，古

《笺》：“《豳风》：‘七月流火。’此流字所本。”亭亭，《文选》司马相如《长门赋》：“澹偃蹇而待曙兮，荒亭亭而复明。”李善注：“亭亭，远貌。”此指时间之久远漫长。一纪，十二年。《书·毕命》：“既历三纪。”传：“十二年为一纪。”复，又。自晋安帝义熙元年乙巳（405）五十四岁辞彭泽令归田，又经一纪，则此诗作于义熙十三年丁巳（417）六十六岁。

6 “世路”二句：意谓世路空阔遥远而又多歧，杨朱所以无所适从止步不前。世路，人生譬如行路，故谓处世之经历为世路。廓，空。悠悠，远。杨朱，李注：“《淮南·说林训》：‘杨子见逵路而哭之，为其可以南可以北。墨子见练丝而泣之，为其可以黄可以黑。’”案：《太平御览》卷一九五引作“杨朱见歧路而哭，曰可以南可以北”。

7 “虽无”二句：意谓虽不能如疏广之挥金取乐，但聊可凭浊酒以自陶醉也。张协《咏史》云：“挥金乐当年，岁暮不留储。”《汉书·疏广传》：广上疏乞骸骨，许之。加赐黄金二十斤，皇太子赠以五十斤。“广既归乡里，日令家共具设酒食，请族人故旧宾客，与相娱乐。数问其家金余尚有几所，趣卖以共具。”

　　羲农去我久[1]，举世少复真[2]。汲汲鲁中叟，弥缝使其淳[3]。凤鸟虽不至，礼乐暂得新[4]。洙泗辍微响，漂流逮狂秦[5]。诗书复何罪，一朝成灰尘[6]。区区诸老翁，为事诚殷勤[7]。如何绝世下，六籍无一亲[8]！终日驰车走，不见所问津[9]。若复不快饮，空负头上巾[10]。但恨多谬误，君当恕醉人[11]。

此篇首言举世少"真"，"真"者，乃道家特有之哲学范畴也，孔、孟皆未言及。

下忽接孔子，言孔子弥缝使其淳，是将孔子道家化矣。儒家之道家化乃当时思想界之潮流。

再下又言孔子整理礼乐，始皇焚书后诸老翁传授六经，而感叹目前经术之无续，不复有孔子之徒出现。只好以饮酒为乐，寄托空虚寂寞。如此看来，渊明似是呼唤孔子再生、儒家复兴。

诗末二句，自言"谬误"，似有触犯当世之处，如"六籍无一亲"，诚为激忿之语。

1　羲农：伏羲、神农。

2　真：指人之自然本性，与儒家所倡之"礼"相对立。"真"与"自然"有相通之处，但更具人生价值判断之意义。既属于抽象理念范畴，又属于道德范畴。"真"字，不见于《论语》、《孟子》，乃老庄特有之哲学范畴。《老子》曰："孔德之容，惟道是

从。道之为物,惟恍惟惚。……其中有精,其精甚真。"意谓
"真"乃"道"之精髓。庄子认为每人皆有"真",惟能守真者方
为圣人。

3 "汲汲"二句:意谓孔子汲汲然弥缝其阙,而使其复归于淳。
汲汲,心情急切貌。《汉书·扬雄传》:"不汲汲于富贵,不戚戚
于贫贱。"鲁中叟,指孔子。弥缝,弥补缝合。淳,质朴淳厚。
与"真"有相通之处,可以互相引发。

4 "凤鸟"二句:意谓孔子虽感生不逢时,但颇有整理礼乐之
功。《史记·孔子世家》:"孔子之时,周室微而礼乐废,《诗》、
《书》缺。追迹三代之礼,序《书传》,上纪唐虞之际,下至秦缪,
编次其事。……三百五篇孔子皆弦歌之,以求合《韶》、《武》、
《雅》、《颂》之音。礼乐自此可得而述,以备王道,成六艺。"

5 "洙泗"二句:意谓孔子死后洙泗之上微响辍绝,江河日下,
乃至于狂暴之秦朝。洙泗,二水名。古时二水自今山东泗水
县北合流西下,至鲁国首都曲阜北,又分为二水,洙水在北,泗
水在南。洙泗之间,即孔子聚徒讲学之所。微响,精微要妙
之音响,承上"礼乐"而言。《汉书·艺文志》:"仲尼没而微言
绝。"师古注:"精微要妙之言。"

6 "诗书"二句:言秦始皇焚书之事。《史记·秦始皇本纪》:
"丞相李斯曰:'……臣请史官非秦记皆烧之。非博士官所职,
天下敢有藏《诗》、《书》、百家语者,悉诣守、尉杂烧之。有敢偶

语《诗》、《书》者弃市。……’制曰：‘可。’”

7 "区区"二句：言汉兴诸老翁专诚努力传授经书。《史记·儒林列传》："及今上即位，赵绾、王臧之属明儒学，而上亦乡之，于是招方正贤良文学之士。自是之后，言《诗》于鲁则申培公，于齐则辕固生，于燕则韩太傅。言《尚书》自济南伏生。言《礼》自鲁高堂生。言《易》自菑川田生。言《春秋》于齐鲁自胡毋生，于赵自董仲舒。"区区，拳拳，忠诚专一。为事，指传授经书之事。

8 "如何"二句：感叹汉世之后无人亲近经籍矣，即使熟读六籍者，亦未必得其真旨也。古《笺》："《文选》干宝《晋纪总论》：‘学者以老庄为师，而黜六经。’沈约《宋书·谢灵运传论》：‘有晋中兴，玄风独振。为学穷于柱下，博物止乎七篇。……自建武暨乎义熙，历载将百，……莫不寄言上德，托意玄珠。’"丁《笺注》："绝世下，谓汉世既绝之后。"陈澧《东塾杂俎》卷三："陶公时读六籍者多矣，而以为‘无一亲’，盖书自书，我自我，则不亲矣。‘亲’之一字，陶公示人以问津处。"霈案：此乃夸张说法，极言世之忽视六经也。

9 "终日"二句：意谓虽有驰车之人，但不见此问津者也。汤注曰："盖自况于沮溺而叹世无孔子徒也。"问津，《论语·微子》："长沮、桀溺耦而耕，孔子过之，使子路问津焉。"所，助词，此。

10　"若复"二句：表示失望之余，惟饮酒为乐。《宋书·陶潜传》："郡将候潜，值其酒熟，取头上葛巾漉酒，毕，还复著之。"快，快意。

11　"但恨"二句：意谓所言多有谬误之处，当恕我也。古《笺》："中多托讽之辞，故以醉自饰也。"恨，遗憾、后悔。

止 酒

居止次城邑[1]，逍遥自闲止[2]。坐止高荫下，
步止荜门里[3]。好味止园葵，大欢止稚子[4]。平
生不止酒，止酒情无喜。暮止不安寝，晨止不
能起。日日欲止之，营卫止不理[5]。徒知止不
乐，未信止利己。始觉止为善，今朝真止矣。
从此一止去，将止扶桑涘[6]。清颜止宿容，奚
止千万祀[7]。

此诗共二十句，每句用一"止"字，共二十处。但"止"字
涵义不尽相同，有停、至、静止等义，以及作语末助词之止。

诗题《止酒》，意谓停止饮酒。渊明或曾一时戒酒，或从
未戒酒，无须考究。但此"止"字，颇可玩味，人之祸患或因不
知"止"所致也。《易·艮》："时止则止，时行则行。动静不失
其时，其道光明。"

古《笺》："《庄子(·德充符)》曰：'(人莫鉴于流水而鉴
于止水，)惟止能止众止。'靖节能止荣利之欲，又何物不能
止邪？"

朱自清《陶诗的深度》曰："《止酒》诗每句藏一'止'字，
当系俳谐体。以前及当时诸作，虽无可供参考，但宋以后此等

诗体大盛，建除、数名、县名、姓名、药名、卦名之类，不一而足，
必有所受之。逆而推上，此体当早已存在，但现存的只《止
酒》一首，便觉得莫名其妙了。"

　　此诗确有俳谐意味，但亦寄有感慨，笔墨非仅止于俳谐也。

　　胡仔《苕溪渔隐丛话》后集卷三："坐止于树荫之下，则广
厦华居吾何羡焉？步止于荜门之里，则朝市声利我何趋焉？
好味止于啖园葵，则五鼎方丈我何欲焉？大欢止于戏稚子，则
燕歌赵舞我何乐焉？在彼者难求，而在此者易为也。渊明固
穷守道，安于丘园，畴肯以此易彼乎！"

1　居止次城邑：止，居也。次，近。
2　逍遥自闲止：逍遥，丁《笺注》："倘佯自适也。《诗·郑
风·清人》：'河上乎逍遥。'"闲，清闲。止，语末助词。
3　"坐止"二句：意谓坐只在高荫之下，行只在荜门之内。止，
仅、只。荜门，柴门。
4　"好味"二句：意谓好味止于园葵，大欢止于稚子。葵，菜
名。园葵，园中之葵。渊明《和郭主簿》："弱子戏我侧，学语未
成音。此事真复乐，聊用忘华簪。"
5　营卫止不理：意谓止酒则营卫二气不顺。营卫，指人体中
之营气与卫气。《灵枢经·营卫生会》："五藏六府皆以受气，

其清者为营,浊者为卫。营在脉中,卫在脉外。营周不休,
五十而复大会。阴阳相贯,如环无端。"理,顺也。

6 "从此"二句:意谓此次一直止酒,即可至于仙界矣。扶桑,
神木名,传说日出之处。涘(sì),水边。渊明想象"扶桑涘"是
仙界。

7 "清颜"二句:意谓止酒之后可以长生不老。清颜,鲜洁之
颜。宿容,旧容。止宿容,去宿容也。王叔岷《笺证稿》:"《淮
南子·说山篇》:'止念虑。'高注:'止,犹去也。''止宿容',犹
言'去衰容'耳。"奚止,何止。祀,年。

述 酒

　　重离照南陆，鸣鸟声相闻[1]。秋草虽未黄，融风久已分[2]。素砾皛修渚，南岳无余云[3]。豫章抗高门，重华固灵坟[4]。流泪抱中叹，倾耳听司晨[5]。神州献嘉粟，西灵为我驯[6]。诸梁董师旅，芊胜丧其身[7]。山阳归下国，成名犹不勤[8]。卜生善斯牧，安乐不为君[9]。平王去旧京，峡中纳遗薰[10]。双陵甫云育，三趾显奇文[11]。王子爱清吹，日中翔河汾[12]。朱公练九齿，闲居离世纷[13]。峨峨西岭内，偃息常所亲[14]。天容自永固，彭殇非等伦[15]。

―――

　　李公焕笺注引韩子苍曰："余反覆之，见'山阳归下国'之句，盖用山阳公事，疑是义熙以后有所感而作也。故有'流泪抱中叹'、'平王去旧京'之语。渊明忠义如此。今人或谓渊明所题甲子，不必皆义熙后。此亦岂足论渊明哉！惟其高举远蹈，不受世纷，而至于躬耕乞食，其忠义亦足见矣！"

　　汤汉曰："晋元熙二年六月，刘裕废恭帝为零陵王，明年以毒酒一罂授张伟，使鸩王，伟自饮而卒。继又令兵人逾垣进药，王不肯饮，遂掩杀之。此诗所为作，故以《述酒》名篇也。

诗辞尽隐语，故观者弗省。独韩子苍以'山阳下国'一语疑是义熙后有感而赋，予反覆详考而后知为零陵哀诗也。因疏其可晓者，以发此老未白之忠愤。昔苏子读《述史》九章曰：'去之五百岁，吾犹见其人也。'岂虚言哉！"

霈案：韩、汤之说，大体可信。

此诗颇不可解，以上综合诸家之说，断以己意，勉强使之圆融，恐难论定。

大概言之，乃为刘裕篡晋而发，汤注是也。"重离"、"豫章"、"山阳"、"下国"、"不为君"等语可证。

前六句，言晋室衰微。第七句至第十八句，言刘裕篡晋。第十九句至第二十句，补叙刘裕篡晋之形势。第二十三句至篇末，托言游仙以示无可奈何之慨。

1　"重离"二句：意谓晋室南渡之初有群贤辅佐。重离，为晋帝司马氏之祖先。照南陆，言东晋中兴气象。《史记·楚世家》："重黎为帝喾高辛居火正，甚有功，能光融天下，帝喾命曰祝融。"重黎既能光融天下，故以"照南陆"指晋元帝中兴于江左也。鸣鸟，指凤也。"鸣鸟声相闻"，言南渡之初有王导等贤臣辅佐也。《诗·大雅·卷阿》："凤皇鸣矣，于彼高冈。梧桐生矣，于彼朝阳。"后遂以鸣凤朝阳比喻贤才遇时而起。

2 "秋草"二句：意谓秋草虽未黄，而融风久已散去，比喻司马氏（祝融之后）之势力已经没落。汤注："国虽未末，而势之分崩久矣，至于今则典午之气数遂尽也。"融风，《左传》昭公十八年："夏五月，……丙子，风。梓慎曰：'是谓融风，火之始也。七日，其火作乎！'戊寅，风甚。壬午，大甚。宋、卫、陈、郑皆火。"分，散也。

3 "素砾(lì)"二句：水涸云散，比喻晋室气数已尽。砾，碎石。晶(xiǎo)，皎洁，明亮。修渚，修长之小洲。白石显露于洲上，以言水之干涸也。南岳，衡山。张谐之曰："二句以水清石见、山不出云，喻君弱臣强，国势式微，而无从龙之彦也。"

4 "豫章"二句：暗喻刘裕篡弑，晋恭帝幽于零陵之事。豫章，郡名，治所在南昌。安帝义熙二年封刘裕为豫章郡公，遂与高门（代指王室）抗衡。十五年后恭帝禅位于刘裕，而被幽于零陵，见害。重华，舜，其冢在零陵九疑。固，闭也。

5 "流泪"二句：历来释为渊明悲叹晋室之亡，恐非是。渊明对晋室何至如此之忠耶？与篇末所表明之态度不合。此指恭帝被幽于零陵时帝后之忧叹也，此时恭帝身边唯帝后一人而已。中，犹忠。抱中，犹抱忠。司晨，雄鸡也。听司晨，盼望天亮。

6 "神州"二句：暗指刘裕借符瑞以谋篡夺。汤注："义熙十四年，巩县人献嘉禾，裕以献帝，帝以归于裕。'西灵'当作'四灵'，裕受禅文有'四灵效征'之语。二句言裕假符瑞以奸大位也。"案："四灵"指麟、凤、龟、龙，见《礼记·礼运》。

7 "诸梁"二句：以楚国之内乱暗喻晋朝内讧，至于具体所指难以确定，众说纷纭，均未切，姑存疑。李注引黄山谷曰："芊胜，白公也。沈诸梁，叶公也，杀白公胜。"诸梁，沈诸梁，楚左司马沈君戍之子，叶公子高。董，督也。芊胜，王孙胜，楚平王太子子建之子，号曰白公。《史记·楚世家》："惠王二年，子西召故平王太子建之子胜于吴，以为巢大夫，号曰白公。……六年，白公请兵令尹子西伐郑。……子西许而未为发兵。……白公胜怒，乃遂与勇力死士石乞等袭杀令尹子西、子綦于朝，因劫惠王，置之高府，欲弑之。惠王从者屈固负王亡走昭王夫人宫。白公自立为王。月余，会叶公来救楚，楚惠王之徒与共攻白公，杀之。惠王乃复位。"

8 "山阳"二句：意谓恭帝甘心禅位，归于下国，犹如不勤于成名也。《晋书·恭帝纪》："(元熙)二年夏六月壬戌，刘裕至于京师。傅亮承裕密旨，讽帝禅位，草诏，请帝书之。帝欣然谓左右曰：'晋氏久已失之，今复何恨！'乃书赤纸为诏。甲子，遂逊于琅邪第。刘裕以帝为零陵王，居于秣陵，……"山阳，汉献帝，魏降汉献帝为山阳公，此代指晋恭帝。"成名犹不勤"，变化《逸周书·谥法解》"不勤成名曰灵"之成句。"灵"乃含有贬义之谥号，恭帝虽以"尊贤让善"而谥曰"恭"，但从其甘心禅位而言之,亦犹成名不勤也。

9　"卜生"二句:责恭帝自甘逊位,有似安乐公刘禅也。古《笺》:"此责零陵王有似安乐公也。'卜生'当为'卜年',形近而讹也。……晋恭帝禅位玺书曰:'故有国必亡,卜年著其数。'又曰:'历运改卜,永终于兹。'此书自是王韶之所草,然帝阅后,欣然操笔曰:'晋祚已移,重为刘公所延,将二十载。今日之事,本所甘心。'遂书赤纸为诏,以授傅亮。不能为高贵乡公以一死谢国,愿为刘禅降附,受安乐之封,是岂得为之君哉?深责之也。《左传》:'天生民而立之君,使司牧之。'《鲁语》:'君也者,将牧民而正其邪者也。'……人谓汝历数永终于兹而已,反谓祚移将二十载。斯牧卜年,抑何善邪?其词盖不严而厉矣。"汤注:"安乐公,刘禅也。丕既篡汉,则安乐不得为君矣。"

10　"平王"二句:喻指晋室南迁,中原沦于胡人之手。平王,周平王。《史记·周本纪》:"平王立,东迁于洛邑,辟戎寇。"去旧京,指离旧京长安而东迁洛阳。峡,"郏"之借字。周之旧都,在今洛阳市西。薰,"獯"之借字。獯鬻之简称。《广韵·文韵》:"獯,北方胡名。夏曰獯鬻,……汉曰匈奴。"遗獯,獯鬻之后代也。古《笺》:"刘聪为匈奴遗类,寇陷洛阳,故曰'峡中纳遗薰'。"

11　"双陵"二句:意谓刘裕北伐后,遂加紧篡位。古《笺》:

"双陵,即二陵。《左传》曰:'崤有二陵焉。'双陵甫云育,谓关洛已平,人民始可长育也。三趾者,三足乌也。……案《山海经》注又有三足乌,主给使。……乌或为鸟也。……义熙十二年刘裕伐秦,克洛阳,遣长史王宏还都求九锡,此其事也。奇文者,世不常有之文,九锡文、禅位诏等是也。王宏回都而九锡文等以次出,故曰'三趾显奇文'。"

12 "王子"二句:汤注:"王子晋好吹笙,托言晋也。"案:意谓晋已化去,喻指晋室之亡。王子晋,周灵王太子,名晋,以直谏废为庶人。一说,好吹竽,作凤鸣,游伊洛之间。道士浮丘生(公)接晋上嵩高山。三十余年后见桓良,谓曰:"可告我家,七月七日候我于缑氏山颠。"至期,果乘白鹤驻山头,可望不可到。事见《逸周书·太子晋解》、《列仙传》等书。

13 "朱公"二句:此下言自处之态度。汤注:"朱公者,托言陶也。意古别有朱公修炼之事,此特托言陶耳。晋运既终,故陶闲居以避世,明言其志也。"逯注:"越范蠡自称陶朱公,诗本此。练九齿,齿,年;九齿,长年;练九齿,练养生术。"

14 "峨峨"二句:意谓偃息于峨峨西岭之内,乃己心之所近者也。古《笺》:"西岭,殆指昆仑山,昆仑仙真之窟,正在西方也。"

15 "天容"二句:意谓天之容仪本自永固,即使彭祖亦不能相比也。天容,徐复曰:"陆贾《新语·本行》:'圣人乘天威,合天气，承天功，象天容，而不与为功，岂不难哉！'"天容'当谓自然之容。"彭殇，彭祖、殇子，此乃偏义复词，言彭祖也。《庄子·齐物论》："莫寿于殇子，而彭祖为夭。"陶注："即《楚辞》思远游之旨也。"古《笺》："'王子'以下故作游仙之词，以寄其无可如何之哀思。陶谓即《远游》之旨，是也。"

责　子

　　白发被两鬓，肌肤不复实[1]。虽有五男儿，总不好纸笔[2]。阿舒已二八，懒惰故无匹[3]。阿宣行志学[4]，而不爱文术[5]。雍端年十三，不识六与七。通子垂九龄[6]，但觅梨与栗。天运苟如此[7]，且进杯中物[8]。

　　责子，责备诸子。然语气似非对诸子所言，而是自叹命运。与《命子》、《与子俨等疏》不同。

　　杜甫《遣兴》曰："陶潜避俗翁，未必能达道。观其著诗集，颇亦恨枯槁。达生岂是足，默识盖不早。有子贤与愚，何其挂怀抱。"

　　黄庭坚《书渊明责子诗后》曰："观渊明之诗，想见其人岂弟慈祥，戏谑可观也。俗人便谓渊明诸子皆不肖，而渊明愁叹见于诗，可谓痴人前不得说梦也。"

　　此后或为杜辩，或为黄辩，仁者见仁，智者见智，莫衷一是。

　　霈案：渊明期望于诸子甚高，而诸子非倦怠于学，盖事实也。然渊明并不过分责备之。失望之中，见其谐谑；谐谑之余，又见其慈祥。一切顺乎自然，有所求而不强求，求而得之固然好，不得亦无不可。渊明处世盖如是而已。

1　"白发"二句：意谓已不年轻矣。被，覆盖。不复实，肌肤松弛，不再坚实。

2　总不好纸笔：意谓都不爱学习也。

3　懒惰故无匹：故，仍然。无匹，无比。

4　行志学：行将十五岁。《论语·为政》："吾十有五而志于学。"

5　而不爱文术：文，书籍。《汉书·孙实传》："前日君男欲学文。"颜师古注："文谓书也。"文术，泛指学问。

6　垂：将近。

7　天运：天命。《后汉书·公孙瓒传论》："舍诸天运。"注："天运犹天命也。"

8　杯中物：指酒。

有会而作 并序

　　旧谷既没，新谷未登[1]。颇为老农[2]，而值年灾。日月尚悠，为患未已。登岁之功[3]，既不可希。朝夕所资[4]，烟火裁通[5]。旬日已来，日念饥乏。岁云夕矣，慨然永怀。今我不述，后生何闻哉！

　　弱年逢家乏[6]，老至更长饥。菽麦实所羡[7]，孰敢慕甘肥[8]！惄如亚九饭[9]，当暑厌寒衣[10]。岁月将欲暮，如何辛苦悲。常善粥者心，深恨蒙袂非[11]。嗟来何足吝，徒没空自遗[12]。斯滥岂彼志？固穷夙所归[13]。馁也已矣夫，在昔余多师[14]。

　　"会"，灾厄也，即诗序所谓"而值年灾"。"有会而作"，有灾而作，年灾中作也。《后汉书·董卓传赞》："百六有会，《过》《剥》成灾。"可证。

　　又，"会"，领会。渊明于灾年长饥之后，对人生有不同于前之领悟："嗟来何足吝，徒没空自遗。"故曰"有会而作"，亦通。

　　"常善粥者心，深恨蒙袂非。嗟来何足吝，徒没空自遗。"

此四句沉痛之极！若非饥饿难耐，渊明不能为此语也；若非屡经饥饿，渊明不能为此语也。

然渊明终不肯食嗟来之食，故诗末曰："斯滥岂彼志？固穷夙所归。馁也已矣夫，在昔余多师。"檀道济赍以粱肉，渊明麾而去之，正是此语之应验，诚可敬哉！

1　"旧谷"二句：意谓青黄不接也。登，成熟。《孟子·滕文公上》："五谷不登。"朱熹注："登，成熟也。"

2　颇为老农：意谓久为老农矣。颇，甚。

3　登岁之功：指一年之收成。

4　资：取用，此指每天粮食之需用。《左传》僖公三十三年："吾子淹久于敝邑，唯是脯资、饩牵竭矣。"杜预注："资，粮也。"

5　烟火裁通：刚刚能不断炊。裁，才、仅。通，连接。

6　弱年逢家乏：意谓二十岁时家道中落。弱，据《礼记·曲礼上》："二十曰弱，冠。"渊明《怨诗楚调示庞主簿邓治中》："弱冠逢世阻。"渊明二十岁时桓温废晋帝为东海王，又降封东海王为海西县公，自此政局混乱，民不聊生。渊明家道亦于是年衰落，生活发生困难。

7　菽：豆类之总称。

8　甘肥：指美味也。

9　惄(nì)如亚九饭：极写缺食饥饿之状，尚不如子思之三旬九食也。愬,饥意也,见《说文》。又《诗·周南·汝坟》:"未见君子,愬如调饥。"毛传:"愬,饥意也。"如,语末助词,相当于"然"。亚,《尔雅·释言》:"亚,次也。"九饭,《说苑·立节》:"子思居于卫,缊袍无表,三旬而九食。"

10　当暑厌寒衣:丁《笺注》引闻人倓(《古诗笺》)曰:"当暑之服,至嫌夫寒衣之未改,则无衣又可知矣。"

11　"常善"二句:意谓嘉许施粥者之善心,而以不肯接受施舍为憾也。《礼记·檀弓下》:"齐大饥,黔敖为食于路,以待饿者而食之。有饿者蒙袂辑屦,贸贸然来。黔敖左奉食右执饮,曰:'嗟,来食!'扬其目而视之,曰:'予唯不食嗟来之食,以至于斯也。'从而谢焉,终不食而死。曾子闻之,曰:'微与!其嗟也,可去;其谢也,可食。'"郑氏曰:"蒙袂,不欲见人也。……嗟来食,虽闵而呼之,非敬辞。"恨,憾也。

12　"嗟来"二句:意谓乞食不足为耻,徒然饿死,而自弃于世方为可惜也。吝,羞耻。

13　"斯滥"二句:意谓蒙袂者固穷守节。《论语·卫灵公》:"君子固穷,小人穷斯滥矣。"滥,指不能坚持,无所不为。夙所归,平素所归依者。

14　"馁也"二句:意谓欲效法蒙袂者以及其他古代贫士,任凭饥饿而固穷守节。

蜡　日

　　风雪送余运，无妨时已和[1]。梅柳夹门植，一条有佳花。我唱尔言得，酒中适何多[2]！未能明多少，章山有奇歌[3]。

　　"蜡(zhà)日"，古代年终大祭万物。

　　《礼记·郊特牲》："天子大蜡八，伊耆氏始为蜡。蜡也者，索也，岁十二月，合聚万物而索飨之也。"郑玄注："所祭有八神也。"

　　《世说新语·德行》："(华)歆蜡日尝集子侄燕饮。"刘孝标注："晋博士张亮议曰：'蜡者，合聚百物索飨之，岁终休老息民也。'"

　　此诗写岁暮风物，兼及饮酒之乐。"梅柳夹门植，一条有佳花"二句尤佳。惟末二句费解，姑存疑可也。

1　"风雪"二句：意谓风雪送走旧年，而不能阻挡春之到来也。运，年岁之运行。
2　"我唱"二句：写饮酒咏诗之乐。得，晓悟。《礼记·乐记》："礼得其报则乐。"郑玄注："得谓晓其义，知其吉凶之归。"适，悦也。

3　章山：《山海经·中山经》："(鲜山) 又东三十里,曰章山,
其阳多金,其阴多美石。皋水出焉,东流注于澧水,其中多脆
石。"逯注曰："鄣山,即石门山。《水经注》二(霈案:三误为
二) 十九:'庐山之北,有石门水,(……) 其(水) 下入江。南
岭,即彭蠡泽西天子鄣也。' 庐山诸道人《游石门山诗序》:'石
门在精舍南十余里,一名鄣山。'"

四　时

此顾凯之《伸情诗》，《类文》有全篇。然顾诗首尾不类，独此警绝。

春水满四泽，夏云多奇峰。秋月扬明晖，冬岭秀孤松。

刘斯立云："当是凯之用此足成全篇，篇中唯此警绝，居然可知。或虽顾作，渊明摘出四句，可谓善择。"

《艺文类聚》卷三只存此四句，题作《神情诗》，且注明为"摘句"。此诗题下小注，未知何人所加，所谓"此顾凯之《伸情诗》"，亦只可聊备一说，未必可信。兹据各宋本，仍存此诗。至于是否渊明所作，姑存疑。

拟　古 九首

荣荣窗下兰，密密堂前柳[1]。初与君别时[2]，不谓行当久。出门万里客[3]，中道逢嘉友。未言心相醉，不在接杯酒[4]。兰枯柳亦衰，遂令此言负[5]。多谢诸少年，相知不中厚[6]。意气倾人命，离隔复何有[7]？

《拟古》九首，是模拟古诗之作。渊明之前以"古诗"为题者，今知有：见于《文选》之《古诗十九首》；见于《玉台新咏》之《古诗》八首（有重见于《古诗十九首》者）；见于《文选》、《古文苑》等书题作苏武、李陵诗，逯钦立汇为《李陵录别诗》二十一首；以及散见于各书之其他一些题作《古诗》之作，如"步出城东门"等。

《拟古》题目盖始于陆机，《文选》载其《拟古诗》十二首，其中十一首拟《古诗十九首》，一首拟"兰若生春阳"（《玉台新咏》卷一枚乘《杂诗》之六），均已标明。又，《文选》卷三一录有刘休玄《拟古》二首，亦是拟《古诗十九首》，且也已标明。

渊明之《拟古》九首虽未标出所拟者何，但参考上述情况，拟《古诗十九首》以及上述其他古诗或不以古诗为题之汉魏诗歌，可能性很大，细加对照不难明白。各诗之有线索可寻者,在"评析"中说明。

　　此诗慨叹友情之难久,其模仿《古诗十九首》其二甚明。兹录其全诗如下,以便对照:

　　　　青青河畔草,郁郁园中柳。盈盈楼上女,皎皎当窗牖。娥娥红粉妆,纤纤出素手。昔为倡家女,今为荡子妇。荡子行不归,空床难独守。

　　对照两诗,开头两句十分相似,韵脚亦相同,而且诗之取材与主旨亦同。所不同者,《古诗》中荡子妇之身份在渊明《拟古》中已变为友人之交情。此乃拟古而不泥于古,正是渊明高明之处。

　　渊明乃重友情之人,观其与友人酬答诗可知。一般少年丧失交友之道,渊明慨然系之。

　　又,曹植《离友诗》三首序曰:"乡人有夏侯威者,少有成人之风。余尚其为人,与之昵好。王师振旅,送余于魏邦。心有眷然,为之陨涕,乃作离友之诗。"其二曰:"感离隔兮会无期,伊郁悒兮情不怡。"渊明诗言及"少年"之"不中厚",或有感于曹植诗中之中厚少年耶?

1　"荣荣"二句:点明时令及居处环境,兼作比兴。
2　君:指行人。

3　出门万里客：王叔岷《笺证稿》引曹植《门有万里客行》：
"门有万里客。"

4　"未言"二句：意谓心相投合也。心相醉，丁《笺注》："倾
倒之至，如为酒所中也。"古《笺》："《庄子·应帝王篇》：'郑有
神巫曰季咸，（知人之生死存亡，祸福寿夭，期以岁月旬日，若
神。郑人见之，皆弃而走，）列子见之而心醉。'《汉书·司马
迁传》：'未尝衔杯酒，接殷勤之欢。'"

5　"兰枯"二句：兰枯柳衰比喻友情转薄，"此言"指"不谓行
当久"也。古《笺》："《楚辞（·抽思）》：'昔君与我成言兮，曰黄
昏以为期。羌中道而回畔兮，反既有此他志。'诗意盖本此。"

6　"多谢"二句：意谓告知诸少年，谓其不忠厚也。《古诗为焦
仲卿妻作》："多谢后世人，戒之慎勿忘。"中，通"忠"。丁《笺
注》曰："因诸少年之负言而谢绝之，谓其不忠厚也。"亦通。

7　"意气"二句：意谓交友之道，尚意气而轻性命，虽为之死亦
在所不惜；至于离隔又有何难乎？意气，情谊、恩义。何有，王
叔岷曰："《论语·里仁篇》：'能以礼让为国，于从政乎何有？'
（今本脱"于从政"三字，刘宝楠《正义》有说。）何晏注：'何有
者，言不难。'"

　　辞家夙严驾¹，当往志无终²。问君今何行？
非商复非戎³。闻有田子春，节义为士雄⁴。斯人

久已死⁵，乡里习其风。生有高世名⁶，既没传无穷。不学狂驰子，直在百年中⁷。

———

古《笺》引李审言曰："曹植《杂诗》'仆夫早严驾'，此首盖拟其体。"兹录其诗如下：

仆夫早严驾，吾行将远游。远游欲何之？吴国为我仇。将骋万里途，东路安足由！江介多悲风，淮泗驰急流。愿欲一轻济，惜哉无方舟。闲居非吾志，甘心赴国忧。

霈案：此诗模拟曹植《杂诗》痕迹可寻。开首所谓"辞家夙严驾，当往志无终"，乃就己之意愿而言，非真往无终也。曹植曰"吾行将远游"，亦是意愿。故此诗可视为言志之作。

渊明不甘心闲居，其"猛志"时有流露，此诗以田畴为"士雄"，最能见其志之所在。抑渊明亦欲为"士雄"耶？

———

1　辞家夙严驾：夙，早。严，装束，整饬。驾，车乘。

2　当往志无终：志，王叔岷《笺证稿》曰："至、志古通。《庄子·渔父篇》：'真者，精诚之至也。'《文选》嵇叔夜《幽愤诗》注引至作志。《荀子·儒效篇》：'行法至坚。'《韩诗外传》三引至作志。《文子·道德篇》：'至德道行，命也。'唐写本至作志（《淮南子·俶真篇》同）。皆其证。"无终，县名，汉属右北平，今河北蓟县，即"田子春"家乡。

3　非商复非戎：意谓非"四皓"、老子所往之地。"四皓"入商山避秦。商山，在陕西商县东南。详见《赠羊长史》注。戎，古代泛指西部少数民族。《史记·老子韩非列传》裴骃《集解》引《列仙传》："关令尹喜者，周大夫也。……与老子俱之流沙之西，服巨胜实，莫知其所终。"

4　"闻有"二句：意谓田子春以节义立身，乃士人之杰出者也。《三国志·魏书·田畴传》："田畴，字子泰，右北平无终人也。"古《笺》："《后汉书·刘虞传》注引《魏志》曰：'田畴，字子春。'是章怀所见《魏志》尚与靖节同也。"案《田畴传》载：畴好读书，善击剑。董卓迁帝于长安，幽州牧刘虞欲奉使展节，遂署田畴为从事。畴至长安致命，诏拜骑都尉，固辞不受。后还至乡里，入徐无山中，营深险平敞地而居，躬耕以养父母。百姓归之，数年间至五千余家。畴为约束，兴举学校。众皆便之，道不拾遗。北边翕然服其威信。袁绍数遭使招命，皆拒不受。后助曹操平定乌桓，封畴亭侯，邑五百户。畴自以始为居难，率众遁逃，志义不立，反以为利，非本意也，固让。曹操知其至心，许而不夺。（魏）文帝践祚，高畴德义，赐畴从孙续爵关内侯，以奉其嗣。节义，《三国志·魏书·田畴传》裴注引《先贤行状》载太祖表论畴功曰："畴文武有效，节义可嘉，诚应宠赏，以旌其美。"

5　斯人久已死：指田畴。斯人，此人。

6　高世名:高于当世之名。王叔岷《笺证稿》:"《战国策·秦策五》:'虽有高世之名,无咫尺之功者不赏。'"

7　"不学"二句:意谓狂驰奔走以求名者,即使得名亦只在一生之中,不能长久也。直,仅。

　　仲春遘时雨¹,始雷发东隅。众蛰各潜骇²,草木从横舒³。翩翩新来燕,双双入我庐。先巢故尚在⁴,相将还旧居⁵。自从分别来,门庭日荒芜。我心固匪石,君情定何如⁶?

　　邱嘉穗曰:"末四句亦作燕语方有味。"颇为有见。燕既重来,则其情之固可知矣,无须主人再问。燕既重来,见门庭荒芜,不知主人有无迁徙之意,遂反问主人"君情定何如",正在情理之中,且见天真趣味。写人与燕之感情交流,可见渊明物我情融之境。

1　仲春遘时雨:仲春,二月。遘,遇。时雨,按时降落之雨。渊明《五月旦作和戴主簿》:"神渊写时雨。"

2　众蛰(zhé)各潜骇:蛰,冬季潜伏之动物。潜骇,陆云《大将军宴会被命作诗》:"神风潜骇,有赫兹威。"

3　从(zòng)横:纵横。

4　故：今，见《尔雅·释诂》。

5　相将：相偕。

6　"我心"二句：此乃燕问渊明之语，意谓我心坚固而不可转
移，君情究竟何如？《诗·邶风·柏舟》："我心匪石，不可转也。
我心匪席，不可卷也。"定，究竟。《世说新语·言语》："卿云艾
艾，定是几艾？"

迢迢百尺楼[1]，分明望四荒[2]。暮作归云宅，
朝为飞鸟堂[3]。山河满目中，平原独茫茫[4]。古
时功名士，慷慨争此场。一旦百岁后，相与
还北邙[5]。松柏为人伐，高坟互低昂[6]。颓基
无遗主，游魂在何方[7]？荣华诚足贵，亦复可
怜伤！

此乃寄慨于人生之作，兼采《古诗十九首》其十三 "驱车
上东门，遥望郭北墓"，其十四 "古墓犁为田，松柏摧为薪"，感
叹死亡之不可免与荣华之不足恃也。

1　迢迢：远貌。

2　四荒：四方极远之地。《尔雅·释地》："觚竹、北户、西王
母、日下，谓之四荒。"注："觚竹在北，北户在南，西王母在西，

日下在东，皆四方昏荒之国。"

3 "暮作"二句：言所登之楼只有归云、飞鸟出入。

4 "山河"二句：意谓山河满目，而平原偏广大无边也。茫茫，《文选》阮籍《咏怀》："旷野莽茫茫。"李善注："毛苌曰：茫茫，广大貌。"

5 北邙：山名，在河南省洛阳市北。何孟春注引《洛阳志》："汉晋君臣坟多在此。"

6 互低昂：相互错落，有低有高。

7 "颓基"二句：意谓有坟基已颓者，而无后人修复，其游魂亦不知在何方矣。

　　东方有一士，被服常不完[1]。三旬九遇食，十年著一冠[2]。辛勤无此比，常有好容颜。我欲观其人，晨去越河关。青松夹路生，白云宿檐端。知我故来意[3]，取琴为我弹。上弦惊别鹤，下弦操孤鸾[4]。愿留就君住[5]，从今至岁寒[6]。

　　此诗抒发其理想人格也。被服不完，三旬九食，而有好容颜；居处有青松夹路，白云缭绕；所弹为《别鹤》、《孤鸾》，正见其安贫固穷，孤高不凡。全诗声吻格调绝似《古诗十九首》。

"惊别鹤"之"惊"字,绝佳。

1 "东方"二句:此东方之士乃设为理想中人,非固定指某人,亦非自指。被服,《古诗十九首》其十二:"被服罗裳衣,当户理清曲。"其十三:"不如饮美酒,被服纨与素。"

2 "三旬"二句:上句言子思,详见《有会而作》注。下句稍改易曾子事,与上句对仗。古《笺》引《庄子·让王》:"曾子居卫,……(三日不举火,)十年不制衣(,正冠而缨绝,捉衿而肘见,纳屦而踵决。曳縰而歌商颂,声满天地,若出金石。天子不得臣,诸侯不得友。故养志者忘形,养形者忘利,致道者忘心矣)。"

3 故:王叔岷《笺证稿》:"故犹所以也。《史记·项羽本纪》:'沛公曰:"所以遣将守关者,备他盗之出入与非常也。"'下文:'樊哙曰:"故遣将守关者,备他盗出入与非常也。"'上言'所以',下言'故',其义相同。"

4 "上弦"二句:意谓先弹奏《别鹤》,后弹奏《孤鸾》。上、下,表示时间、次序之前后。王引之《经义述闻·毛诗上》:"古者,上与前同义。"《古诗十九首》其十七:"上言长相思,下言久别离。"《乐府诗集·相和歌辞·饮马长城窟行》:"上言加餐饭,下言长相忆。"别鹤、孤鸾,琴曲名。古《笺》:"崔豹《古今注》曰:'《别鹤操》,商陵牧子所作也。娶妻五年而无子,父兄将为

之改娶。妻闻之,中夜(起,)依(倚)户而悲啸。牧子闻之,怆
然而悲,乃援琴而歌。(歌曰……)后人因为乐章焉。'《西京杂
记》:'庆安世(年十五,为成帝侍郎,)善鼓瑟(琴),能为双凤、
离鸾之曲。'"

5　就:趋就,归从。

6　岁寒:《论语·子罕》:"岁寒,然后知松柏之后凋也。"

　　苍苍谷中树,冬夏常如兹[1]。年年见霜雪,
谁谓不知时[2]? 厌闻世上语, 结友到临淄[3]。
稷下多谈士,指彼决吾疑[4]。装束既有日[5],
已与家人辞。行行停出门[6],还坐更自思。不
怨道里长,但畏人我欺。万一不合意,永为
世笑之。伊怀难具道[7],为君作此诗。

1　"苍苍"二句:此指松柏。古《笺》引《庄子·德充符》:"受
命于地,惟松柏独也(正,)在冬夏青青。"苍苍,犹青青也。谷
中树,左思《咏史》其二:"郁郁涧底松。"

2　"年年"二句:意谓松柏虽冬夏青青,然非不知时令之变化
也,霜雪之寒岂能无感乎? 谁谓,王叔岷《笺证稿》引《诗·召
南·行露》:"谁谓雀无角,何以穿我屋? 谁谓女无家,何以速
我狱?"

3 "厌闻"二句：意谓已厌倦世俗之论，而欲结友临淄，聆听稷下先生之谈也。临淄，战国时齐国都城。

4 "稷下"二句：意谓从稷下之谈士，望彼破解吾之疑惑。古《笺》："《史记·孟荀列传》：'自驺衍与齐之稷下先生，如淳于髡、慎到、环渊、接子、田骈、驺奭之徒，各著书言治乱（之事），以干世主，岂可胜道哉？'《文选》注引刘歆《七略》曰：'齐有稷城门也。齐谈说之士，期会于稷下者甚众。'《楚辞（·卜居）》：'余有所疑，愿因先生决之。'"谈士，王叔岷《笺证稿》引《史记·日者列传》："公见夫谈士辩人乎？"《文选》孔融《论盛孝章书》："今孝章实丈夫之雄也，天下谈士，依以扬声。"指，赴也，归也。《淮南子·原道训》："趋舍指凑。"注："指，所之也。"

5 装束：整理行装。

6 行行停出门：丁《笺注》："《后汉书·桓典传》：'行行且止，避骢马御史。'行行，踟躇道中也。停，中止也。"

7 伊：代词，表示近指，相当于"是"、"此"。《诗·秦风·蒹葭》："所谓伊人，在水一方。"郑笺："伊，当作繄。繄，犹是也。"

　　日暮天无云，春风扇微和[1]。佳人美清夜[2]，达曙酣且歌。歌竟长叹息，持此感人多[3]：皎皎云间月[4]，灼灼叶中华[5]。岂无一时好，不久当如何？

　　古诗中颇多人生无常、良景易逝之叹，此诗亦是如此。末二句"岂无一时好，不久当如何"已点明主题矣。

1　扇：风起、风吹。嵇康《赠兄秀才入军诗》："穆穆惠风，扇彼轻尘。"

2　美：喜，快乐。《荀子·致士》："美意延年。"杨倞注："美意，乐意也，无忧患则延年也。"

3　持此感人多：持，同"恃"，赖也。持此，指以下四句歌词。

4　皎皎：明亮貌。《古诗十九首》："迢迢牵牛星，皎皎河汉女。"

5　灼灼：鲜明貌。《诗·周南·桃夭》："桃之夭夭，灼灼其华。"

　　少时壮且厉[1]，抚剑独行游[2]。谁言行游近，张掖至幽州[3]。饥食首阳薇[4]，渴饮易水流[5]。不见相知人，惟见古时丘。路边两高坟，伯牙与庄周[6]。此士难再得，吾行欲何求？

　　此诗托言少时远游，而追慕两类古人。其一，伯夷、叔齐、荆轲，取其义。其二，伯牙与钟子期、庄周与惠施，以寓渴望知己。

　　渊明之追慕伯夷、叔齐，另见《饮酒》其二、《读史述》。其追慕荆轲，另见《咏荆轲》。其追慕钟子期，另见《怨诗楚调示庞主簿邓治中》。

　　汤汉注："伯牙之琴，庄子之言，惟钟、惠能听；今有能听之人而无可听之言，此渊明所以罢远游也。"

　　义士既不可见，知音亦不可得，渊明深感孤独耳。

1　厉：猛，刚烈。《荀子·王制》："威严猛厉，而不好假道人，则下畏恐而不亲。"杨倞注："厉，刚烈也。"

2　抚：持，见《广雅·释诂三》。

3　张掖至幽州：张掖，汉代郡名，在今甘肃省境内。幽州，古九州之一，在今河北北部及辽宁等地。

4　饥食首阳薇：表示对伯夷、叔齐之景慕。《史记·伯夷列传》："伯夷、叔齐，孤竹君之二子也。父欲立叔齐，及父卒，叔齐让伯夷。伯夷曰：'父命也。'遂逃去。叔齐亦不肯立而逃之。国人立其中子。于是伯夷、叔齐闻西伯昌善养老，盍往归焉。及至，西伯卒，武王载木主，号为文王，东伐纣。……武王已平殷乱，天下宗周，而伯夷、叔齐耻之，义不食周粟，隐于首阳山，采薇而食之。及饿且死，作歌。"首阳山，史传及诸书所记凡五处，各有案据。马融曰："在河东蒲坂华山之北，河曲之中。”

5　渴饮易水流：表示对荆轲之景慕。《史记·刺客列传》：“至易水之上，既祖，取道，高渐离击筑，荆轲和而歌，为变徵之声，士皆垂泪涕泣。又前而为歌曰：‘风萧萧兮易水寒，壮士一去兮不复还！’”

6　伯牙与庄周：表示希望有知音者。古《笺》：“《淮南·修务训》：‘是故钟子期死，而伯牙绝弦破琴，知世莫赏也；惠施死，而庄子寝说言，见世莫可为语者也。’高诱注：‘伯牙，楚人。庄子，名周，宋蒙县人。’《后汉书（·尹敏传）》：‘（尹敏）与班彪亲善，……自以为钟子期、伯牙，庄周、惠施之相得也。’”

　　种桑长江边，三年望当采。枝条始欲茂，忽值山河改。柯叶自摧折[1]，根株浮沧海[2]。春蚕既无食，寒衣欲谁待[3]。本不植高原，今日复何悔！

　　此诗曰“山河改”，又言及沧海桑田，似有寓意。究竟何所指，则众说纷纭。余以为此诗乃自述之辞：“忽值山河改”，环境变化也；“本不植高原”，择居不当也。既生不逢时，又不善处世，故难免困苦。

1 柯:树枝。

2 株:露出地面之树根。《说文》:"株,木根也。"徐锴《系传》:"入土曰根,在土上者曰株。"

3 谁:何也。

杂　诗　十二首

　　人生无根蒂，飘如陌上尘[1]。分散逐风转，此已非常身[2]。落地为兄弟，何必骨肉亲[3]！得欢当作乐[4]，斗酒聚比邻。盛年不重来，一日难再晨[5]。及时当勉励，岁月不待人[6]。

　　"杂诗"：《文选》卷二九杂诗上，卷三〇杂诗下，包括《古诗十九首》，以及题为《杂诗》（如王仲宣《杂诗》）或并不题为"杂诗"（如陆士衡《园葵诗》）者。李善注王仲宣《杂诗》曰："五言杂者，不拘流例，遇物即言，故云杂也。"《文选》按文体分为三十九大类，大类之下再按题材分为若干小类，"杂歌"、"杂诗"、"杂拟"在诗类之最后，盖其内容难以列入"补亡"、"述德"、"祖饯"、"游仙"等小类也。

　　渊明《杂诗》十二首内容颇杂，大概包括以下方面：人生无常，盛年难再（其一、其三、其六、其七）；岁月不待，有志未骋（其二、其五）；不求空名，愿不知老（其四）；拙于谋生，慨叹贫苦（其八）；掩泪东游，羁役思归（其九、其十、其十一）；其十二似有残缺，从所存六句看，似亦感叹人生无常者耶？

　　此诗言人生飘忽不定，短暂无常，既能相聚即为兄弟矣。

遇友好则当以酒为乐,而不负此时光耳。末四句,非仅为饮酒
而发,呼应开首四句,亦寓勉励之意于其中也。

1　"人生"二句:意谓人与植物不同,生而无根,飘流转徙如
陌上之尘耳。丁《笺注》:"根蒂,犹言根柢。蒂与柢为同音
假借字。"古《笺》:"《古诗》:'人生寄一世,奄忽若飙尘。'"王
叔岷《笺证稿》:"阮籍《咏怀》:'人生若尘露。'又云:'飘若风
尘逝。'"

2　"分散"二句:意谓人如尘土随风转徙,无恒久不变之身,今
日之我已非往日之我矣。

3　"落地"二句:意谓尘土飘转,一旦落地即成兄弟矣,何必
骨肉才相亲乎?丁《笺注》:"《论语(·颜渊)》:'四海之内皆兄
弟也。'"又曰:"言何必真同胞始谓之兄弟,凡人皆兄弟也。"
渊明《与子俨等疏》:"汝等虽不同生,当思四海之内皆兄弟
之义。"

4　得欢当作乐:意谓得遇友好当作乐也。欢,友好。

5　盛年:壮年。

6　"及时"二句:古《笺》:"《论语(·阳货)》:'日月逝矣,岁不
我与。'邢疏:'岁月已往,不复留待我也。'"

白日沦西河[1],素月出东岭。遥遥万里辉,

荡荡空中景[2]。风来入房户，夜中枕席冷。气
变悟时易[3]，不眠知夕永[4]。欲言无予和[5]，挥
杯劝孤影。日月掷人去，有志不获骋[6]。念此
怀悲凄，终晓不能静[7]。

———

　　此诗句句精彩绝伦。首四句，两两相对，绘出月光中一
片皎洁世界，且极具动感。"不眠知夕永"，非失眠者不能体会
"夕永"二字。"挥杯劝孤影"，写尽寂寞孤独之状，李白《月下
独酌》盖出于此。"日月掷人去，有志不获骋"，言时光流逝。
屈原《离骚》："日月忽其不淹兮，春与秋其代序。"曹植《箜篌
引》："惊风飘白日，光景驰西流。"此二句有异曲同工之妙。
"劝"字、"掷"字，极精当极工妙，却无一点斧凿痕。

———

1　沦：沉沦，落。
2　荡荡空中景：荡荡，广大。《左传》襄公二十九年："为之
歌《豳》，曰：'美哉，荡乎！'"孔颖达疏："荡荡，宽大之意。"景，
光亮。
3　气变悟时易：意谓由气候之变化而悟出季节之改易。
4　不眠知夕永：古《笺》："《古诗十九首》：'愁多知夜长。'"
5　欲言无予和：古《笺》："《庄子·徐无鬼篇》：'自夫子之死
(也，吾无以为质矣)，吾无与言之矣！'"

6　骋：施展、发挥。《荀子·天论》："因物而多之,孰与骋能而化之。"

7　终晓：直至天明。

　　荣华难久居,盛衰不可量[1]。昔为三春蕖[2],今作秋莲房[3]。严霜结野草[4],枯悴未遽央[5]。日月有环周,我去不再阳[6]。眷眷往昔时[7],忆此断人肠。

　　汤注："此篇亦感兴亡之意。"恐不然。此乃感叹人生无常,荣华难久,古诗中常见之主题也。

1　"荣华"二句：意谓荣华难以久持,盛衰不可预计。古《笺》："曹子建《(杂)诗》：'荣华难久恃。'《古诗十九首》：'盛衰各有时。'"居,守持、担当。量,估量。

2　蕖：芙蕖,即荷花。

3　莲房：莲蓬。

4　严霜结野草：古《笺》："《古诗十九首》：'白露霑野草。'《乐府·焦仲卿妻诗》：'严霜结庭兰。'"结,聚集。《文选》陆机《挽歌》："悲风徽行轨,倾云结流蔼。"李善注："结,犹积也。"

5　枯悴未遽央：意谓枯悴未遂尽,尚有更为枯悴之时也。汉乐府古辞清调曲《相逢行》:"调弦未遽央。"遽,遂,就。《吕氏春秋·察今》:"其父虽善游,其子岂遽善游哉?"

6　"日月"二句:意谓日月运转有循环往复,而我死则不再生矣。古《笺》:"张茂先《励志》诗:'四气鳞次,寒暑环周。'《庄子·齐物论篇》:'近死之心,莫使复阳也。'《释文》:'复阳,阳谓生也。'陆士衡《短歌行》:'华不再阳。'"

7　眷眷:顾恋貌。

　　丈夫志四海,我愿不知老[1]。亲戚共一处,子孙还相保[2]。觞弦肆朝日[3],樽中酒不燥[4]。缓带尽欢娱[5],起晚眠常早。孰若当世士,冰炭满怀抱[6]。百年归丘垄,用此空名道[7]?

　　以"丈夫"与"我"对举,"丈夫志四海",则"冰炭满怀抱",而所得不过"空名道"而已,我愿与"亲戚共一处",以安享天年耳。

1　"丈夫"二句:古《笺》:"曹子建《赠白马王彪》诗:'丈夫志四海。'《论语(·述而)》:'发愤忘食,乐以忘忧,不知老之将至云尔。'"

2　保:安也。《孟子·梁惠王上》:"保民而王,莫之能御也。"

赵岐注:"保,安也。"

3　觞弦肆朝日:意谓每日设列弦歌宴席。肆,陈列。逯注:"朝日当作朝夕。"

4　樽中酒不燥:陶注:"燥,干也。与孔文举'樽中酒不空'意同。"案:《后汉书·孔融传》:"及退闲职,宾客日盈其门,常叹曰:'坐上客常满,尊中酒不空,吾无忧矣。'"

5　缓带:放宽衣带。古《笺》:"曹子建《箜篌引》:'缓带倾庶羞。'"王叔岷《笺证稿》:"《穀梁》文十八年传:'一人有子,三人缓带。'杨士勋疏:'缓带者,优游之称也。'"

6　"孰若"二句:意谓何能如当世之士,义利交战于胸中,而不得安宁耶?古《笺》:"《淮南·齐俗训》:'贪禄者见利不顾身,而好名者非义不苟得。此相为论,譬犹冰炭钩绳也,何时而合?'"丁《笺注》:"彼此不能相合者,恒以冰炭为喻。"

7　"百年"二句:意谓人死之后归于坟墓,安用此空名以称道哉?何注:"谢灵运《吊庐陵王》诗:'一随往化灭,安用空名扬?'"丘垄,冢,坟墓。道,黄文焕《陶诗析义》曰:"丘垄中复能用否乎?复能道否乎?"王叔岷《笺证稿》曰:"古氏据《古诗》训道为宝,非也。丁氏训道为引,义亦难通。道犹称也,《论语·卫灵公篇》:'君子疾没世而名不称焉。'陶公反其意,谓百年归丘垄,安用此空名称哉?何注引谢诗'安用空名扬',扬亦称也,最得其旨。"

忆我少壮时，无乐自欣豫[1]。猛志逸四海[2]，骞翮思远翥[3]。荏苒岁月颓，此心稍已去[4]。值欢无复娱，每每多忧虑。气力渐衰损，转觉日不如[5]。壑舟无须臾，引我不得住[6]。前涂当几许[7]？未知止泊处。古人惜寸阴[8]，念此使人惧。

—— 自叹年老无成，而仍欲有为也，故诗末曰"念此使人惧"。倘完全心灰意冷，则无须惧矣。

——

1　无乐自欣豫：意谓虽无乐事亦自保持愉悦之心情也。

2　猛志逸四海：意谓壮志超越四海之外，极其远大也。猛志，壮志。逸，超绝。

3　骞（qiān）翮（hé）思远翥（zhù）：意谓愿振翅远翔也。骞，飞貌。翥，飞举也。

4　"荏苒"二句：意谓岁月渐渐流逝，壮心亦渐渐消去。荏苒，《文选》潘岳《悼亡诗》其一："荏苒冬春谢。"李善注："荏苒，犹渐也。"颓，下坠。《楚辞·九章·悲回风》："岁忽忽其若颓兮，时亦冉冉而将至。"洪兴祖《补注》："颓，下坠也。"

5　"气力"二句：意谓气力渐渐衰损，一日不及一日矣。转，刘淇《助字辨略》："浸也。"如，及也。

6　"壑舟"二句:意谓时光片刻不停,己身亦随之不断变化而渐衰老。丁《笺注》引《庄子·大宗师》:"夫藏舟于壑,藏山于泽,谓之固矣。然而夜半有力者负之而走,昧者不知也。"郭象注:"言死生变化之不可逃。"

7　当:尚。《史记·魏公子列传》:"使秦破大梁而夷先王之宗庙,公子当何面目立天下乎?"

8　古人惜寸阴:古《笺》:"《淮南子(·原道训)》:'圣人不贵尺之璧,而重寸之阴。时难得而易失也。'《晋书·陶侃传》:'大禹圣者,乃惜寸阴;至于众人,当惜分阴。'"

　　昔闻长者言,掩耳每不喜[1]。奈何五十年,忽已亲此事[2]。求我盛年欢,一毫无复意[3]。去去转欲远,此生岂再值[4]? 倾家时作乐,竟此岁月驶[5]。有子不留金,何用身后置[6]。

　　渊明有《咏二疏》,专咏疏广、疏受叔侄,《集圣贤群辅录》亦载其事。二疏功成身退,颐养天年,正是渊明所钦羡者。此诗自叹盛年已逝,欲肆意以乐余年也。

1　"昔闻"二句:意谓往昔每不喜闻长者言衰老及亲朋凋零等事。古《笺》:"陆士衡《叹逝赋序》:'昔每闻长老追计平生,同时亲故，或凋落已尽，或仅有存者。余年方四十，而懿亲戚属，亡多存寡；昵交密友，亦不半在。……以是思哀，哀可知矣。'诗意本此。"

2　"奈何"二句：意谓奈何五十年后，自己忽已亲历此事耶！

3　"求我"二句：意谓反求盛年之欢已不复向往矣。意，意向，心之所向也。

4　"去去"二句：意谓日月掷人而去，去去反而愈远，此生岂能再逢盛年乎？值，逢，遇。

5　"倾家"二句：意谓竭尽家财及时行乐，以终此速去之余年也。《汉书·疏广传》载：宣帝时疏广为太子太傅，以老告退，上许之，多加赏赐。"既归乡里，日令家共具设酒食，请族人故旧宾客，与相娱乐。数问其家金余尚有几所，趣卖以共具。"

6　"有子"二句：意谓如疏广者，有子不留金与之，何须为身后置办产业耶？《汉书·疏广传》载："广子孙窃谓其昆弟老人广所爱信者曰：'子孙几及君时颇立产业基址，今日饮食费且尽。宜从丈人所，劝说君买田宅。'老人即以闲暇时为广言此计。广曰：'吾岂老悖不念子孙哉？顾自有旧田庐，令子孙勤力其中，足以共衣食，与凡人齐。今复增益之以为赢余，但教子孙怠惰耳。贤而多财，则损其志；愚而多财，则益其过。且夫富者，众人之怨也；吾既亡以教化子孙，不欲益其过而生怨。又此金者，圣主所以惠养老臣也，故乐与乡党宗族共飨其赐，以尽吾余日,不亦可乎!’”

　　日月不肯迟,四时相催迫[1]。寒风拂枯条[2],落叶掩长陌。弱质与运颓[3],玄鬓早已白。素标插人头,前涂渐就窄[4]。家为逆旅舍,我如当去客[5]。去去欲何之,南山有旧宅[6]。

　　感叹岁月易逝来日无多,惟顺化以归旧宅而已。

1　四时相催迫:古《笺》:“陆士衡《日重光行》:‘(譬如)四时,固恒相催。’”
2　寒风拂枯条:曹摅《思友人》诗:“严霜凋翠草,寒风振纤枯。”条,树枝。
3　弱质与运颓:意谓柔弱之体质随时运而衰颓也。
4　“素标”二句:意谓白发若标志然,以示来日无多矣。
5　“家为”二句:古《笺》:“《列子·仲尼篇》:‘处吾之家,如逆旅之舍。’《古诗》:‘人生天地间,忽如远行客。’”逆,迎也。王叔岷《笺证稿》:“为、如互文,为犹如也。”又曰:“当犹将也。”
6　南山有旧宅:丁《笺注》:“宅,茔兆也。陶公《自祭文》曰:‘陶子将辞逆旅之馆,永归于本宅。’”

代耕本非望[1]，所业在田桑[2]。躬亲未曾替[3]，寒馁常糟糠。岂期过满腹[4]，但愿饱粳粮[5]。御冬足大布[6]，麤絺以应阳[7]。政尔不能得[8]，哀哉亦可伤！人皆尽获宜，拙生失其方[9]。理也可奈何，且为陶一觞[10]。

————

躬耕不替而不得温饱，此乃理乎？答曰："理也。"然则此"理"不亦有失其为理者欤？怨中有坦然之情，坦然中复有怨语。

————

1　代耕：古《笺》："《孟子（·万章下）》：'禄足以代其耕。'"王叔岷《笺证稿》："《礼记·王制》亦云：'夫禄足以代其耕也。'"

2　所业在田桑：业，从事于某事。田，耕种田地。

3　躬亲未曾替：意谓未曾放弃亲身耕作也。躬，亲身。《仪礼·士昏礼》："宗子无父，母命之。亲皆没，己躬命之。"郑玄注："躬，犹亲也。"替，废弃。《书·大诰》："已，予惟小子，不敢替上帝命。"孙星衍疏："《释言》云：'替，废也。'"

4　岂期过满腹：意谓只希望果腹而已，并无更高之奢望。

5　粳（jīng）：稻之一种，不黏者。通"秔"。稻之黏者曰"秫"。《宋书·陶潜传》："公田悉令吏种秫稻，妻子固请种秔，乃使二顷五十亩种秫，五十亩种秔。"

6　御冬足大布：意谓御冬寒只需大布已足矣。大布，何注：
"大犹粗也。"陶澍注："《左传》（闵公二年）：'卫文公大布之
衣。'"

7　麤绤（cū chī）以应阳：意谓春夏只需粗葛布已足矣。麤，
通"粗"。绤，本为细葛布，兹冠以粗字，则系粗葛布。《文选》
张衡《西京赋》："夫人在阳时则舒，在阴时则惨，此牵乎天者
也。"李善注引薛综曰："阳谓春夏。"

8　政尔不能得：意谓仅此亦不可得。政，通"正"。徐震堮
《世说新语校笺》附《世说新语语词简释》："止也，仅也，乃晋
宋人常语，亦作'政'。"《宋书·庾炳之传》："主人问：'有好牛
不？'云：'无。'问：'有好马不？'又云：'无，政有佳驴耳。'"尔，
如此。

9　"人皆"二句：意谓别人皆有适当之方法以谋生，而自己谋
生无方也。宜，适当。拙，自谓。生，生计。方，方计、方法。

10　"理也"二句：意谓有道者贫，乃常理也，无可奈何，姑且饮
酒自乐而已。

　　遥遥从羁役[1]，一心处两端[2]。掩泪泛东逝，
顺流追时迁[3]。日没星与昴，势翳西山巅[4]。萧
条隔天涯，惘怅念常飡[5]。慷慨思南归，路遐无
由缘[6]。关梁难亏替，绝音寄斯篇[7]。

———　　此诗言行役之苦,思乡之切。"一心处两端",最见渊明之矛盾心情。

———　1　遥遥从羁役:意谓远离家乡出任外地之小官。从,为。羁,羁旅。役,《文选》谢灵运《邻里相送方山》:"祗役出皇邑,相期憩瓯越。"李善注:"役,所莅之职也。"

　2　一心处两端:意谓心情犹豫不定,既想从役又想归家。

　3　"掩泪"二句:意谓在东去途中甚感悲伤,暂且顺流而下随时光之变迁而已。参照渊明《始作镇军参军经曲阿》"聊且凭化迁",似有顺遂时势变迁之意。

　4　"日没"二句:意谓太阳没落,星宿与昴宿显现,然其势隐翳不明也。星,二十八宿之一,南方朱鸟七宿之第四宿。昴,二十八宿之一,西方白虎七宿之第四宿。《书·尧典》:"日短、星昴,以正仲冬。"《书》言"日短",仲冬也。此言"日没",不涉及季节,乃日暮时分也。

　5　"萧条"二句:意谓远在天涯萧条索寞,惆怅中思念平静闲居之生活。常飡,同常餐,平时所食,指平居生活。

　6　路遐无由缘:遐,远。由缘,缘由,事之由来也。

　7　"关梁"二句:意谓行役既难废,音问又断绝,惟寄情于此诗而已。关,关隘。梁,桥。丁《笺注》:"亏,少也。替,废也。言少废关梁而不能也,即难废行役之意。音问既绝,故寄托于斯篇。"

　　闲居执荡志，时驶不可稽[1]。驱役无停息，轩裳逝东崖[2]。泛舟拟董司[3]，悲风激我怀。岁月有常御，我来淹已弥[4]。慷慨忆绸缪，此情久已离[5]。荏苒经十载，暂为人所羁[6]。庭宇翳余木，倏忽日月亏[7]。

———

　　此诗亦写行役之愁。亲朋疏远，田园荒芜，不胜感慨之至。闲居既感岁月不待（如开首二句所言），出仕又悲为人所羁，然则不知如何是好，诚所谓"一心处两端"也。

———

1　"闲居"二句：追述闲居之时守持逸志，时光疾驶而不可留也。执，王叔岷《笺证稿》曰："执，犹持也。《孟子·公孙丑篇》：'持其志。'"荡志，逸志。稽，留。

2　"驱役"二句：言此时正行役在外，乘车东往，不得停息。陶澍注："何注：'《书（·伪舜典）》："车服以庸。"'车曰轩。服，上衣下裳。"崖，水边高岸，此指长江边。

3　泛舟拟董司：意谓泛舟向刘裕也。拟，玄应《一切经音义》卷一六："拟，向也。"原用于以武器指向某人，后向往某人某地亦可曰拟。萧纲《奉和登北固楼诗》："皇情爱历览，游陟拟崆峒。"逯钦立注："拟当是诣之讹字。诣，去见尊长。"稍嫌迂曲。又注曰："董司，都督军事者。《晋书·谢玄传》：'复令臣荷戈前驱,董司戎首。'据《晋书·安帝纪》,元兴三年,刘裕伐桓玄,为使持节、都督扬徐兖豫青冀幽并八州诸军事,董司当指刘裕。"《后汉书·百官志》注:"未尝不藉蕃兵之权,挟董司之力,逼迫伺隙,陵夺冲幼。"

4 "岁月"二句:意谓岁月有常,运行有时,往者不可谏也,而我之东来滞留已久矣。御,时。淹,滞留。弥,久。

5 "慷慨"二句:意谓回忆往日与亲朋绸缪之情,久已不复有矣,为此不禁慷慨也。绸缪,丁《笺注》曰:"古诗皆以绸缪为昏姻之称。"又曰:"此意乃因行役而偶及悼亡也。"王叔岷《笺证稿》曰:"古人于朋友之情,亦可言绸缪。《文选》李少卿《与苏武》三首之二:'与子结绸缪。'李善注:'《毛诗》曰:"绸缪束薪。"毛苌曰:"绸缪,缠绵之貌也。"'"

6 "荏苒"二句:渊明自晋安帝隆安二年(398)入桓玄幕,至安帝义熙元年(405)写此诗,前后凡八载,举其成数为"十载"。荏苒,时间渐渐过去。暂,偶或。张相《诗词曲语词汇释》:"暂,犹偶也,适也。"十载不可谓短暂,但其间断续出仕,故言偶或为人所羁也。羁,拘系,束缚。

7 "庭宇"二句:意谓田园荒芜,岁月空逝。庭宇,庭院居处。翳余木,庭宇为余木所遮蔽。余,饶也。亏,损耗。

我行未云远,回顾惨风凉[1]。春燕应节起,

高飞拂尘梁[2]。边雁悲无所，代谢归北乡[3]。离
鸥鸣清池，涉暑经秋霜[4]。愁人难为辞，遥遥
春夜长[5]。

———　以春景衬托忧愁，一种徘徊不定难以言说之感情蕴涵其
中。诗写春景，可证是元兴三年春，渊明东下任镇军参军时
所作。

———　1　"我行"二句：意谓我行尚未久，而已春暖，前此则惨风悲
凉也。

2　"春燕"二句：意谓燕顺应春之到来，自尘梁高飞而起。应
节，顺应时令。

3　"边雁"二句：意谓春已到来，塞上之大雁亦北归矣。代谢，
亦有顺应时节变化之意。

4　"离鸥"二句：上句实写春景，下句所谓"暑"、"秋"皆回顾
也。意谓涉暑经霜之鸥鸟如今鸣于清池。古《笺》："嵇叔夜
《琴赋》：'嘤若离鸥鸣清池。'"

5　"愁人"二句：春燕、边雁、离鸥，皆有所归宿，而愁人有难言
之隐，春夜无眠也。

　　袅袅松摽崖[1]，婉娈柔童子[2]。年始三五间，

乔柯何可倚[3]。养色含津气，粲然有心理[4]。

邱嘉穗《东山草堂陶诗笺》曰："比也，通篇俱指嫩松说，而正意自可想见。'童子'句亦喻嫩松也，意公以老松自居，望后生辈如嫩松之养柯植节也。"

王瑶注曰："这是一首咏松的诗，童子也借以喻松；松树幼时虽为弱枝，但如得善养，必可成为高干大材。"

霈案：邱、王之说为是。此诗虽在《杂诗》之末，却与其九、其十、其十一不同，非行役诗也。

1 袅袅松摽崖：袅袅(niǎo)，长弱貌，见《广韵》。摽(biāo)，高举貌。《管子·侈靡》："摽然若秋云之远，动人心之悲。"尹知章注："摽然，高举貌。"

2 婉娈：古《笺》："《齐风(·甫田)》：'婉兮娈兮。'毛传：'婉娈，少好貌。'郑笺：'婉娈之童子，少自修饰。'"

3 "年始"二句：王叔岷《笺证稿》："盖谓弱松之年始在三年五年之间，何可待其乔柯已成而倚之乎？"

4 "养色"二句：意谓松树养其气色，内涵津气，其心理粲然可见也。王叔岷《笺证稿》曰："《素问·调经篇》：'人有精气、津液。'《荀子·非相篇》：'欲观圣王之迹，则于其粲然者矣。'杨倞注：'粲然，明白之貌。'"

咏贫士 七首

　　万族各有托，孤云独无依[1]。暧暧空中灭，何时见余晖[2]？朝霞开宿雾，众鸟相与飞[3]。迟迟出林翮，未夕复来归[4]。量力守故辙[5]，岂不寒与饥？知音苟不存，已矣何所悲[6]！

　　渊明诗文多次言贫，此七首则专咏贫士。《书·洪范》所谓"六极"，其四曰"贫"，孔传："困于财。"渊明所咏贫士虽困于财，而志不挠，气不屈，安于贫，乐于道，故引以为知己也。

　　其一、其二总写自己之无依与饥寒，及依赖古贤以慰怀之意。后五首分咏几位贫士及其知音。

　　七诗之主旨乃在欲求知音而苦无知音耳。据钟嵘《诗品序》："陈思赠弟……陶公咏贫之制……斯皆五言之警策者也。"此七首当为组诗。

　　温汝能纂集《陶诗汇评》："以孤云自比，身分绝高。惟其为孤云，随时散见，所以不事依托，此渊明之真色相也。下以鸟言，不过因众鸟飞翻，而自言其倦飞知还之意尔。"

　　1　"万族"二句：《文选》李善注："孤云，喻贫士也。陆机《鳖

赋》曰:‘总美恶而兼融,播万族乎一区。’《楚辞》曰:‘怜浮云
之相佯。’王逸注曰:‘相佯,无所据依之貌也。’”霈案:浮云,
非仅喻贫士,更是自喻也。

2 “暖暖”二句:意谓孤云黯然自灭,不留痕迹。《文选》李善
注引《楚辞·离骚》:“时暖暖其将罢兮,结幽兰而延伫。”王逸
注:“暖暖,昏昧貌。”又引陆机《拟古》诗曰:“照之有余晖。”

3 “朝霞”二句:言早晨众鸟结伴高飞。宿雾,夜雾。《文选》
李善注:“喻众人也。”刘履《选诗补注》:“且所谓朝霞开雾,喻
朝廷之更新;众鸟群飞,比诸臣之趋附。而迟迟出林,未夕来
归者,则又自况其审时出处与众异趣也。”霈案:以“宿雾”比
晋朝,以“朝霞”比宋朝,未免牵强。渊明《丙辰岁八月中于下
潠田舍获》“林鸟喜晨开”亦非有寓意也。众鸟朝飞,衬托下
句迟迟出林之鸟,以喻自己与众不同,不甘于出仕,非必专指
仕宋也。

4 “迟迟”二句:言独有一鸟出林既迟,来归又早。《文选》李
善注:“亦喻贫士。”霈案:实亦自喻也。

5 量力守故辙:意谓量力而行,返归故路。亦即《归园田居》
其一“守拙归园田”之意。

6 “知音”二句:《文选》李善注:“《古诗》曰:‘不惜歌者苦,但
伤知音稀。’《楚辞》曰:‘已矣,国无人兮莫我知!’”

凄厉岁云暮[1]，拥褐曝前轩[2]。南圃无遗秀[3]，枯条盈北园。倾壶绝余沥，窥灶不见烟[4]。诗书塞座外，日昃不遑研[5]。闲居非陈厄，窃有愠见言[6]。何以慰吾怀？赖古多此贤[7]。

贫穷之状，非亲历写不出。渊明心中有不平，亦有疑问，所谓"贫富常交战"，如此才真实。能以古贤释怀，已为不易矣。

1　凄厉岁云暮：凄厉，王叔岷《笺证稿》曰："《汉书·外戚·孝武李夫人传》：'秋气潜以凄泪兮。'颜师古注：'凄泪，寒凉之意也。泪，音戾。'"岁云暮，古《笺》："《小雅（·小明）》：'岁聿云暮。'《古诗》：'凛凛岁云暮。'"

2　拥褐（hè）曝（pù）前轩：言寒冷之状。拥，抱。渊明《自祭文》："败絮自拥。"褐，兽毛或粗麻制成之短衣，贫人所服。曝，晒太阳。渊明《自祭文》："冬曝其日，夏濯其泉。"前轩，前廊。

3　秀：草木之花。汉武帝《秋风辞》："兰有秀兮菊有芳，怀佳人兮不能忘。"

4　"倾壶"二句：意谓无酒无食。沥，滤过之清酒。

5　"诗书"二句：意谓多有诗书，而无暇研究也。昃，《说文》："日在西方时，侧也。"遑，暇也。

6　"闲居"二句：意谓自己之闲居，情形不同于孔子在陈之厄，但私自亦有子路愠见之言也。君子当如是之穷乎？故下言有赖古贤慰怀也。《论语·卫灵公》："在陈绝粮，从者病，莫能兴。子路愠见曰：'君子亦有穷乎？'子曰：'君子固穷，小人穷斯滥矣。'"窃，私自。

7　"何以"二句：意谓有赖古代众多贤士（即所咏贫士）安慰吾心也。

    荣叟老带索，欣然方弹琴[1]。原生纳决屦，清歌畅商音[2]。重华去我久，贫士世相寻[3]。弊襟不掩肘，藜羹常乏斟[4]。岂忘袭轻裘？苟得非所钦[5]。赐也徒能辩，乃不见吾心[6]。

邱嘉穗《东山草堂陶诗笺》曰："'赐也徒能辩'，亦指当时劝之仕者。"王叔岷《笺证稿》曰："慨贫居不见谅于妻室也。"

1　"荣叟"二句：《列子·天瑞》："孔子游于太山，见荣启期行乎郕之野，鹿裘带索，鼓琴而歌。孔子问曰：'先生所以乐，何也？'对曰：'吾乐甚多：天生万物，唯人为贵。而吾得为人，是一乐也。男女之别，男尊女卑，故以男为贵。吾既得为男矣，是二乐也。人生有不见日月、不免襁褓者，吾既已行年九十矣,是三乐也。贫者士之常也,死者人之终也。处常得终,当何忧哉?'孔子曰:'善乎! 能自宽者也。'"方,且。

2 "原生"二句:《韩诗外传》载:原宪居鲁,子贡往见之。原宪应门,振襟则肘见,纳履则踵决。子贡曰:"嘻! 先生何病也?"宪曰:"宪贫也,非病也。……仁义之匿,车马之饰,……宪不忍为之也。"子贡惭,不辞而去。宪乃徐步曳杖,歌《商颂》而返。声沦于天地,如出金石。纳,着,穿。

3 "重华"二句:意谓虞舜之后,贫士世代不断。古《笺》:"《庄子·秋水篇》:'当尧舜而天下无穷人(,非知得也)。'"重华,舜之号。寻,继续,连续。

4 "弊襟"二句:意谓衣食困乏。古《笺》:"《庄子·让王篇》:'孔子穷于陈、蔡之间,七日不火食,藜羹不糁。'《吕氏春秋(·任数)》:'糁作斟。'"丁《笺注》:"斟与糁为同音假借字。"霈案:藜,藜科,嫩叶可食。《颜氏家训·勉学》:"藜羹缊褐,我自欲之。"糁,以米和羹。《说文》:"糂,以米和羹也。糁,古文糂从参。"常乏斟,犹"常乏糁",野菜羹中乏米也。

5 "岂忘"二句:意谓并非不愿富贵,但随便得来则非所望也。古《笺》:"《说苑·立节篇》:'子思居(于)卫,缊袍无表。……田子方(闻之,)使人遗之狐白之裘,……子思(辞而)不受,……(子思)曰:"……妄与不如遗弃物于沟壑。伋虽贫也,不忍以身为沟壑,是以不敢当也。"'"

6　"赐也"二句：古《笺》："《史记·仲尼弟子列传》曰：'子贡利口巧辞，孔子常黜其辨。'""辩"、"辨"，古字通用。乃，而。

　　安贫守贱者，自古有黔娄[1]。好爵吾不荣[2]，厚馈吾不酬[3]。一旦寿命尽，弊服仍不周[4]。岂不知其极？非道故无忧[5]。从来将千载，未复见斯俦[6]。朝与仁义生，夕死复何求[7]？

──　　渊明《五柳先生传》："赞曰：'黔娄之妻有言："不戚戚于贫贱，不汲汲于富贵。"极其言，兹若人之俦乎？'"盖渊明于黔娄景仰尤甚，故此诗专咏之。

──　1　黔娄：《列女传·贤明传·鲁黔娄妻传》："（黔娄）先生死，曾子与门人往吊之。其妻出户，曾子吊之。上堂，见先生之尸在牖下，枕墼席藁，缊袍不表。覆以布被，手足不尽敛。覆头则足见，覆足则头见。……其妻曰：'昔先生君尝欲授之政，以为国相，辞而不为，是有余贵也。君尝赐之粟三十钟，先生辞而不受，是有余富也。彼先生者，甘天下之淡味，安天下之卑位。不戚戚于贫贱，不忻忻于富贵。求仁而得仁，求义而得义。'"

　2　好爵吾不荣：犹言不以好爵为荣也。渊明《感士不遇赋》：

"既轩冕之非荣。"

3　厚馈吾不酬：馈，赠。酬，丁《笺注》："答也。赐而不受，是不见答也。"

4　不周：不完备。渊明《拟古》其五："东方有一士，被服常不完。"

5　"岂不"二句：意谓非不知贫困已极，然贫无关乎道，故无须忧也。王叔岷《笺证稿》："《庄子·大宗师篇》又云：'(子桑)曰："吾思夫使我至此极者，而弗得也。"'成玄英疏以极为穷极，与此极字同义。"《论语·卫灵公》："君子忧道不忧贫。"

6　"从来"二句：意谓自黔娄以来将近千年矣，而未复见黔娄之辈也。

7　"朝与"二句：古《笺》："《论语(·里仁)》：'朝闻道，夕死可矣。'"

　　袁安困积雪，邈然不可干[1]。阮公见钱入[2]，即日弃其官。刍藁有常温，采莒足朝餐[3]。岂不实辛苦？所惧非饥寒。贫富常交战，道胜无戚颜[4]。至德冠邦闾，清节映西关[5]。

　　此诗写袁安与阮公二人，亦以自况。"贫富常交战，道胜无戚颜。"贫士之内心并非毫无矛盾，道胜则有好容颜也。

1　"袁安"二句：《后汉书·袁安传》：安，字邵公，东汉汝南汝阳人。注引魏周斐（亦作裴）《汝南先贤传》："时大雪积地丈余，洛阳令身出案行，见人家皆除雪出，有乞食者。至袁安门，无有行路，谓安已死。令人除雪入户，见安僵卧。问：'何以不出？'答曰：'大雪，人皆饿，不宜干人。'令以为贤，举为孝廉也。"传载袁安不干人，此言袁安不可干，人虽贫而志不短也，意稍不同。干，冒犯。《说文》："干，犯也。"藐然，高远貌。

2　阮公：事迹不详。

3　"刍藁"二句：意谓藉草以眠、采野禾以食，于愿已足。陶澍注引何焯曰："苴，疑作租。《后汉·献纪》：'（群僚饥乏，）尚书郎以下自出采租。'注云：'租，音吕，与稆同。'"古《笺》："《史记·秦始皇本纪》：'下调郡县，转输（菽粟）刍藁。'案'刍藁'本供马食，而贫者藉之以眠。故曰'有常温'也。"案："租"，同"稆（lǚ）"，禾自生。《后汉书·孝献帝纪》："群僚饥乏，尚书郎以下自出采稆。"李贤注："《埤苍》：'稆，自生也。'租与稆同。"《晋书·索靖传》："百官饥乏，采稆自存。"

4　"贫富"二句：意谓安贫与求富，两者常交于心，道胜则无愁容矣。王叔岷《笺证稿》曰："《淮南子·精神篇》：'子夏见曾子，一臞、一肥。曾子问其故。曰："出见富贵之乐而欲之，入见先生之道又说之。两者心战，故臞。先生之道胜，故肥。"'此诗言'道胜'，盖直本于《淮南子》。"王说为是。

5　"至德"二句：意谓至德冠于邦间，清节辉映西关。上句或谓袁安，下句或谓阮公。至德，至高之品德。间，泛指乡里。清节，清高之节操。西关，或系阮公之所居。

仲蔚爱穷居，绕宅生蒿蓬[1]。翳然绝交游[2]，赋诗颇能工。举世无知者，止有一刘龚[3]。此士胡独然？寔由罕所同[4]。介焉安其业，所乐非穷通[5]。人事固以拙，聊得长相从[6]。

———　张仲蔚，遗世者也。所乐不在穷通与否，而自乐其所乐。渊明尝谓自己"性刚才拙，与物多忤"，每与世相违，故引仲蔚为同调也。

———

1　"仲蔚"二句：丁《笺注》引皇甫谧《高士传》："张仲蔚者，平陵人也。与同郡魏景卿俱修道德，隐身不仕。明天官博物，善属文，好诗赋。常居穷素，所处蓬蒿没人。闭门养性，不治荣名。时人莫识，唯刘龚知之。"穷，荒僻。

2　翳然：隐蔽貌。

3　刘龚：丁《笺注》引《后汉书·苏竟传》："龚，字孟公，长安人。善论议，扶风马援、班彪并器重之。"章怀注引《三辅决录(注)》曰："唯有孟公，论可观者。班叔皮与京兆丞郭季通书曰：

'刘孟公藏器于身,用心笃固,实瑚琏之器,宗庙之宝也。'"

4　"此士"二句:意谓张仲蔚何独如此之穷居绝游耶? 实因世人少有同调也。

5　"介焉"二句:意谓坚守其本业,而不以穷通为意。汤注:"《庄子(·让王)》:'古之得道者,穷亦乐,通亦乐。所乐非穷通也。'"介焉,犹介然,坚固貌。丁《笺注》引《荀子·修身》:"善在身,介然必以自好也。"业,《国语·周语上》:"庶人工商,各守其业,以共其上。"

6　"人事"二句:意谓自己本来拙于人事,乐得长随张仲蔚以终耳。固,本来,原来。聊,乐。

　　昔有黄子廉,弹冠佐名州[1]。一朝辞吏归,清贫略难俦[2]。年饥感仁妻,泣涕向我流[3]。丈夫虽有志,固为儿女忧[4]。惠孙一晤叹,腆赠竟莫酬[5]。谁云固穷难,邈哉此前修[6]。

　　此诗咏黄子廉,亦以自况也。仁妻所劝之言,似亦切合渊明实际。

1　"昔有"二句:汤注:"《黄盖传》云:'南阳太守黄子廉之后也。'"弹冠,且入仕也。《汉书·王吉传》:"吉与贡禹为友,世

称'王阳在位,贡公弹冠',言其取舍同也。"佐名州,任州太守
之副职。

2　"一朝"二句:意谓一旦辞职而归,则清贫全难比也。略,
全。《世说新语·任诞》:"应声便许,略无慊吝。"

3　"年饥"二句:意谓仁妻有感于年饥,而向我哭诉也。

4　"丈夫"二句:此乃仁妻之言。固,姑且。《淮南子·人间
训》:"其事未究,固试往复问之。"

5　"惠孙"二句:意谓惠孙曾晤见之而叹其贫,并有厚赠,而
竟不被接受也。惠孙事不详。腆,丰厚,见《方言》。酬,实现,
实行。

6　"谁云"二句:意谓固穷不难,已有古贤为榜样矣。邈,远,
指时间久远。前修,《离骚》:"謇吾法夫前修兮。"王逸注:"前
代远贤也。"此指黄子廉。

咏二疏

大象转四时，功成者自去[1]。借问衰周来，几人得其趣[2]？游目汉廷中，二疏复此举。高啸返旧居，长揖储君傅[3]。饯送倾皇朝，华轩盈道路。离别情所悲，余荣何足顾[4]！事胜感行人[5]，贤哉岂常誉？厌厌闾里欢，所营非近务[6]。促席延故老[7]，挥觞道平素[8]。问金终寄心，清言晓未悟[9]。放意乐余年[10]，遑恤身后虑[11]？谁云其人亡，久而道弥著[12]！

"二疏"：指西汉疏广（字仲翁）及其兄子疏受（字公子），东海兰陵人。《汉书·疏广传》：宣帝时，疏广为太子太傅，疏受为太子少傅。"太子每朝，因进见。太傅在前，少傅在后。父子并为师傅，朝廷以为荣。在位五岁，皇太子年十二，通《论语》、《孝经》。广谓受曰：'吾闻"知足不辱，知止不殆"，"功遂身退，天之道"也。今仕官至二千石，宦成名立，如此不去，惧有后悔。岂如父子相随出关，归老故乡，以寿命终，不亦善乎？'受叩头曰：'从大人议。'即日父子俱移病。满三月赐告，广遂称笃，上疏乞骸骨。上以其年笃老，皆许之。加赐黄金二十斤，皇太子赠以五十斤。公卿大夫故人邑子设祖道，供张东都门外，送者车数百两，辞决而去。及道路观者皆曰：
'贤哉，二大夫！'或叹息为之下泣。广既归乡里，日令家共具
设酒食，请族人故旧宾客，与相娱乐。数问其家金余尚有几
所，趣卖以共具。居岁余，广子孙窃谓其昆弟老人广所爱信者
曰：'子孙几及君时颇立产业基址，今日饮食费且尽。宜从丈
人所，劝说君买田宅。'老人即以闲暇时为广言此计。广曰：
'吾岂老悖不念子孙哉？顾自有旧田庐，令子孙勤力其中，足
以共衣食，与凡人齐。今复增益之以为赢余，但教子孙怠惰
耳。贤而多财，则损其志；愚而多财，则益其过。且夫富者，
众人之怨也。吾既亡以教化子孙，不欲益其过而生怨。又此
金者，圣主所以惠养老臣也，故乐与乡党宗族共飨其赐，以尽
吾余日，不亦可乎！'于是族人说服。皆以寿终。"

　　张协有《咏史诗》一首，即咏二疏事，见《文选》卷二一。

　　此诗赞颂二疏功成身退，知足不辱。渊明虽无挥金之事，
但其道相通也。

　　1　"大象"二句：意谓四季按大道运转，功成者自去也。大象，
《老子》三十五章："执大象，天下往。"河上公注："象，道也。"
成玄英疏："大象，犹大道之法象也。"汤注："（《史记·蔡泽列
传》）蔡泽曰：'四时之序，成功者去。'"

2 "借问"二句：意谓衰周以后，得其旨趣者不多矣。趣，归趣，旨意，旨趣。

3 长揖储君傅：指二疏辞去太子太傅、少傅之职。储君，太子。

4 余荣何足顾：意谓二疏并不看重此多余之荣耀。余荣，张协《咏史》曰："达人知止足，遗荣忽如无。"

5 事胜感行人：事胜，指二疏辞归。胜，优越，佳妙。

6 "厌厌"二句：意谓安于闾里之欢，而不为子孙置办田产。厌厌，安也。近务，目前之俗事。

7 促席延故老：促席，接席，座位靠近。延，邀请。

8 平素：往日之事。

9 "问金"二句：蒋薰评《陶渊明诗集》曰："盖谓问金终是寄心于金，广以清言晓故老之未悟也。"清言，明澈通达之言。

10 放意：犹言放怀，纵情。

11 遑恤身后虑：意谓何暇忧及子孙耶？遑恤，《诗·邶风·谷风》："我躬不阅，遑恤我后？"郑玄笺："我身尚不能自容，何暇忧我后所生子孙也。"遑，何，怎能。恤，忧，忧虑。

12 "谁云"二句：意谓其人虽亡，其道久而愈加光大，是则其人未亡也。

咏三良

　　弹冠乘通津，但惧时我遗[1]。服勤尽岁月，常恐功愈微[2]。忠情谬获露，遂为君所私[3]。出则陪文舆，入必侍丹帷[4]。箴规向已从，计议初无亏[5]。一朝长逝后，愿言同此归。厚恩固难忘，君命安可违[6]？临穴罔惟疑，投义志攸希[7]。荆棘笼高坟，黄鸟声正悲[8]。良人不可赎，泫然沾我衣[9]。

　　"三良"：指子车氏之三子奄息、仲行、鍼虎。

　　《左传》文公六年："秦伯任好卒，以子车氏之三子奄息、仲行、鍼虎为殉，皆秦之良也。国人哀之，为之赋《黄鸟》。"任好，秦穆公之名。子车，秦大夫也。

　　《史记·秦本纪》曰："三十九年，缪公卒，葬雍。从死者百七十七人，秦之良臣子舆氏三人名曰奄息、仲行、鍼虎，亦在从死之中。"《左传》作"子车氏"。

　　《诗·秦风·黄鸟》序曰："黄鸟，哀三良也。国人刺穆公以人从死而作是诗也。"

　　此诗首言人皆求仕达，尽殷勤，建功名；次言三良受重恩于秦穆公,君臣相合,求仕者至此盖无憾矣。

而厚恩难忘,君命难违,一旦君王长逝,遂以身殉之。言外之意,反不如不乘通津,不恐功微,明哲以保身也。

"忠情谬获露,遂为君所私。"一"谬"字最可深味。为君所私,无异投身罗网。渊明既为三良之死而伤感,又为其忠情谬露而遗憾也。

1 "弹冠"二句:意谓世人但求出仕,占据显要地位,而惧时之弃己。弹冠,且入仕也。《汉书·王吉传》:"吉与贡禹为友,世称'王阳在位,贡公弹冠',言其取舍同也。"乘,登,升。通津,犹通衢,要津,比喻仕途。时,时机、时运。

2 "服勤"二句:意谓终年从事勤苦劳辱之事,常恐功绩不卓著也。古《笺》:"《礼记(·檀弓上)》曰:'事君有犯而无隐,(左右就养有方,)服勤至死。'孔颖达疏:"谓服持勤苦劳辱之事。"

3 "忠情"二句:意谓忠情既已表露,遂为君所厚爱,以致不得不殉身。本不应表露,故曰"谬获露"。私,古《笺》:"《仪礼·燕礼》:'寡君,君之私也。'郑注:'私,谓独受厚恩之谓也。'"

4 "出则"二句:意谓出入皆随秦王左右,深得信任。丁《笺注》:"文舆谓会集众彩以成锦绣之舆也。晋傅咸诗(《赠何劭王济》）：'并坐侍丹帷。'"王叔岷《笺证稿》曰："《史记·屈原列传》：'入则与王图议国事，以出号令。出则接遇宾客，应对诸侯。'即此诗句法所本。"

5　"箴规"二句：意谓君王对三良言听计从，而三良为君王计议本无所缺失也。王叔岷《笺证稿》曰："《文选》何平叔《景福殿赋》：'图象古昔，以当箴规。'李善注：'韦昭《国语注》曰："箴，箴刺王阙。"郑玄《毛诗笺》曰："规，正圆之器。以思亲正君曰规也。"'"初无，意谓本来不，从来不。《诗·豳风·东山》："勿士行枚。"郑玄笺："亦初无行阵衔枚之事。"孔颖达疏："初无，犹本无。"亏，缺，缺欠。

6　"一朝"四句：意谓三良殉葬，既是感谢君恩，亦是迫于君命也。三良殉葬，说法有异。杨伯峻《春秋左传注》曰："先秦皆谓三良被杀。自杀之说，或起于汉人。"《史记·秦本纪》张守节《正义》引应劭云："秦穆公与群臣饮酒酣，公曰：'生共此乐，死共此哀。'于是奄息、仲行、鍼虎许诺。及公薨，皆从死。《黄鸟》诗所为作也。"《汉书·匡衡传》载匡衡上疏亦云："臣窃考《国风》之诗，……秦穆贵信，而士多从死。"郑玄《诗笺》亦云："三良自杀以从死。"霈案：穆公既有言曰"生共此乐，死共此哀"，以当时情势而论，众人不能不许诺，或已带有被迫成分。被杀与自杀，并无大异也。曹植有《三良诗》一首，曰："秦穆先下世，三臣皆自残。"王粲《咏史》一首亦咏三良，曰：

"秦穆杀三良,惜哉空尔为。"说法不同,立意亦异。渊明此诗两方面兼顾,合情合理,最能体会三良心情。

7 "临穴"二句:意谓三良临穴无疑,以殉身为投义,正是其志之所望也。丁《笺注》:"《诗·黄鸟》:'临其穴,惴惴其栗。'笺:'穴,谓冢圹中也。'攸,所也。希,望也。"徐复曰:"'惟疑'亦尔时常语,《三国志·蜀书·诸葛亮传》注引《襄阳记》载习隆、向充表:'今若尽顺民心,则渎而无典,建之京师,又逼(偪)宗庙,此圣怀所以惟疑也。'吴君金华为举后汉昙果、康孟祥译《中本起经》及《晋书·高崧传》、《宋书·谢晦传》、《臧质传》、谢灵运《谢封康乐侯表》等文亦均有'惟疑'语。……又按'惟疑'亦与'怀疑'声转。……《尔雅·释诂》'惟'、'怀'均训'思也',故可通用矣。"

8 "荆棘"二句:意谓三良之坟荆棘丛生,黄鸟正为之悲鸣。《诗·秦风·黄鸟》:"交交黄鸟,止于棘。"王粲《咏史》:"黄鸟作悲诗,至今声不亏。"

9 "良人"二句:为良人不可赎回复生而哀伤也。《诗·秦风·黄鸟》:"彼苍者天,歼我良人! 如可赎兮,人百其身。"孔颖达疏:"如使此人可以他人赎代之兮,我国人皆百死其身以赎之。"泫然,伤心流泪貌。

咏荆轲

　　燕丹善养士，志在报强嬴[1]。招集百夫良[2]，岁暮得荆卿。君子死知己[3]，提剑出燕京。素骥鸣广陌，慷慨送我行[4]。雄发指危冠[5]，猛气冲长缨[6]。饮饯易水上，四座列群英。渐离击悲筑，宋意唱高声[7]。萧萧哀风逝[8]，淡淡寒波生[9]。商音更流涕，羽奏壮士惊[10]。公知去不归[11]，且有后世名。登车何时顾[12]，飞盖入秦庭[13]。凌厉越万里[14]，逶迤过千城[15]。图穷事自至，豪主正怔营[16]。惜哉剑术疏，奇功遂不成。其人虽已没，千载有余情[17]。

　　《史记·刺客列传》："荆轲者，卫人也。……而之燕，燕人谓之荆卿。……荆轲既至燕，爱燕之狗屠及善击筑者高渐离。荆轲嗜酒，日与狗屠及高渐离饮于燕市，酒酣以往，高渐离击筑，荆轲和而歌于市中，相乐也，已而相泣，旁若无人者。……居顷之，会燕太子丹质秦亡归燕。……归而求为报秦王者，国小，力不能。……于是尊荆卿为上卿，舍上舍。太子日造门下，供太牢具，异物间进，车骑美女恣荆轲所欲，以顺适其意。……顷之，未发，太子迟之，疑其改悔，乃复请曰：'日已尽矣，荆卿岂有意哉？丹请得先遣秦舞阳。'荆轲怒，叱太子曰：'何太子之遣？往而不返者，竖子也！且提一匕首入不测之强秦，仆所以留者，待吾客与俱。今太子迟之，请辞决矣！'遂发。太子及宾客知其事者，皆白衣冠以送之。至易水之上，既祖，取道，高渐离击筑，荆轲和而歌，为变徵之声，士皆垂泪涕泣。又前而为歌曰：'风萧萧兮易水寒，壮士一去兮不复还！'复为羽声慷慨，士皆瞋目，发尽上指冠。于是荆轲就车而去，终已不顾。遂至秦，……秦王闻之，大喜，乃朝服，设九宾，见燕使者咸阳宫。荆轲奉樊於期头函，而秦舞阳奉地图柙，以次进。……轲既取图奏之，秦王发图，图穷而匕首见。因左手把秦王之袖，而右手持匕首揕之。未至身，秦王惊，自引而起，袖绝。……荆轲逐秦王，秦王环柱而走。……左右乃曰："王负剑！"负剑，遂拔以击荆轲，断其左股。荆轲废，乃引其匕首以擿秦王，不中，中铜柱。秦王复击轲，轲被八创。轲自知事不就，倚柱而笑，箕踞以骂曰："事所以不成者，以欲生劫之，必得约契以报太子也。"于是左右既前杀轲，秦王不怡者良久。……鲁勾践已闻荆轲之刺秦王，私曰：'嗟乎！惜哉，其不讲于刺剑之术也。'"

　　王粲有《咏史》咏荆轲，左思《咏史》八首之六、阮瑀《咏史》二首之二，亦咏荆轲。

前人多认为是刘裕篡晋后渊明思欲报仇之作。如刘履《选诗补注》曰："此靖节愤宋武弑夺之变,思欲为晋求得如荆轲者往报焉,故为是咏。观其首尾句意可见。"

蒋薰评《陶渊明诗集》曰："摹写荆卿出燕入秦,悲壮淋漓。知浔阳之隐,未尝无意奇功,奈不逢会耳,先生心事逼露如此。"

邱嘉穗《东山草堂陶诗笺》曰："抑公尝报诛刘裕之志,而荆轲事迹太险,不便明言以自拟也欤?"

翁同龢曰："晋室既亡,自伤不能从死报仇,此《三良》、《荆轲》诗之所以作也。"(清姚培谦《陶谢诗集》卷四眉批)

霈案:此说无旁证,不可取。观渊明《述酒》等诗,其态度不至于如是之激烈也。此乃读《史记·刺客列传》及王粲等人咏荆轲诗,有感而作,可见渊明豪放一面。

朱熹曰："渊明诗,人皆说是平淡。据某看他自豪放,但豪放得来不觉耳。其露出本相者,是《咏荆轲》一篇。平淡底人如何说得这样言语出来。"(《朱子语类》)朱说极是。

1　"燕丹"二句:阮瑀《咏史》其二首句:"燕丹养勇士,荆轲为上宾。"善,优待。嬴,秦王姓嬴氏。

2　百夫良:古《笺》:"《诗·黄鸟》:'百夫之特。'"郑玄笺:"百夫之中最雄俊也。"

3　君子死知己：意谓荆轲为知己者死。《战国策·赵策一》："豫让……曰：'士为知己者死。'"

4　"素骥"二句：阮瑀《咏史》："素车驾白马，相送易水津。"素骥，犹白马也。

5　雄发指危冠：指，直立，竖起。《吕氏春秋·必己》："孟贲瞋目而视船人，发植，目裂，鬓指。"高诱注："指，直。"危冠，高冠。

6　缨：系冠之带。

7　"渐离"二句：汤汉注："《淮南子（·泰族训)》：'高渐离、宋意为击筑而歌于易水之上。'"王叔岷《笺证稿》："《意林》、《御览》五七二并引《燕丹子》：'高渐离击筑，宋意和之。'（《水经注·易水》引宋意作宋如意)《淮南子》许慎注：'高渐离、宋意，皆太子丹之客也。筑曲，二十一弦。'《燕策三》、《史记·刺客(列)传》载荆轲事，并不涉及宋意。"筑，古击弦乐器，形似筝，颈细而肩圆。演奏时以左手握持，右手以竹尺击弦发音。

8　萧萧：风声。

9　淡淡：阮修《上巳会诗》："澄澄绿水，淡淡其波。"

10　"商音"二句：二句互文见义，意谓高渐离之击筑与荆轲之高歌，使人流涕、震动。商、羽，古代五声音阶之第二音与第五音，相当于现代简谱中之"2"与"6"。五声为宫、商、角、徵、羽。羽比徵(相当于"5")高一音阶。

11　公知去不归：意谓明知去不归。王叔岷《笺证稿》曰："公犹明也，荆轲歌'壮士一去兮不复还'，所谓'明知去不归'也。《史记·吕（太）后本纪》：'太尉尚恐不胜诸吕，未敢讼言诛之。'索隐：'徐广（又）云：（讼）一作公。……公言，犹明言也。'"

12　顾：徐复曰："回反也。《穆天子传》卷五（应为三）：'吾顾见汝。'郭璞注：'故（应作顾），还也。'顾、反亦连用为回反义。"

13　盖：车盖，代指车。

14　凌厉：奋起直前貌。

15　逶迤（wēi yí）：曲折前进。

16　豪主正怔营：豪主，指秦王。怔（zhēng）营，惶恐不安貌。

17　"其人"二句：意谓荆轲虽亡，而其事迹与精神永远感动人心也。

读山海经　十三首

　　孟夏草木长，绕屋树扶疏[1]。众鸟欣有托，吾亦爱吾庐。既耕亦已种，时还读我书[2]。穷巷隔深辙，颇回故人车[3]。欢然酌春酒[4]，摘我园中蔬。微雨从东来，好风与之俱。泛览周王传[5]，流观山海图[6]。俯仰终宇宙[7]，不乐复何如？

　　《山海经》：古代典籍中最早提及此书者为《史记》："故言九州山川，《尚书》近之矣。至《禹本纪》、《山海经》所有怪物，余不敢言之也。"（《大宛列传赞》）

　　《汉书·艺文志》于"数术略·形法家"之首列《山海经》十三篇。《汉志》采自《七略》，其中数术诸书乃成帝时太史令尹咸校定者。

　　汉哀帝建平元年，刘秀（即刘歆）又校上《山海经》十八篇。晋郭璞就刘秀校本整理注释，并著《山海经图赞》二卷，即今传《山海经》之祖本。《山海经》今传本共十八卷，三十九篇。

　　此诗乃读《山海经》及其图而作。渊明所见图，当即郭璞所见并为之作赞者也。

　　第一首写耕种之余，饮酒读书之乐；以下十二首就《山海经》内容，参以《穆天子传》，撮其要以咏之，间或流露其情怀。

———

此乃陶诗中上乘之作。"众鸟欣有托，吾亦爱吾庐"，物我情融，最见渊明特有之意境。"微雨从东来，好风与之俱"，自然淡雅，最是渊明口吻。"俯仰终宇宙，不乐复何如"，十字写尽读书之乐。

———

1　扶疏：《文选》司马相如《上林赋》李善注："《说文》曰：'扶疏，四布也。《吕氏春秋（·辨士）》：'树肥无使扶疏。'"
2　时：时常，经常。
3　"穷巷"二句：意谓居在僻巷，少有故人来往也。李善注："《汉书（·陈平传）》：'张负随陈平至其家，乃负郭穷巷，以席为门，门外多长者车辙。'《韩诗外传》：'楚狂接舆妻曰："门外车辙何其深。"'"颇，王叔岷《笺证稿》曰："颇犹每也。《史记·汉兴以来诸侯王年表》：'汉独有三河、东郡、颍川、南阳，自江陵以西至蜀，北自云中至陇西，与内史凡十五郡，而公主列侯颇食邑其中。'《汉书·田千秋传》：'至今余巫，颇脱不止。'（脱犹或也）两颇字亦并与每同义。"逯钦立注曰："深辙，大车的辙；车大辙深。古人常以门外多深辙，表示贵人来访的多。……诗言隔深辙，是说无贵人车到穷巷。"回，转回，掉转。这句是说连故人的车子也掉头他去，把故人不来故意说成是由于"穷巷隔深辙"。

4　欢然酌春酒：古《笺》："春余夏始，春酒未罄，故云尔。"

5　泛览周王传：李善注："周王传，《穆天子传》也。"西晋太康二年汲郡人不准盗发魏襄王墓（或言安釐王冢），得竹书数十车，其中有《穆天子传》。晋郭璞有注。《春秋正义》引王隐《晋书·束晳传》曰："《周王游行》五卷，说周穆王游行天下之事，今谓之《穆天子传》。"晁公武《郡斋读书志》亦曰："郭璞注本谓之《周王游行记》。"

6　流观山海图：朱熹曰：《山海经》"疑本依图画而述之"（王应麟《王会补注》引）。此后，胡应麟、杨慎、毕沅皆认为《山海经》乃《山海图》之文字说明。霈案：此说不为无据，书中有少数文字确实类似图画之文字说明，如"叔均方耕"之类。书中可能有一部分内容系根据上古流传之图画记录成文，但不可以偏概全，说整部书都是图画之文字说明。今所见山海经图，皆《山海经》成书后绘制之插图。《史记·大宛列传》："汉使穷河源，河源出于寘，其山多玉石，采来，天子案古图书，名河所出山曰昆仑云。"武帝所案古图书，据篇末赞语，是《禹本纪》与《山海经》。如果所谓图书既有文又有图，则武帝时已有一部《山海经图》，其时代在《山海经》成书之后。郭璞注有"画似仙人"、"画似猕猴"、"在畏兽画中"等语，可见郭曾见图画，可惜郭璞所见之图已佚，不可考其绘自何时。渊明此诗所谓"山海图"，亦不可详考其究竟矣。至于杨慎、毕沅所谓《山海经》出自禹鼎图，更不可信。

7　俯仰终宇宙：意谓短时间内即可神游遍及宇宙。李善注："《庄子（·在宥）》：'老聃曰："其疾也俯仰之间，再抚四海之外。"'"

　　玉堂凌霞秀，王母怡妙颜[1]。天地共俱生，不知几何年[2]。灵化无穷已，馆宇非一山[3]。高酣发新谣，宁效俗中言[4]？

　　此诗专咏西王母，"宁效俗中言"，特拈出一"俗"字，渊明平生最厌俗也。其五言《答庞参军》曰"谈谐无俗调"，或可对照。

1　"玉堂"二句：意谓西王母居于玉堂之上，高凌云霞，其容颜怡然而美也。《山海经·西山经》："又西三百五十里，曰玉山，是西王母之所居也。西王母其状如人，豹尾，虎齿而善啸，蓬发戴胜。"古《笺》引《庄子·大宗师》释文引《汉武内传》："西王母与上元夫人降帝，美容貌，神仙人也。"

2　"天地"二句：意谓西王母长生不老。《庄子·大宗师》："夫道，……先天地生而不为久，长于上古而不为老。……西王母得之,坐乎少广,莫知其始,莫知其终。"

3　"灵化"二句:意谓西王母变化无穷,其馆宇亦不在一处也。《山海经·大荒西经》:"昆仑之丘,……有人,戴胜,虎齿,有豹尾,穴处,名曰西王母。"郭璞注:"《河图玉版》亦曰:'西王母居昆仑之山。'《西山经》曰:'西王母居玉山。'《穆天子传》曰:'乃纪名迹于弇山之石,曰西王母之山'也。然则西王母虽以昆仑之宫,亦自有离宫别窟,游息之处,不专住一山也。"灵,言其变化之奇异也。

4　"高酣"二句:意谓西王母酒酣之后所为歌谣,非世俗之言也。《穆天子传》:"天子觞西王母于瑶池之上。西王母为天子谣曰:'白雪在天,山陵自出。道里悠远,山川间之。将子无死,尚能复来。'"郭璞《山海经图赞·西王母》:"韵外之事,难以具言。"

　　迢递槐江岭,是谓玄圃丘[1]。西南望昆墟,光气难与俦[2]。亭亭明玕照,落落清瑶流[3]。恨不及周穆,托乘一来游[4]。

　　渊明偶读《山海经》遂发为奇想,愿一游仙界耳。

　　黄文焕《陶诗析义》曰:"怆然于易代之后,有不堪措足之悲焉。"恐不免穿凿矣。

1　"迢递"二句：意谓高耸之槐江岭乃帝所居之玄圃也。《山海经·西山经》："又西三百二十里,曰槐江之山。丘时之水出焉,而北流注于泑水。其中多嬴母,其上多青雄黄,多藏琅玕、黄金、玉。其阳多丹粟,其阴多采黄金银。实惟帝之平圃,神英招司之。"郭璞注：平圃"即玄圃也"。迢递,高貌。

2　"西南"二句：意谓自槐江山西南望见昆仑山,其光气难与相比也。《山海经·西山经》："南望昆仑,其光熊熊,其气魂魂。"《西山经》："西南四百里,曰昆仑之丘,是实惟帝之下都。"墟,大丘。《说文·丘部》："虚,大丘也。昆仑丘,谓之昆仑虚。"

3　"亭亭"二句：《山海经·西山经》："爰有滛(瑶)水,其清洛洛。"亭亭,高貌,明玕在山上,故言。落落,《山海经》作"洛洛",郭璞注："水留下之貌也。"王叔岷《笺证稿》："落、洛古通,《左·闵元年传》：'公及齐侯盟于落姑。'《公羊》、《穀梁》落并作洛,即其比。"

4　"恨不"二句：意谓恨不能追上周穆王,附其车驾一游槐江、昆仑也。及,《说文》："逮也。"《论语·季氏》："见善如不及,见不善如探汤。"

丹木生何许？迺在密山阳[1]。黄花复朱实,食之寿命长。白玉凝素液,瑾瑜发奇光[2]。岂伊君子宝？见重我轩黄[3]。

———

　　就《山海经·西山经》所载峚山而成此诗,亦有略加点染之处,如"食之寿命长"。

———

1　"丹木"二句:《山海经·西山经》:"又西北四百二十里,曰峚山,其上多丹木,员叶而赤茎,黄华而赤实,其味如饴,食之不饥。"郭璞注:"峚音密。"廼,通"乃"。

2　"白玉"二句:《山海经·西山经》:"又西北四百二十里,曰峚山,……丹水出焉,西流注于稷泽,其中多白玉,是有玉膏,其原沸沸汤汤,黄帝是食是飨。是生玄玉,玉膏所出,以灌丹木。丹木五岁,五色乃清,五味乃馨。黄帝乃取峚山之玉荣,而投之钟山之阳。瑾瑜之玉为良,坚粟精密,浊泽而有光。五色发作,以和柔刚。天地鬼神,是食是飨;君子服之,以御不祥。"

3　"岂伊"二句:意谓岂惟君子重之,亦见重于黄帝也。伊,语气词,相当于"惟"。王叔岷《笺证稿》引《文选》张平子《西京赋》"岂伊不虔",薛综注:"伊,惟也。"

　　翩翩三青鸟,毛色奇可怜。朝为王母使,暮归三危山[1]。我欲因此鸟[2],具向王母言[3]:

在世无所须[4]，唯酒与长年[5]。

———　末言"在世无所须，唯酒与长年"，可参照《形影神》诗中"形"与"影"之对话。

———　1　"翩翩"四句：《山海经·西山经》："又西二百二十里，曰三危之山，三青鸟居之。"《海内北经》蛇巫之山："其南有三青鸟，为西王母取食，在昆仑墟北。"奇，极、甚、特别，见杨树达《词诠》卷四。《世说新语·品藻》："刘尹亦奇自知，然不言胜长史。"可怜，可爱。

2　因：依靠，凭藉。

3　具：通"俱"。

4　须：要求，寻求。

5　长年：长寿。渊明《读史述》七十二弟子章："赐独长年。"

逍遥芜皋上，杳然望扶木[1]。洪柯百万寻，森散覆旸谷[2]。灵人侍丹池，朝朝为日浴[3]。神景一登天，何幽不见烛[4]？

———　邱嘉穗《东山草堂陶诗笺》："日者，君象也。天子当阳，群阴自息，亦由时有忠臣硕辅浴日之功耳。此诗殆借日以思盛世之君臣,而悲晋室之遂亡于宋也。岂非以君弱臣强而然耶?"此说颇穿凿,渊明仅就《山海经》之记述敷衍成诗,并无寓意也。

1 "逍遥"二句:意谓游于无皋山上,可远望扶木。逍遥,屈原《离骚》:"折若木以拂日兮,聊逍遥以相羊。"王逸注:"逍遥、相羊,皆游也。"《山海经·东山经》:"又南水行五百里,流沙三百里,至于无皋之山,南望幼海,东望榑木,无草木,多风。"芜,陶澍注:"芜,当作无。"王叔岷《笺证稿》曰:"芜谐无声,与无古盖通用。"扶木,扶桑。神话中树名。《淮南子·地形训》:"扶木在阳州,日之所曊。"高诱注:"扶木,扶桑也,在汤谷之南。"

2 "洪柯"二句:形容扶木枝条之长,密布而覆盖旸谷。《山海经·大荒东经》:"大荒之中,有山名曰孽摇頞羝,上有扶木,柱三百里,其叶如芥。有谷曰温源谷,汤谷上有扶木,一日方至,一日方出,皆载于乌。"旸谷,即汤谷。

3 "灵人"二句:意谓神人侍于丹池,每天早晨为太阳沐浴。《山海经·海外东经》:"汤谷上有扶桑,十日所浴,在黑齿北。"《大荒南经》:"东南海之外,甘水之间,有羲和之国,有女子名曰羲和,方日浴于甘渊。羲和者,帝俊之妻,生十日。"古《笺》:"甘渊,疑丹渊之讹。甘字到(倒)看即是丹字,因而致讹也。

阮嗣宗《咏怀诗》其二十三：'沐浴丹渊中,焰耀日月光。'"

4 "神景"二句：意谓太阳登天之后,其光普照。神景,犹灵景,指日光。左思《咏史》其五："皓天舒白日,灵景耀神州。"幽,幽暗之处。烛,照。

　　粲粲三珠树,寄生赤水阴[1]。亭亭凌风桂,八干共成林[2]。灵凤抚云舞,神鸾调玉音[3]。虽非世上宝,爰得王母心[4]。

　　三珠树、桂林八干树、灵凤、神鸾,皆非一地之物也,渊明合而咏之。结尾言得王母之心,出自想象,加以点染。"虽非世上宝,爰得王母心",意谓世人虽不以为宝,而王母珍惜也。

1 "粲粲"二句：意谓鲜盛之三珠树,寄生于赤水之南也。《山海经·海外南经》："三珠树在厌火北,生赤水上。其为树如柏,叶(《御览》九五四引叶下有实字)皆为珠。"粲粲,文采鲜美貌。《诗·小雅·大东》："西人之子,粲粲衣服。"毛传："粲粲,鲜盛貌。"

2 "亭亭"二句：意谓桂树高耸凌风,八株即成林矣。《山海经·海内南经》："桂林八树,在番隅东。"郭璞注："八树而成林,言其大也。"

3 "灵凤"二句:意谓神凤拍云而舞,神鸾奏出玉石般悦耳之音。《山海经·海外西经》:"此诸夭之野,鸾鸟自歌,凤鸟自舞。"关于鸾凤,又见《大荒南经》、《大荒西经》、《海内经》。抚,拍,轻击。

4 爰:乃。

　　自古皆有没,何人得灵长¹? 不死复不老,万岁如平常²。赤泉给我饮,员丘足我粮³。方与三辰游,寿考岂渠央⁴。

　　诗言人皆有死,然能得赤泉之水、员丘之粮,与三辰同游,则可长生矣。

1 "自古"二句:意谓自古以来人皆有死,谁能长得福祐以不死耶? 灵,祐,福。《汉书·董仲舒传》:"受天之祐,享鬼神之灵。"王叔岷《笺证稿》引《论语·颜渊》:"自古皆有死。"缪袭《挽歌诗》:"自古皆有然,谁能离此者?"

2 "不死"二句:意谓不死又不老,虽过万年犹无变化也。

3 "赤泉"二句:《山海经·海外南经》交胫国:"不死民在其东,其为人黑色,寿,不死。"郭璞注:"有员丘山,上有不死树,食之乃寿。亦有赤泉，饮之不老。"

4　"方与"二句：意谓且与日月星辰同游，寿命岂能速尽也。古《笺》："《庄子（·天下）》：'上与造物者游。'岂渠央，犹岂遽央也。"丁《笺注》："三辰，日月星也。"王叔岷《笺证稿》引《庄子·大宗师》："彼方且与造物者为人，而游乎天地之一气。"

　　夸父诞宏志，乃与日竞走[1]。俱至虞渊下，似若无胜负[2]。神力既殊妙，倾河焉足有[3]？余迹寄邓林，功竟在身后[4]。

1　"夸父"二句：《山海经·海外北经》："夸父与日逐走，入日，渴欲得饮，饮于河渭；河渭不足，北饮大泽。未至，道渴而死。弃其杖，化为邓林。"诞，放，放纵，放纵其宏志而不加约束也。

2　"俱至"二句：意谓夸父与日俱至虞渊之下，似无胜负也。《山海经·大荒北经》："夸父不量力，欲追日景，逮之于禺谷。"郭璞注："禺渊，日所入也。今作虞。"

3　"神力"二句：意谓夸父之神力既甚妙，倾河之水饮之亦不足也。《山海经·大荒北经》："将饮河而不足也，将走大泽，未至，死于此。"

4 "余迹"二句:意谓夸父渴死,弃其杖化为邓林,则邓林是其余迹之所寄托,其功亦在死后也。邓林,郝懿行《山海经笺疏》:"《列子·汤问篇》云:'邓林弥广数千里。'今案其地盖在北海外。"

　　精卫衔微木,将以填沧海[1]。形夭无千岁[2],猛志故常在。同物既无虑,化去不复悔[3]。徒设在昔心,良晨讵可待[4]?

───

　　孙人龙《陶公诗评注初学读本》曰:"显悲易代,心事毕露。"翁同龢曰:"以精卫、刑天自喻。"(姚培谦编《陶谢诗集》眉批)鲁迅则称之为"金刚怒目式"(《且介亭杂文二集·题未定草六》)。

　　然细读全诗,旨在悲悯精卫、形夭之无成且徒劳也。非悲易代,亦非以精卫、刑天自喻也。

───

1 "精卫"二句:《山海经·北山经》:"又北二百里,曰发鸠之山,其上多柘木。有鸟焉,其状如乌,文首、白喙、赤足,名曰精卫,其鸣自詨。是炎帝之少女,名曰女娃。女娃游于东海,溺而不返,故为精卫。常衔西山之木石,以堙于东海。"
2 "形夭"二句:意谓形夭虽亡,其猛志常在也。《山海经·海外西经》："形夭与帝至此争神,帝断其首,葬之常羊之山。乃以乳为目,以脐为口,操干戚以舞。"形夭又作刑天。

3 "同物"二句:以上四句系叙述《山海经》中故事,此下四句乃渊明之议论。此二句先一般而论,意谓生时既无虑,死后亦不悔也,生死如一,何必挂怀。王叔岷《笺证稿》引贾谊《鹏鸟赋》:"化为异物兮,又何足患!"最确。或以为此二句乃就精卫、形夭而言,然精卫填海、形夭操干戚以舞,并非无悔者也。

4 "徒设"二句:此二句仍是议论,意谓精卫、形夭徒然存有往昔之心,而良机难待。在昔心,犹上言"猛志"。

巨猾肆威暴[1],钦䲹违帝旨[2]。窫窳强能变[3],祖江遂独死。明明上天鉴,为恶不可履[4]。长枯固已剧,鹨鹕岂足恃[5]?

陶澍注曰:"此篇为宋武弑逆所作也。陈祚明曰:'不可如何,以笔诛之。今兹不然,以古征之。人事既非,以天临之。'"丁《笺注》曰:"盖心嫉晋宋之间之为大恶违帝旨者,而痛切言之如此。"

霈案:臣危杀窫窳、䲹杀祖江,遭帝惩罚,事与刘裕弑逆不伦不类,不可强比。此篇乃言上天明鉴,为恶必有报也,不必有所喻指。

1　巨猾肆威暴：《山海经·海内西经》："贰负之臣曰危，危与贰负杀窫窳。帝乃梏之疏属之山，桎其右足，反缚两手与发，系之山上木。"

2　钦䲹违帝旨：《山海经·西山经》："又西北四百二十里曰钟山，其子曰鼓，其状如人面而龙身，是与钦䲹杀葆江于昆仑之阳，帝乃戮之钟山之东曰嶅崖。钦䲹化为大鹗，其状如雕而黑文白首，赤喙而虎爪，其音如晨鹄，见则有大兵。鼓亦化为鵕鸟，其状如鸱，赤足而直喙，黄文而白首，其音如鹄，见则其邑大旱。"郭璞注："葆，或作祖。"

3　窫窳(yà yǔ)强能变：《山海经·北山经》："又北二百里，曰少咸之山，无草木，多青碧。有兽焉，其状如牛而赤身，人面马足，名曰窫窳。其音如婴儿，是食人。"《海内南经》："窳龙首，居弱水中。"郭璞注："窳，本蛇身人面，为贰负臣所杀，复化而成此物也。"

4　"明明"二句：意谓有上天鉴视善恶，其鉴明明，为恶不可行也。《诗·大雅·大明》："天监在下。"郑笺："天监视善恶于下。"

5　"长枯"二句：意谓臣危长久被桎梏，此刑固已甚矣；至于钦䲹死后化为大鹗，又何足恃负哉！枯，古《笺》释为"桎梏"。丁《笺注》径改为"梏"，曰形近而误。又曰："言被杀者，虽有能变不能变之殊，而臣危为恶，长梏于山，固已甚矣。即化为鵮鹗，岂能逃于戮乎？”

　　鸱鴸见城邑，其国有放士¹。念彼怀王世，当时数来止²。青丘有奇鸟，自言独见尔³。本为迷者生，不以喻君子⁴！

———

　　读《山海经》忽联想及于屈原、怀王，同情屈原之被放，而惋惜怀王之迷也。

———

1　“鸱鴸（chī zhū）”二句：《山海经·南山经》：柜山“有鸟焉，其状如鸱而人手，其音如痹，其名曰鴸，其鸣自号也，见则其县多放士。”郭璞注：“放，放逐。”

2　“念彼”二句：意谓楚怀王之世，鸱鴸多次来止也。此不见于《山海经》，乃渊明由鸱鴸之见而多放士，联想屈原。

3　“青丘”二句：《山海经·南山经》：青丘之山“有鸟焉，其状如鸠，其音若呵，名曰灌灌，佩之不惑”。王叔岷《笺证稿》曰：“独见者不惑，尔与耳同，‘自言独见尔’，谓此鸟自言不惑耳。此鸟不惑，所以为迷惑者生也。……阮籍《咏怀》：‘林中有奇鸟，自言是凤凰。’”

4　“本为”二句：陶澍曰：“诗意盖言屈原被放，由怀王之迷。青丘奇鸟，本为迷者而生，何但见鸱鴸，不见此鸟，遂终迷不悟乎？寄慨无穷。"

　　岩岩显朝市，帝者慎用才[1]。何以废共鲧？重华为之来[2]。仲父献诚言，姜公乃见猜。临没告饥渴，当复何及哉[3]！

　　黄文焕《陶诗析义》曰："首章专言读书之快，曰'不乐复何如'。至十二章而《山海经》内所寄怀者，递举无余矣，却于经外别作论史之感。自了一身则易乐，念及朝廷则易悲。以乐起，以悲结，有意于布置。题只是《读山海经》，结乃旁及论史，有意于隐藏。因读经，生肆恶放士之叹，故亟承十一、十二之后，言及举士黜恶，有意于穿插。'当复何及哉'一语，大声哀号，哭世泪之无穷。"

　　陶澍注曰："晋自王敦、桓温，以至刘裕，共、鲧相寻，不闻黜退。魁柄既失，篡弒遂成。此先生所为托言荒渺，姑寄物外之心，而终推本祸原，以致其隐痛也。"

　　霈案：此篇亦由《山海经》引起，非专论史也。盖由《山海经》所记废共工与鲧之事，联想而及齐桓公不听管仲之言，既废易牙等人又复之。感慨帝者倘不慎用才，必遭祸患。

　　1　"岩岩"二句：意谓帝者高居于京师，用才须慎也。古《笺》：

"《大学》曰:'《诗》云:"节彼南山,维石岩岩。赫赫师尹,民具尔瞻。"有国者不可以不慎,辟则为天下僇矣。'郑注:'岩岩,喻师尹之高严。'《华阳国志》:'董扶曰:"京师,天下之市朝。"'"

2　"何以"二句:意谓帝舜何以流放共工而杀鲧耶? 共,共工。《山海经·海外北经》:"共工之臣曰相柳氏,九首,以食于九山。相柳之所抵,厥为泽溪。禹杀相柳,其血腥,不可以树五谷种。禹厥之,三仞三沮,乃以为众帝之台,在昆仑之北。"鲧,《山海经·海内经》:"洪水滔天,鲧窃帝之息壤以堙洪水,不待帝命。帝令祝融杀鲧于羽郊。"《尚书·舜典》:"流共工于幽州,放驩兜于崇山,窜三苗于三危,殛鲧于羽山。"《史记·五帝本纪》:"于是舜归而言于帝,请流共工于幽陵,……殛鲧于羽山。"正义:"《尚书》及《大戴礼》皆作幽州。"来,语末助词。

3　"仲父"四句:意谓管仲向齐桓公献诚言,远易牙等四人,反被猜疑。桓公临死方知其言之长,但已无济于事矣。姜公,指齐桓公,姜姓。何注:"易桓为姜者,避长沙公(陶侃)谥之嫌耳。"

拟挽歌辞 三首

有生必有死，早终非命促[1]。昨暮同为人，今旦在鬼录[2]。魂气散何之？枯形寄空木[3]。娇儿索父啼，良友抚我哭。得失不复知，是非安能觉[4]？千秋万岁后，谁知荣与辱[5]？但恨在世时，饮酒不得足。

《文选》卷二八有缪袭《挽歌诗》一首五言，陆机《挽歌诗》三首五言，渊明此三诗当系拟缪、陆等人之作。

缪诗曰："造化虽神明，安能复存我。"陆诗其二曰："人往有反岁，我行无归年。"从死者方面立言。渊明诗曰："肴案盈我前，亲旧哭我傍。"亦是从死者方面立言。

缪诗曰："朝发高堂上，暮宿黄泉下。"陆诗曰："昔居四民宅，今托万鬼乡。"写生死之异。渊明诗曰："昔在高堂寝，今宿荒草乡。"亦写生死之异，摹拟痕迹明显。

《北堂书钞》卷九二有傅玄《挽歌》，曰："欲悲泪已竭，欲辞不能言。"陶诗曰："欲语口无音，欲视眼无光。"立意亦同。

此三诗全是设想之辞。渊明或设想自己死后情况与心情，或以第三者眼光观察死后之自己，以及周围之人之事，而

自身这一主体反而客观化,构思巧妙之极。

其一,写刚死之际,乍离人世恍惚之感。娇儿、良友、是非、荣辱,全无意义,"但恨在世时,饮酒不得足",诙谐中见出旷达。

其二,写祭奠与出殡,一反上首之诙谐旷达,字里行间透出些许悲哀。

其三,写送殡与埋葬,尤着笔于埋葬后独宿荒郊之寂寞。"亲戚或余悲,他人亦已歌。"观察人情世故透彻,笔墨冷峻、率直、深刻。

渊明认为人本是禀受大块之气而生,死后复归于大块,此乃自然之理。直须顺应大化,无复忧虑也。

1　"有生"二句:意谓人之有生则必有死;且无所谓长短寿夭,早终亦非命短也。此二句乃一般而论,包含两层意思:首句言人必有死,犹渊明《神释》所谓"老少同一死"。次句递进一层,言生命亦无长短之别,此本于《庄子·齐物论》:"天下莫大于秋毫之末,而太山为小;莫寿于殇子,而彭祖为夭。"寿夭乃相对而言,彭祖未必命长,殇子未必命短也。

2　鬼录:古《笺》:"魏文帝《与吴质书》曰:'观其姓名,已为鬼录。'"录,簿籍也。

3　"魂气"二句:意谓魂魄已散,惟留枯形于棺木之中。古

《笺》:"《(礼记·)檀弓(下)》:'(骨肉归复于土,命也。)若魂气则无不之也。'"空木,中空之木。《说苑·反质》:"昔尧之葬者,空木为椟。"

4　觉:感知。《世说新语·言语》:"王司州至吴兴印渚中看,叹曰:'非惟使人情开涤,亦觉日月清朗。'"

5　"千秋"二句:古《笺》:"阮嗣宗《咏怀诗》:'千秋万岁后,荣名安所之。'"

　　在昔无酒饮,今但湛空觞[1]。春醪生浮蚁[2],何时更能尝[3]?肴案盈我前[4],亲旧哭我傍。欲语口无音,欲视眼无光[5]。昔在高堂寝,今宿荒草乡。荒草无人眠,极视正茫茫。一朝出门去,归来良未央[6]。

1　湛(zhàn):盈满。《淮南子·览冥训》:"故东风至而酒湛溢,蚕咡丝而商弦绝。"

2　春醪生浮蚁:意谓酒上泛有浮沫,酒之新酿就者也。《文选》曹子建《七启》:"于是盛以翠樽,酌以雕觞。浮蚁鼎沸,酷烈馨香。"李善注引《释名》曰:"酒有泛齐,浮蚁在上,泛泛然。"渊明《停云》:"樽湛新醪。"

3　更:复,再。

4　肴案：指陈列祭品之几案。

5　眼无光：意谓看不见。

6　"一朝"二句：意谓一旦出门而宿于荒草之乡，诚永归于黑夜之中矣。良，诚然。未央，未旦。《诗·小雅·庭燎》："夜如何其，夜未央。"毛传："央，旦也。"

　　荒草何茫茫，白杨亦萧萧[1]。严霜九月中，送我出远郊[2]。四面无人居，高坟正嶕峣[3]。马为仰天鸣，风为自萧条[4]。幽室一已闭，千年不复朝[5]。千年不复朝，贤达无奈何[6]。向来相送人，各自还其家[7]。亲戚或余悲，他人亦已歌。死去何所道？托体同山阿[8]。

1　"荒草"二句：李善注："《古诗》曰：'四顾何茫茫，东风摇百草。'又曰：'白杨何萧萧，松柏夹广路。'"

2　"严霜"二句：李善注："《楚辞》曰：'冬又申之以严霜。'《尔雅》曰：'邑外曰郊。'"古《笺》："杜子春《周礼注》：'距国百里，为远郊。'"

3　嶕峣(jiāo yáo)：李善注："《字林》曰：'嶕峣，高貌也。'"

4　"马为"二句：李善注："蔡琰诗曰：'马为立踟蹰。'《汉书》息夫躬《绝命辞》曰：'秋风为我吟。'"自，另自、别自。《汉书·张汤传附张安世》："上曰:'吾自为掖庭令,非为将军也。'安世乃止,不敢复言。"萧条,风声。

5　"幽室"二句:意谓墓圹一旦封闭,永不得见天日矣。丁《笺注》:"幽室,犹泉壤也。"

6　"千年"二句:意犹渊明《神释》所谓:"三皇大圣人,今复在何处? 彭祖寿永年,欲留不得住。老少同一死,贤愚无复数。"

7　向来:刚才。《颜氏家训·兄弟》:"沛国刘琎尝与兄瓛连栋隔壁,瓛呼之数声,不应,良久方答。瓛怪问之,乃曰:'向来未着衣帽故也。'"

8　"死去"二句:意谓死亡是常事,身体复归于大地,无须多虑也。阿,《尔雅·释地》:"大陵曰阿。"

联 句

鸣雁乘风飞，去去当何极[1]？念彼穷居士，如何不叹息［渊明］[2]！虽欲腾九万，扶摇竟无力[3]。远招王子乔，云驾庶可饬［愔之］[4]。顾侣正徘徊，离离翔天侧[5]。霜露岂不切？徒爱双飞翼［循之］[6]。高柯擢条干，远眺同天色。思绝庆未看，徒使生迷惑[7]。

何注："愔之，循之，集内不再见，莫知其姓。考《晋》、《宋书》及《南史》，亦无此人。意必《晋书》潜本传所谓其乡亲张野及周旋人羊松龄、裴遵等辈中人也。"

霈案：《宋书·符瑞志下》："泰始六年十二月壬辰，木连理生豫章南昌，太守刘愔之以闻。"泰始六年，公元 470 年，距渊明逝世已四十三年。与渊明联句者未知是否此人，录以备考。

联句非出一人之手，意思未必首尾一贯。此篇大意谓鸣雁不能如鹏鸟之高翔，亦不必思与鹏鸟齐飞也。

1 "鸣雁"二句：意谓鸣雁乘风而飞，将以何处为顶点耶？当，将。《仪礼·特牲馈食礼》："佐食当事，则户外南面。"郑玄

注:"当事,将有事而未至。"极,顶点。段玉裁《说文解字注》:"极,凡至高至远皆谓之极。"

2 "念彼"二句:由鸣雁之高飞,转念穷居士之困顿偃蹇,而叹息也。

3 "虽欲"二句:意谓鸣雁虽有飞腾九万里之雄心,而终究无力也。《庄子·逍遥游》:"鹏之徙于南溟也,水击三千里,抟扶摇而上者九万里。"陆德明曰:"司马云:'上行风谓之扶摇。'《尔雅》:'扶摇谓之飙。'郭璞云:'暴风从下上。'"

4 "远招"二句:意谓远招王子乔,云驾庶几可以备妥矣。王子乔,周灵王太子,名晋。详前《连雨独饮》注。饬,备也。

5 "顾侣"二句:古《笺》:"苏子卿诗:'黄鹄一远别,千里顾徘徊。'《礼记》郑注:'离,两也。'"离离,有序也。

6 "霜露"二句:意谓霜露切肌,虽爱飞翼,亦徒然矣。

7 "思绝"二句:大意谓庆幸未看高天,看则迷惑矣。